LUCKY STRAY

Geschichten über das Schicksal von Straßenhunden aus aller Welt

Für die Straßenhunde dieser Welt

und alle Menschen die sich für den Schutz der Tiere einsetzen.

Bibliografische Information der Deutschen Nationalbibliothek: Die Deutsche Nationalbibliothek verzeichnet diese Publikation in der Deutschen Nationalbibliografie; detaillierte bibliografische Daten sind im Internet über http://dnb.dnb.de abrufbar.

Die automatisierte Analyse des Werkes, um daraus Informationen insbesondere über Muster, Trends und Korrelationen gemäß §44b UrhG („Text und Data Mining") zu gewinnen, ist untersagt.

© 2024 Franziska Starke

Verlag: BoD · Books on Demand GmbH, In de Tarpen 42, 22848 Norderstedt

Druck: Libri Plureos GmbH, Friedensallee 273, 22763 Hamburg

ISBN: 978-3-7597-0358-3

Inhaltsverzeichnis

Vorwort

Der Titel "Lucky Stray" ist nicht nur ein Name, sondern ein tiefgründiger Ausdruck für die Geschichten, die dieses Buch erzählt. „Stray" (auf Deutsch „Streuner") bezieht sich auf die Hauptfiguren dieser Erzählungen – Hunde, die ihr Leben auf den harten Straßen führen, ohne ein festes Zuhause oder regelmäßige Versorgung. Diese Hunde kämpfen täglich ums Überleben, durchstreifen die Umgebung auf der Suche nach Nahrung und Sicherheit, immer auf der Hut vor Gefahren und Misshandlungen. Das Leben der Straßenhunde ist oft geprägt von Leid und Entbehrungen. Viele von ihnen werden ausgesetzt, von ihren Besitzern verlassen oder aufgrund von Überpopulation nicht mehr versorgt. Dies führt dazu, dass sie auf der Suche nach Nahrung und Schutz auf sich alleine gestellt sind, was ihr Schicksal oft ungewiss macht. Straßenhunde sind leider sehr oft Opfer von Misshandlungen, Vergiftungen und Verletzungen durch Menschen, Unfälle oder Streitigkeiten mit anderen Tieren.

Doch "Lucky" (auf Deutsch „glücklich") beschreibt die Wendung, die jede dieser Geschichten nimmt. Trotz der Widrigkeiten und Prüfungen, denen sie begegnen, finden diese Streuner am Ende ihre Quelle des Glücks. Es sind Geschichten von Überlebenskraft und Durchhaltevermögen, von Zufall und Schicksal, die zeigen, dass auch in den düstersten Momenten ein Funken Hoffnung und eine Wendung zum Besseren möglich sind.

Die Hunde in diesen Erzählungen stehen sinnbildlich für viele Streuner, deren tägliches Leben von Entbehrungen und Gefahren geprägt ist. Jede Erzählung in „LUCKY STRAY" beleuchtet das Leben eines anderen Streuners, seine Herausforderungen auf der Straße und seine Begegnungen mit Menschen, die sein Schicksal beeinflussen. Ob es die einfache Geste einer fremden Person ist, die einem hungrigen Hund eine Mahlzeit gibt, oder die bedingungslose Liebe einer Familie, die einen verletzten Streuner aufnimmt – jeder dieser Momente trägt dazu bei, dass die Hunde ihre Ängste überwinden und ihr Vertrauen in die Menschheit wiederherstellen können. Am Ende jeder Geschichte steht der Hund nicht nur physisch gestärkt da, sondern auch emotional. Sie finden ein Zuhause, sei es bei einer Familie, die sie liebt, oder in einer Gemeinschaft, die sich um sie kümmert. "Lucky Stray" ist eine Hommage an die unerschütterliche Freude und das Wunder der Rettung – eine Erinnerung daran, dass Glück nicht immer auf den Ersten Blick zu erkennen ist, aber sicherlich möglich ist, selbst unter den schwierigsten Umständen.

Glücklicherweise setzen sich heutzutage zahlreiche Tierschutzorganisationen und Tierliebhaber weltweit für das Wohl und die Rettung von Straßenhunden ein. Durch Auffangaktionen, tierärztliche Versorgung, Kastrationen und die Vermittlung in neue, liebevolle Familien erhalten diese Tiere eine zweite Chance auf ein besseres Leben. In ihren neuen Familien können sie Liebe, Sicherheit und Fürsorge erfahren, was es ihnen ermöglicht, Vertrauen aufzubauen und treue und dankbare Begleiter zu werden. Streunende Hunde haben, trotz ihrer oft schwierigen Vergangenheit, das Potenzial, das Herz ihrer neuen Besitzer zu erobern und ihnen Freude und Liebe zu schenken. Mit Geduld, Verständnis und Liebe können diese Tiere zu loyalen und liebevollen Begleitern werden, die dankbar für die Chance auf ein liebevolles Zuhause sind.

Die erste Geschichte in diesem Buch handelt von meiner persönlichen Erfahrung mit meiner Hündin Fabi aus Bulgarien. Ihr Schicksal hat mich tief bewegt und dazu inspiriert, mich intensiv mit dem Thema Straßenhunde zu beschäftigen. Im Anschluss folgen weitere Geschichten, die von meinen Reiseerfahrungen inspiriert sind. Während meiner Besuche auf Fidschi, in der Dominikanischen Republik und in Thailand bin ich vielen Straßenhunden begegnet und habe ihr Leid gesehen. Diese Geschichten, obwohl teils fiktiv, spiegeln die realen Bedingungen wider, unter denen viele Straßenhunde leben. Sie bieten einen tiefen Einblick in die täglichen Herausforderungen, denen diese Hunde gegenüberstehen, und zeigen ihren unermüdlichen Überlebenswillen und ihre bemerkenswerte Resilienz.

Adopt. Don't shop.

Viele Tiere warten sehnsüchtig im Tierheim auf ein Zuhause. Durch eine Adoption erhält ein Tier nicht nur ein liebevolles Heim, sondern es wird auch die Überpopulation verringert und eine verantwortungsvolle Tierhaltung gefördert.

Disclaimer: Die Namen der Menschen in diesen Geschichten sind frei erfunden. Jegliche Ähnlichkeiten mit realen Personen sind rein zufällig.

Fabi. Bulgarien.

Das Leben meiner Hündin Fabi begann in den rauen Straßen Bulgariens, in einer kleinen Stadt, die nicht viel von der Güte der Menschen gegenüber Tieren zu bieten scheint. Eine typische bulgarische Kleinstadt, die in die Jahre gekommen ist und unter ärmlichen Verhältnissen leidet. Sie bietet, wie viele andere Städte auch, ein Bild, das von Verfall und Nostalgie geprägt ist. Solche Städte sind oft im Schatten der großen Metropolen und Touristenorte Bulgariens wie Sofia, Plovdiv oder der Küstenstädte am Schwarzen Meer geblieben. Die Wohnungen sind meist klein und einfach ausgestattet, oft mit veralteter Infrastruktur. Heizungen sind ineffizient, und im Winter kann es in den Häusern sehr kalt werden. Fließendes Wasser und Elektrizität sind zwar vorhanden, doch Stromausfälle und Wassermangel sind keine Seltenheit. In den harten Bedingungen der Straßen dieser kleinen Stadt lebte Mimi, eine tapfere und liebevolle Hündin mit kurzem, braunem Fell und sanften, treuen Augen. Eigentlich hatte Mimi einen Besitzer namens Georgi, ein mürrischer Bulgare mittleren Alters, doch dieser kümmerte sich kaum um sie. Für ihn war Mimi ein ungewolltes Überbleibsel einer früheren Zeit, als er noch an die Idee eines treuen Begleiters geglaubt hatte. Doch die Realität hatte ihn schnell eingeholt, und sein Interesse an Mimi war verblasst wie die Farben eines alten Fotos. So verbrachte Mimi ihre Tage und Wochen auf der Straße, ihrem Schicksal überlassen. Anfangs hatte Mimi versucht, ihrem Besitzer treu zu bleiben. Sie kehrte immer wieder zu dem kleinen Haus am Rande der Kleinstadt zurück, hoffte auf ein Zeichen von Zuneigung, ein bisschen Futter oder wenigstens einen Platz zum Ausruhen. Doch oft fand sie die Tür verschlossen und die Fenster durch die geschlossenen Jalousien verdunkelt. Jeder Tag war ein Kampf ums Überleben für Mimi. Vom ersten Licht der Morgendämmerung bis zur einbrechenden Dunkelheit war sie ständig auf der Suche nach Nahrung und einem sicheren Unterschlupf. Die Straßen der kleinen Stadt, in der sie lebte, waren rau und unerbittlich. Die von Scherben und Müll übersäten Gassen boten wenig Schutz und noch weniger Komfort. Trotzdem streifte Mimi Tag für Tag behutsam durch diese Straßen.

Eines milden Spätsommertages im September 2017, als die Sonne sanft am Himmel stand und ihre warmen Strahlen über die Landschaft ausbreitete, brachte Mimi sechs gesunde Welpen zur Welt – Fabi und ihre fünf Geschwister. Mimi hatte sich in einer abgelegenen Ecke des Schuppens niedergelassen, der zum Haus des mürrischen Bulgaren Georgi gehörte. Der Schuppen mochte bescheiden sein, doch bot er zumindest etwas Schutz vor der Witterung und der Kälte. In dieser geschützten Ecke hatten Mimi und ihre Welpen einen Ort gefunden, an dem sie sich vor den kalten Winden und dem Regen verstecken konnten. Die Welpen kuschelten sich eng an ihre Mutter, deren wärmende Nähe ihnen ein Gefühl von Sicherheit und Geborgenheit gab. Das Leben hätte friedlich und schön sein können. Die ersten Wochen waren geprägt von der unschuldigen Freude der neugeborenen Welpen, die mit ihren kleinen, tapsigen Pfoten die Welt um sich herum erkundeten und in Mimis Nähe blieben. Mimi war eine aufmerksame Hündin, die ihre Kleinen liebevoll säugte und behütete. Die Welpen, darunter auch Fabi, wuchsen schnell und entwickelten ihre eigenen kleinen Persönlichkeiten.

Doch die Idylle war trügerisch. Die allgegenwärtige Gefahr durch Menschen, die kein Herz für Tiere hatten, überschattete das kleine Glück. Einige Bewohner der Kleinstadt sahen in den streunenden Hunden eine Plage und behandelten sie entsprechend. Mimi wusste instinktiv, dass sie sich und ihre Welpen vor diesen Menschen schützen musste. Sie wurde noch vorsichtiger und wachsamer, führte ihre Kleinen nur dann nach draußen, wenn sie sicher war, dass keine Gefahr drohte.

Mit jedem Tag, der kürzer wurde, rückte der Winter näher. Die kühlen Herbstnächte kündigten die eisigen Monate an, in denen das Überleben auf der Straße noch härter werden würde. Die Kälte kroch durch jede Ritze des notdürftigen Unterschlupfes, und Mimi suchte sorgenvoll die Umgebung nach besseren Schutzmöglichkeiten ab. Sie wusste, dass die kommenden Monate eine immense Herausforderung darstellen würden. Es war schwer genug, für sich selbst zu sorgen, aber nun hatte sie auch die Verantwortung für ihre sechs Welpen. Mimi streunerte regelmäßig um das Haus ihres Besitzers Georgi, immer in der Hoffnung, einige Essensreste für ihre Welpen zu finden.

Eines Nachts, als der Mond hoch am Himmel stand und die Straßen in ein kaltes, silbriges Licht tauchte, geschah das Unvorstellbare. Georgi hatte die Welpen schon seit einiger Zeit bemerkt, ihre Anwesenheit jedoch ignoriert, bis er schließlich den Entschluss fasste, die Hunde loszuwerden. Er war in der Stadt als unbarmherziger und gefürchteter Mann bekannt. Kinder und Erwachsene gleichermaßen mieden ihn, da seine Anwesenheit stets Unbehagen brachte. Geschichten und Gerüchte über seine Taten und seine grausame Natur wurden hinter vorgehaltener Hand erzählt. Er hatte vor, die Welpen von Mimi zu ertränken, so wie er es zuvor schon mit einem anderen Wurf getan hatte. Die kleinen Welpen sollten in einen Sack gesteckt werden, der sich im kalten Wasser zu einer Todesfalle verwandeln würde.

In dieser schicksalhaften Nacht schlich sich Georgi zum Schuppen, seine Schritte schwer und ent-schlossen. Er wusste genau, wo er die Hündin und ihre Welpen finden würde. Mimi, die stets wachsam war, bemerkte seine Annäherung und ihre Ohren spitzten sich. Ein instinktives Gefühl der Bedrohung durchfuhr sie. Sie drückte sich tiefer in ihren Unterschlupf, ihre Augen weit aufgerissen vor Angst. Die Welpen, die nichts von der drohenden Gefahr ahnten, schliefen eng aneinander gekuschelt. Georgi näherte sich den Hunden mit einem hasserfüllten Ausdruck in den Augen und einem groben, alten Sack in der Hand, fest entschlossen sein Vorhaben in die Tat umzusetzen. Doch das Schicksal hatte einen anderen Plan. Eine lokale Tierschützerin namens Ana, eine energische Frau mit einem Herz für Tiere, war auf dem Weg zu einem Notfallruf über einen verletzten Igel, als sie zufällig am Haus von Georgi und dem Schuppen vorbeifuhr.

Als Ana aus dem Augenwinkel sah, wie Georgi mit entschlossenem Schritt und einem Sack in der Hand auf den Schuppen zusteuerte, kamen ihr sofort die Erinnerungen an den letzten Vorfall in den Sinn. Sie erinnerte sich auch an das Gerede der Bewohner, als Georgi damals die Welpen ertränkt hatte. In ihr stieg sofort eine Mischung aus Wut und Entschlossenheit auf. Sie wusste, dass sie rasch handeln musste, um Schlimmeres zu verhindern. Ohne zu zögern, parkte sie ihr Auto am Straßenrand und eilte herbei. Georgi bemerkte Ana erst, als sie direkt vor ihm stand. Seine Augen blitzten vor Überraschung und Wut, als er erkannte, dass sie Zeugin seiner abscheulichen Absicht geworden war. "Was fällt Ihnen ein? Das geht Sie nichts an!", fuhr er sie wütend an, seine Stimme ein bedrohliches Knurren. Ana, von Georgis Drohungen nicht beeindruckt, trat mutig einen Schritt näher. Ihr Blick war fest und entschlossen. "Das geht mich sehr wohl etwas an, Georgi. Sie haben kein Recht, diese Hündin zu verletzen oder zu töten. Das ist illegal und moralisch verwerflich." Georgi hob den Sack drohend hoch, als würde er Ana einschüchtern wollen. Doch Ana wich nicht zurück. Sie wusste, dass sie nicht nur für Mimi, sondern auch für die Prinzipien des Tierschutzes kämpfte. Sie musste ihn davon überzeugen, von seinem Vorhaben abzulassen, ohne dass es zu Gewalt kommen würde. In diesem Moment hörte Ana Geräusche von den Welpen, die im hinteren Eck des Schuppens lagen. Ihr klägliches Wimmern verstärkte den Druck und erhöhte die Sorge von ihr. Ana spürte ihre eigene Entschlossenheit wie eine unerschütterliche Kraft in sich aufsteigen, als sie Georgi beiseite stiess und entschlossen den Sack aus seinen Händen riss. Ihr Blick war durchdringend, ihre Stimme fest und bestimmt, als sie Georgi aufforderte, die Welpen freizugeben. Georgi, von Anas plötzlichem Eingreifen überrascht und von ihrem energischen Auftreten eingeschüchtert, zögerte zunächst. Sein finsterer Blick huschte zwischen Ana und dem Sack hin und her, als er versuchte, eine Möglichkeit zu finden, wie er die Situation noch zu seinen Gunsten wenden könnte. Doch die klare Entschlossenheit in Anas Augen liess ihm keine andere Wahl. Der Druck der Situation wurde unerträglich für Georgi. Er wusste, dass Anas Drohungen rechtliche Konsequenzen nach sich ziehen könnten, die sein ohnehin fragiles Ansehen in der Gemeinde weiter beschädigen würden. Die Geschichten über seine Grausamkeit gegenüber Tieren hatten bereits genug Unruhe in der kleinen Stadt gestiftet. Schließlich, unter dem Druck der Umstände und Anas unbeugsamer Haltung, willigte Georgi mürrisch ein, die Welpen herauszugeben. Seine Worte waren knapp und widerwillig, aber Ana wusste, dass sie einen Sieg für das Wohl der Tiere errungen hatte. Sie hob die zitternden Welpen behutsam hoch und setzte sie einen nach dem anderen in ihr Auto. Völlig verängstigt, aber lebendig, wurden die sechs Welpen gerettet und in Sicherheit gebracht. Doch damit nicht genug, Ana setzte sich auch dafür ein, dass Mimi ebenfalls gerettet wurde. Sie bot Georgi eine finanzielle Entschädigung an, die ihn schließlich dazu zwang, auch die Mutterhündin zu übergeben. Er stimmte widerwillig zu und übergab Mimi an Ana. Für ihn war es ein Geschäft, doch für Mimi und ihre Welpen bedeutete es das Überleben und eine Chance auf ein besseres Leben.

Ana nahm Mimi und ihre Welpen mit zu sich nach Hause, sie war eine Tierschützerin mit Herz und unermüdlicher Hingabe. Sie lebte selbst in einem kleinen, bescheidenen Haus am Rande der Kleinstadt. Ihr Haus war einfach eingerichtet, aber gemütlich und immer voller Leben. Die Katzen, die sie von der Straße gerettet hatte, streiften frei im Haus umher und fanden in jedem Winkel ein warmes Plätzchen. In dem kleinen Hinterhof, umgeben von einer einfachen Mauer und einem Holzzaun, kümmerte sie sich um eine ganze Schar von geretteten Hunden. Es war nicht der ideale Ort, wenn man bedenkt, dass die Winter in Bulgarien lang und kalt sein konnten, aber Ana tat ihr Bestes, um die Tiere sicher und warm zu halten. Sie baute einfache Unterstände und legte Decken aus, um ihnen Schutz vor der Kälte zu bieten. Die Hunde schienen zu wissen, dass sie hier in Sicherheit waren.

Am nächsten Tag, sobald die ersten Sonnenstrahlen die kleine Stadt erreichten, machte sich Ana auf den Weg, um Mimi und ihre Welpen zum örtlichen Tierarzt zu bringen. Sie packte die kleinen, zarten Körper vorsichtig in eine große Transportbox, während Mimi auf der Rückbank neben der Box dicht bei ihren Jungen blieb und beruhigend auf sie einwirkte. Ana hatte einen alten, klapprigen Wagen, den sie für solche Fahrten benutzte. Der Kofferraum war vollgestopft mit Decken, Körbchen und allerlei Tierzubehör – ein fahrendes Zeugnis ihrer Hingabe an die Tiere.

Die Fahrt zum Tierarzt war ruhig, abgesehen von dem gelegentlichen Winseln der Welpen. Ana sprach sanft mit ihnen und versicherte ihnen, dass alles in Ordnung sei. Beim Tierarzt angekommen, begrüßte sie den Doktor, einen freundlichen Mann mittleren Alters mit einem Herz für Tiere. Er kannte Ana und ihre Arbeit gut und war stets bereit zu helfen. Die Untersuchung der Welpen verlief ohne Probleme. Der Tierarzt führte die Impfungen durch, entwurmte die Welpen und setzte ihnen einen Chip ein, während Mimi alles aufmerksam im Auge behielt. Ana stand die ganze Zeit über dabei, streichelte und beruhigte die kleinen Hunde. Der Tierarzt lobte Ana für ihre unermüdliche Arbeit und gab ihr zusätzliches Futter und Medikamente mit, um sicherzustellen, dass Mimi und ihre Welpen gesund blieben.

Wieder zu Hause, machte sich Ana sofort daran, Fotos von Mimi und ihren Welpen zu machen und sie dem Tierschutzverein Glück für alle Pfoten zu senden. Mit einer einfachen Kamera machte sie Aufnahmen im Hinterhof, die die zarten Gesichter der Welpen und Mimis fürsorglichen Blick einfingen. Die Bilder zeigten die kleinen, verängstigten Hunde mit traurigen, leeren Augen, die sich noch nicht an ihre neue Umgebung gewöhnt hatten. Es dauerte nicht lange, bis diese

Fotos online gestellt wurden. Der Tierschutzverein nutzte verschiedene Plattformen und soziale Netzwerke, um so viele Menschen wie möglich zu erreichen. Ihren Namen hat Fabi (eigentlich Faber) von der Futterpatin erhalten, die das erste Futterpaket für die Welpen gespendet hat. Der Name gehört für mich zu ihrer Geschichte dazu so dass ich diesen behalten habe und wie ich finde, passt dieser auch sehr gut zu ihrem Wesen.

Schweiz, November 2017. Eines Abends, während ich gedankenverloren durch meinen Facebook-Feed scrollte, fiel mir der Beitrag ins Auge. Die Bilder von Mimi und ihren Welpen zogen mich sofort in ihren Bann. Die kleinen, hilflosen Gesichter berührten mich tief, und ihre traurigen Augen schienen mich direkt anzusprechen, als wollten sie sagen: „Bitte, gib uns eine Chance." Ich konnte nicht wegsehen und betrachtete die Bilder immer wieder aufs Neue. In diesem Moment war mir klar, dass ich einem dieser Hunde ein Zuhause schenken musste.

Schon seit meiner Kindheit spürte ich eine besondere Verbindung zu Tieren, auch wenn ich nie einen eigenen Hund hatte. Als Teenager war ich oft ein Außenseiter und fand in Tieren die beste Gesellschaft. Ich hatte kleine Nagetiere wie Hasen, Meerschweinchen und sogar eine Maus, doch für meine Eltern kam ein Hund leider nicht in Frage. Umso glücklicher war ich, dass ich regelmäßig den Dackel unserer Nachbarin ausführen durfte. Maxi, ein freundlicher brauner Dackel mit charmanten Locken an Ohren und Rute, wurde zu meinem treuen Begleiter. Nach der Schule konnte ich es kaum erwarten, meinen Rucksack in die Ecke zu werfen und mit Maxi spazieren zu gehen.

Wir verbrachten fast jeden Nachmittag miteinander, sei es im Park oder bei unseren Spaziergängen durch die Nachbarschaft. Besonders im Winter hatte Maxi große Freude daran, hinter Schneebällen herzujagen, und kam immer brav zurück, wenn ich sie rief. Diese gemeinsamen Momente bereiteten mir immense Freude und zeigten mir, wie besonders die Bindung zu einem Hund sein kann. Durch meine Arbeit in der Hotellerie und die Jahre im Ausland war es mir lange Zeit nicht möglich, einem Hund gerecht zu werden. Dennoch blieb die Sehnsucht nach einem treuen Begleiter stets bestehen. Viele Jahre später spürte ich, dass der richtige Zeitpunkt endlich gekommen war. Nach Gesprächen mit meiner Chefin hatten wir flexible Arbeitszeiten vereinbart – ein großer Glücksfall, der es mir ermöglichte, meinen lang gehegten Wunsch zu verwirklichen: einen Hund zu adoptieren.

Ich nahm also Kontakt mit der Tierschutzorganisation auf und drückte mein Interesse aus, einem der Welpen ein liebevolles Zuhause zu geben. Nachdem ich mich gründlich über die Adoption informiert hatte, entschied ich mich für Fabi da es bisher keine Interessenten für sie gab. Fabi war ein kleiner schwarzer Welpe mit einem weißen Fleck auf der linken Schulter, einem weißen Brustfell und einer weißen Rutenspitze. Ihr trauriger und leerer Blick traf mich direkt ins Herz und ließ mich nicht mehr los. Ich konnte an nichts anderes mehr denken als an Fabi. Der Prozess der Adoption aus dem Ausland war komplex und erforderte Geduld und Engagement. Es gab einige Formulare auszufüllen, kleinere Hürden zu überwinden und verschiedene Kontrollen zu bestehen. Eine der entscheidenden Schritte war die Vorkontrolle, bei der überprüft wurde, ob mein Zuhause für Fabi geeignet war. (Seriöse Vereine machen Vorkontrollen um zu sehen, dass die Hunde wirklich in gute Hände übergeben werden und nicht vom Regen in die Traufe kommen).

An einem kühlen Tag im Dezember 2017 wartete ich ungeduldig auf Sabine, die Frau, die für die Vorkontrolle zu mir nach Hause kommen sollte. Ich wohnte damals noch in einem kleinen Chalet in den Walliser Alpen. Die Berge waren bereits schneebedeckt und strahlten eine ruhige, winterliche Schönheit aus. Um eine gemütliche Atmosphäre zu schaffen, zündete ich den Kamin an, dessen flackernde Flammen das Chalet in ein warmes Licht tauchten. Ich setzte Tee auf, der Duft von frisch aufgebrühtem Kräutertee erfüllte den Raum, und wartete gespannt auf Sabines Ankunft. Pünktlich zur vereinbarten Zeit klingelte es an der Tür. Mit klopfendem Herzen öffnete ich und begrüßte Sabine. Sie war eine freundliche junge Frau, die mit einem warmen Lächeln und einem aufmerksamen Blick das Haus betrat. Wir setzten uns an den Esstisch, der in der Nähe vom Kamin stand. Der Tee war serviert und wir vertieften uns sogleich in ein ausführliches Gespräch. Sabine erklärte mir den gesamten Adoptionsprozess im Detail, während ich all meine Fragen stellte, die sich in den letzten Wochen angesammelt hatten. „Was sind die häufigsten Herausforderungen bei einer Auslandsadoption?" fragte ich und Sabine nahm einen Schluck Tee, bevor sie antwortete. „Es gibt einige," begann sie und erzählte. „...vor allem die Anpassung des Hundes an die neue Umgebung ist wichtig. Es braucht viel Geduld und Liebe, aber ich habe das Gefühl, dass Fabi bei dir ein wunderbares Zuhause finden wird." Ich nickte und erzählte ihr von meinen Plänen für Fabi. Ich zeigte

Sabine das Chalet, führte sie durch die verschiedenen Räume und erklärte, wo ich die Liegeplätze für Fabi einrichten wollte. „Hier am Kamin kann sie sich entspannen," sagte ich, „und im kleinen Garten wird sie im Frühling die Sonne genießen können." Sabine schien zufrieden und nickte zustimmend. „Es sieht sehr gemütlich aus," meinte sie lächelnd. „Ich glaube, Fabi wird sich hier sehr wohlfühlen." Nachdem wir das Haus und den Garten besichtigt hatten, verabschiedeten wir uns. Sabine versprach, sich bald zu melden, um mir die Entscheidung mitzuteilen. Zwei Tage später erhielt ich die ersehnte Nachricht: Ich hatte die Zusage für Fabi! Ein Gefühl der Freude und Erleichterung durchströmte mich. Doch nun hieß es warten, denn der Ausreisetermin war für Februar 2018 datiert. Die Welpen durften erst mit fünf Monaten reisen, und es ist selbstverständlich wichtig, dass sie nicht zu früh von ihrer Mutter getrennt werden. Daher hieß es, bis Februar zu warten. Drei Monate können sehr lang erscheinen, wenn man sehnsüchtig auf etwas wartet.

In der Zwischenzeit hielt ich regelmäßigen Kontakt mit Ana, die sich weiterhin liebevoll um Fabi und ihre Geschwister kümmerte. Sie schickte mir ab und zu ein Foto von Fabi und ihren Geschwistern. Diese Bilder waren für mich ein kleiner Trost und hielten die Verbindung zu Fabi lebendig. Während dieser Wartezeit bereitete ich alles für Fabis Ankunft vor. Ich kaufte ein weiches Hundebett, ein Erste-Hilfe-Set für Hunde, Pflegezubehör, verschiedene Hundeleinen und Brustgeschirr, Näpfe, Decken, Spielzeug und alles, was ein Hund benötigt, um sich wohlzufühlen. Ich konnte es kaum erwarten, dass der Tag endlich anbrach, an dem ich Fabi in meine Arme schließen und sie in ihrem neuen Zuhause willkommen heißen durfte. Die Vorfreude war groß und jeder Tag, der verging, brachte mich ein Stück näher zu dem Moment, an dem Fabi und ich endlich zusammen sein würden.

Ursprünglich war geplant, dass Fabi zusammen mit zahlreichen anderen Hunden in einem Großtransport aus Bulgarien nach Deutschland reisen würde. Ich hatte alles sorgfältig vorbereitet, mich informiert und die erforderlichen Vorkehrungen getroffen, um Fabi bei ihrer Ankunft willkommen zu heißen. Doch dann traf mich die Nachricht wie ein Schlag: Im Februar 2018 hatte Rumänien seine Grenzen für die Durchfahrt von Tiertransporten geschlossen. Der gesamte Transport wurde auf unbestimmte Zeit verschoben, da der Weg aus Bulgarien nun nicht mehr über Rumänien führen konnte. Schon zuvor hatte ich Bedenken wegen der langen Autofahrt, die Fabi und die anderen Hunde hätten durchmachen müssen. Es wäre stressig gewesen, aufgrund der grossen Entfernung und der Bedingungen unterwegs. Ich handelte schnell und entschieden. Die Nachricht, dass der geplante Großtransport aus Bulgarien nun aufgrund der Grenzschließung in Rumänien verschoben werden musste, traf mich unerwartet hart. Ich wollte keinen Tag länger auf Fabi warten, sie keinen Tag länger in Bulgarien lassen. Innerhalb von zwei Tagen nach der Grenzschließung war alles organisiert: die Flugtickets waren gebucht, die notwendigen Papiere besorgt und die letzten Vorbereitungen getroffen. Dann flieg ich eben nach Bulgarien und hole Fabi zu mir.

11. Februar 2018. Endlich war der Tag gekommen, an dem ich Fabi und eine weitere Hündin namens Candy abholen konnte. Ich hatte mich als Flugpatin für

Candy registriert, da es Privatpersonen erlaubt war, zwei Hunde auf der Flugstrecke mitzunehmen. Meine Meine Aufregung war kaum zu bändigen, als ich am frühen Morgen in Frankfurt am Flughafen eincheckte, die Transportbox aufgab und nach Sofia, der Hauptstadt Bulgariens, flog. Die Reise war voller Spannung und Nervosität, mein Herz schlug unaufhörlich in meiner Brust. Der Flug nach Sofia fühlte sich unendlich lang an und ich konnte kaum stillsitzen. Meine Gedanken kreisten ununterbrochen um Fabi und Candy. In welchem Zustand werde ich die beiden vorfinden? Wie würden sie auf mich reagieren? Würden sie die Reise gut überstehen? Als das Flugzeug endlich in Sofia landete, war ich erleichtert, aber auch gespannt, was mich erwarten würde.

Als ich in der Ankunftshalle ankam und meine mitgebrachte Transportbox am Schalter abholte, schaute ich mich um. Ana war nicht zu sehen. Nervös holte ich mein Handy aus der Jackentasche und blickte besorgt auf das Display. Eine Nachricht: Ana hatte Verspätung, da sie noch im Stau steckte. Ich wartete also mitten im Trubel der Ankunftshalle. Die Minuten vergingen und schienen sich wie eine Ewigkeit hinzuziehen. Verloren in meinen Gedanken an Fabi, bemerkte ich plötzlich im Augenwinkel einen heranrollenden Wagen. Mein Herz machte einen Sprung. Ana, die sich liebevoll um Fabi und ihre Geschwister gekümmert hatte, näherte sich mir mit einem warmen Lächeln und einem Wagen, auf dem eine große Transportbox stand. Mein Herz schlug schneller, als ich auf sie zuschritt. Endlich würde ich meine Fabi kennenlernen. Ich begrüßte Ana und kniete mich vorsichtig neben die Box, um hineinblicken zu können. Zunächst sah ich nur weißes Fell mit braunen Flecken – das war Candy. Mein Herz setzte einen Schlag aus, als ich mit leicht entsetztem Blick zu Ana aufblickte. „Wo ist Fabi?" fragte ich mit einer Mischung aus Sorge und Angst, dass etwas dazwischen gekommen sein könnte. Ana lächelte beruhigend, öffnete die Box und holte Candy heraus. „Da liegt sie," sagte sie und zeigte auf die hintere Ecke der Box. Mein Blick folgte ihrer Hand und ich sah einen kleinen, schwarzen Knäuel, der sich in die Ecke gedrückt hatte. Zwei weit aufgerissene, ängstliche Augen blickten mich aus der Dunkelheit der Box an. Es war Fabi. Mein Herz schmerzte, der ängstliche Blick von Fabi fuhr mir durch alle Glieder. Ana hob Fabi vorsichtig aus der Box heraus und stellte sie vor mich auf den Boden. Fabi stand zitternd vor mir, ihr Fell war stumpf und ihr Blick leer. Mein Herz schmerzte, als ich ihren Zustand sah. Ich kniete mich hin und hielt ihr meine Hand hin, in der Hoffnung, sie würde an mir schnüffeln und Vertrauen fassen. Doch Fabi blieb starr, die Rute fest zwischen die Beine geklemmt. Ich öffnete meine mitgebrachte Transportbox, die mit einer weichen Matte und einer Decke ausgelegt war, und füllte den Reisenapf mit etwas Wasser aus der Flasche auf. Wir ließen Fabi etwas Zeit, sich an die neue Box zu gewöhnen, während Candy neugierig ihre Umgebung erkundete. Ana und ich wechselten noch ein paar Worte, in denen sie mir einige letzte Ratschläge gab und mir Mut zusprach. „Fabi ist sehr schüchtern," erklärte Ana sanft, „aber mit viel Geduld und Liebe wird sie sich sicher gut einleben." Es dauerte nicht lang, bis wir zum Boarding mussten. Ich verabschiedete mich von Ana und bedankte mich herzlich für alles, was sie für Fabi und Candy getan hatte. Dann rollte ich den

Wagen mit den beiden Transportboxen hinüber in die Abflughalle. Mein Magen zog sich zusammen und Sorgen erfüllten mich, als ich Fabi und Candy beim Gepäck aufgeben musste. Ich konnte nicht anders, als mir vorzustellen, wie sie den Flug erleben würden. Würden sie die Reise gut überstehen? Die Unsicherheit nagte an mir, während ich die Hunde in ihren Boxen zum Schalter brachte und mich von ihnen verabschiedete. Ich gab beiden Hunden noch einmal Wasser. „Wir sehen uns bald wieder," flüsterte ich Fabi zu, als ich ihre Box schloss. „Alles wird gut." Ich gab beide Boxen am Schalter auf und sah wie sie auf einem Wagen zur Ladung geschoben wurden. Ungeduldig wartete ich darauf, dass das Boarding begann. Eine halbe Stunde verging, während ich vom Gate aus durch die grossen Panoramafenster hinunter zur Start- und Landebahn blickte. Unser Flugzeug stand bereits am Gate, und das Gepäck wurde gerade verladen. Ich beobachtete das Geschehen mit klopfendem Herzen. Plötzlich machte mein Herz einen Sprung, als der letzte Wagen mit mehreren Anhängern über das Rollfeld zum Flugzeug fuhr. Auf dem letzten Hänger sah ich zwei Hundeboxen – dort waren sie, Fabi und Candy. Ich beobachtete genau, wie sie behutsam und vorsichtig ins Flugzeug geladen wurden. Eine Ansage drang durch den Lautsprecher und das Bording begann, endlich.

Zwei Stunden und Fünfzehn Minuten später landeten wir am Nachmittag endlich in Frankfurt. Die Müdigkeit der Reise und die Anspannung der letzten Tage machte sich bemerkbar, doch die Vorfreude auf das Wiedersehen mit Fabi ließ mich wach bleiben. Mit nervösen Schritten machte ich mich auf den Weg zur

Gepäckausgabe und steuerte zielstrebig einen separaten Schalter an, der für den Transport von Tieren vorgesehen war. Hier hieß es erneut warten. Jede Minute schien sich zu dehnen, während ich ungeduldig von einem Fuß auf den anderen trat und immer wieder auf die Uhr sah. Endlich öffnete sich die Tür zum Lagerraum, und ein Mitarbeiter schob einen Wagen heraus, auf dem zwei große Transportboxen standen. Mein Herz schlug schneller, als ich erkannte, dass es sich um Candy und Fabi handelte. Da war sie, meine kleine tapfere Hündin. Ihre Augen schauten immer noch traurig in die Weite der Ankunftshalle. Ich öffnete das Gitter und hielt ihr meine Hand hin, zaghaft schnupperte sie doch noch viel zu ängstlich um sich zu freuen. Inzwischen war auch der Vater der Adoptantin von Candy am Flughafen eingetroffen. Seine Tochter konnte es leider nicht einrichten, selbst zu kommen. Mit einem freundlichen Lächeln begrüßte er mich und wartete geduldig, während ich mich von Candy verabschiedete. Ich flüsterte ihr liebevolle Worte zu, bevor ich sie dem Vater übergab. „Ich wünsche Ihnen ganz viel Glück und eine wunderbare Zeit des Kennenlernens," sagte ich mit einem wehmütigen Lächeln. Es war ein bittersüßer Moment, Candy loszulassen. Während ich sah, wie der Vater mit Candy den Flughafen verließ, wurde mir klar, dass dies der Abschied für immer war. Von Candy habe ich leider nie wieder etwas gehört. Trotzdem hoffe ich, dass sie ein glückliches Leben bei ihrer neuen Familie gefunden hat. Mit einem Seufzer wandte ich mich wieder Fabi zu, die immer noch starr in der Box hockte. Trotz der Aufregung und des emotionalen Abschieds war ich dankbar, dass sie endlich bei mir war. Mit Fabi an meiner Seite machte ich mich auf den Weg zur Tiefgarage, wo ich das Auto vor dem Abflug geparkt hatte. Der Weg durch den Flughafen war lang und anstrengend, aber der Gedanke, bald in der vertrauten Umgebung des Autos zu sein, trieb mich voran. Als wir schließlich am Auto ankamen, stellte ich die Transportbox behutsam auf den Boden und öffnete sie, um noch einmal nach Fabi zu sehen und ihr Wasser anzubieten. Ihr Blick war immer noch leer und traurig, was mir einen schmerzhaften Stich ins Herz versetzte. Ich wusste, dass sie die letzten Stunden schwer mitgenommen hatten. „Alles wird gut, meine Kleine," flüsterte ich ihr zu, während ich die Tür der Box wieder schloss und sie vorsichtig ins Auto hob. Wir verließen die Tiefgarage und fuhren durch die belebten Straßen Frankfurts. Der Verkehr war dicht, doch mein einziges Ziel war es, so schnell wie möglich aus der Stadt herauszukommen. Fabi brauchte Ruhe, und ich wollte ihr diese so schnell wie möglich bieten. Nach etwa zwanzig Minuten hatten wir endlich die Autobahn erreicht und fuhren Richtung Süden, in die Schweiz. Der Verkehr nahm ab und die Landschaft veränderte sich langsam von urbanen Betonbauten zu grünen Wiesen und Wäldern.

Nachdem wir eine Weile gefahren waren, beschloss ich, die nächste Ausfahrt zu nehmen und auf dem Land eine kurze Pause einzulegen. Fabi brauchte dringend eine Verschnaufpause, und ich wollte, dass sie ihre ersten Schritte nach dieser anstrengenden Reise im weichen Gras machen konnte. Ich fand einen ruhigen Platz auf einem Feldweg, hielt an und öffnete die Box. Vorsichtig legte ich ihr die Leine an und wartete geduldig. Minuten vergingen, fünf, zehn, doch Fabi traute sich nicht aus der Box. Ihr Blick war weiterhin leer und resigniert, und mein Herz schmerzte, sie so zu sehen. Schließlich entschied ich mich, sie behutsam aus der Box zu heben. Ich setzte sie ins Gras, fühlte ihre steife kleine Gestalt in meinen Händen und stellte sie vorsichtig ab. Sie stand still, ihre Augen blickten ins Leere, und sie wirkte wie versteinert. Mit einem sanften Lächeln und einem liebevollen Blick ging ich ein paar Meter voraus. „Es wird alles gut," flüsterte ich ihr zu. Langsam löste sich etwas in ihr, und sie hockte sich hin, um sich zu erleichtern. Anschließend kehrte sie sofort wieder in die Sicherheit ihrer Box zurück. Ich stellte den Reisenapf Wasser in die Box, und zu meiner Erleichterung trank sie eifrig. Sie hatte Durst, und der kurze Halt tat ihr gut. Ich bot ihr auch etwas Futter an, das ich für die Heimreise im Auto bereitgelegt hatte, aber sie wollte noch nicht fressen. Nach etwa einer halben Stunde machten wir uns wieder auf den Weg. Die Fahrt ging weiter, und während ich auf die Autobahn zurückkehrte, hoffte ich, dass Fabi sich bald an ihre neue Umgebung gewöhnen würde. Gemeinsam setzten wir unsere Reise fort, in der Hoffnung auf einen Neuanfang und ein glückliches Leben in der Schweiz.

Ich wusste, dass Fabi Zeit brauchen würde, um sich an ihre neue Umgebung zu gewöhnen, und dass sie sich sicher fühlen musste. Während der Fahrt sprach ich sanft mit ihr, um ihr Sicherheit zu geben. Ihre großen, braunen Augen blickten aufmerksam aus der Transportbox heraus, und ich konnte die Unsicherheit und Angst in ihrem Blick erkennen. Sie lag zusammengekauert in der Box. Ich erzählte ihr von der neuen Heimat, von den Wiesen und den Wäldern, die wir bald gemeinsam erkunden würden. Die ruhige Stimme schien ihr ein wenig Trost zu spenden, und ich merkte, wie sie sich ein kleines Stück entspannte.

Nach einer langen, aber ruhigen Fahrt erreichten wir schließlich das Chalet in der Schweiz. Es war bereits spät am Abend, als ich den Wagen parkte und die Eingangstür aufschloss. Die kalte, winterliche Luft des späten Abends begrüßte uns, als ich die Box aus dem Auto hob und Fabi ins Haus trug. Alles war vorbereitet: Ihre Liegeplätze waren mit einem gemütlichen Körbchen, weichen Kissen und Hundedecken ausgestattet, und zwei Näpfe standen bereit, einer für frisches Wasser und der andere für Futter. Ich stellte die Box im Wohnzimmer ab und öffnete das Türgitter. Ich füllte die Näpfe auf und setzte mich erschöpft auf das Sofa. Ich lehnte mich zurück, schloss die Augen für einen Moment und atmete tief durch, um Fabi Ruhe zu gönnen. Es war still, nur der kalte Wind, der um das Haus wehte, war zu hören. Fabi blieb im hintersten Eck der Box, ihre großen Augen huschten unruhig hin und her, als würde sie jeden Winkel des neuen Zuhauses absuchen, um sich ein Bild von ihrer Umgebung zu machen. Ihre Statur war angespannt, und ich konnte sehen, wie ihre kleinen Pfoten nervös zuckten. Während ich auf dem Sofa vor Müdigkeit fast eingeschlafen war, bemerkte ich, dass Fabi zögernd aus der Box trat. Ihre Bewegungen waren langsam, vorsichtig, als ob sie jeden Schritt abwägen musste. Sie schnüffelte neugierig an der neuen Umgebung, doch ihre Körpersprache verriet ihre Anspannung. Ich hatte ein gemütliches Bett am Kamin für sie vorbereitet mit einer warmen Kuscheldecke und einem zotteligen Plüschhasen. Doch Fabi war zu angespannt, um sich direkt in ihr Bett zu kuscheln oder gar zu spielen. Stattdessen stand sie starr da, ihre großen Augen blieben wachsam, während sie mich und die neue Umgebung ganz vorsichtig mit neugierigem Blick beobachtete.

Die erste Nacht war für uns beide kurz und unruhig. Ich hatte mir ein Lager neben der Hundebox und ihrem Hundebett aufgeschlagen, um bei ihr zu sein und ihr zu zeigen, dass sie nicht alleine war. Immer wieder sprach ich sanft zu ihr, streckte meine Hand durch die Gitterstäbe der Box, damit sie meinen Geruch kennenlernen konnte. Ich flüsterte beruhigende Worte, um ihr Vertrauen zu gewinnen. Langsam, sehr langsam, begann Fabi sich zu entspannen. Ihre Augenlider sanken und schließlich schloss sie die Augen. In diesem Moment spürte ich eine tiefe Verbindung zu ihr, als wir beide in der Stille der Nacht vereint waren. Es war, als ob wir in diesem Augenblick beschlossen, diesen Weg gemeinsam zu gehen. Die Nähe und das sanfte Flüstern meiner Worte schufen eine unbeschreibliche Bindung zwischen uns, und ich wusste, dass wir zusammen stark sein würden.

In den folgenden Tagen und Wochen hielten wir unsere Unternehmungen klein und ruhig, um Fabi die Zeit und den Raum zu geben, den sie brauchte, um sich an ihre neue Umgebung zu gewöhnen. Unsere Spaziergänge beschränkten sich zunächst auf den kleinen Garten und die unmittelbare Natur um das Chalet herum. Diese vertraute und ruhige Umgebung gab Fabi ein Gefühl von Sicherheit. Sie schnüffelte an den Blumen, erkundete die Büsche und legte sich oft in die Sonne, wobei sie stets darauf bedacht war, ihr Umfeld nicht aus den Augen zu lassen. Jedes Mal, wenn wir auf einen fremden Hund oder Menschen trafen, versteckte sich Fabi sofort hinter mir oder zog sich zurück. Ihre Angst war deutlich zu spüren, und ich respektierte ihre Grenzen, zwang sie zu nichts und drängte sie nicht. Ich sprach sanft mit ihr, lobte sie für jeden kleinen Fortschritt und zeigte ihr, dass ich an ihrer Seite war, egal was passierte.

Es war ein sonniger Morgen im April, als ich entschloss, dass wir bereit für unseren ersten längeren Spaziergang jenseits unserer bisherigen Grenzen waren. Ich hatte einen Weg gewählt, der normalerweise wenig frequentiert war, in der Hoffnung, dass Fabi nicht allzu vielen Menschen und Hunden begegnen würde. Der Duft von frisch gemähtem Gras und das Zwitschern der Vögel begleiteten uns, als wir uns vorsichtig auf den neuen Weg wagten. Fabi ging dicht neben mir, ihre Ohren aufrecht, wachsam und aufmerksam. Jeder entfernte Laut ließ sie innehalten und sich umsehen. Trotz der ruhigen Umgebung reichten die wenigen Passanten, die wir trafen, aus, um ihre Angst zu wecken. Ihre Ohren legten sich an, ihr Körper begann zu zittern, und sie versuchte, sich hinter meinen Beinen zu verstecken. Ich spürte ihre Anspannung und setzte mich neben sie ins Gras. „Alles ist gut, Fabi. Du bist sicher," sagte ich beruhigend, während ich ihr sanft über den Rücken strich. Ich wartete geduldig, bis sie sich wieder ein wenig beruhigt hatte. Ihre Augen suchten meinen Blick, und ich lächelte sie ermutigend an. Nach einigen Minuten entspannte sich ihr Körper ein wenig, und sie wagte es, wieder aufzustehen und sich umzusehen. Wir setzten unseren Spaziergang fort, und ich achtete darauf, sie mit lobenden Worten und sanften Berührungen zu bestärken. Jede kleine Herausforderung, die sie meisterte, war ein großer Schritt für sie. Obwohl sie immer noch ängstlich und unsicher war, konnte ich sehen, wie sie langsam an Vertrauen gewann. Schritt für Schritt, Tag für Tag, bauten wir gemeinsam eine Grundlage aus Sicherheit und Vertrauen auf. Diese Spaziergänge wurden zu einer wichtigen Routine für uns. Sie gaben Fabi die Möglichkeit, ihre Angst Stück für Stück zu überwinden, und mir die Gelegenheit, unsere Bindung zu stärken. Ich lernte, ihre Körpersprache besser zu verstehen und ihre Bedürfnisse zu erkennen. Unsere gemeinsame Zeit draußen, in der Ruhe und Schönheit der Natur, war ein heilender Prozess für uns beide. In unserem Zuhause hatte Fabi inzwischen ihren Lieblingsplatz gefunden – ihr weiches Hundebett direkt am Kamin. Dieser Platz war perfekt für sie: von hier aus konnte sie den Garten und die Vögel beobachten. Die warmen Sonnenstrahlen, die durch die Fenster fielen, wärmten sie sanft und ließen ihr Fell in einem glänzenden Schimmer leuchten. Oft lag sie dort zufrieden und ruhig, ihr Kopf auf ihren Pfoten, während sie den Alltag draußen still und aufmerksam verfolgte. Es war ihr persönlicher Ort der Ruhe und Sicherheit, und es erfüllte mein Herz mit Freude, sie so entspannt zu sehen.

Die ersten Monate waren für Fabi eine Zeit der Anpassung und des langsamen Vertrauensaufbaus. Sie hatte ihre Ängste und Unsicherheiten, und ich gab mein Bestes, um ihr ein Gefühl der Sicherheit zu vermitteln. Die Fortschritte kamen sehr langsam, aber stetig. Dann, eines Abends, als ich gerade das Abendessen zubereitete, hörte ich plötzlich ein leises Klopfen. Es war ein zartes, fast unmerkliches Geräusch, das meine Aufmerksamkeit sofort auf sich zog. Ich drehte mich um und sah, wie Fabi vorsichtig mit dem kleinen zotteligen Plüschhasen spielte. Ihr Blick war konzentriert und neugierig, und ihre Pfoten berührten den Hasen behutsam. Ich musste schmunzeln. Es war ein kleiner, aber bedeutender

Moment. Fabi begann endlich, die Freude am Spielen zu entdecken, und ich wusste, dass wir auf dem richtigen Weg waren. Unser Alltag entwickelte sich zu einer festen Routine, die uns beiden Struktur und Sicherheit bot. Fabi hatte feste Fütterungszeiten und unsere Spaziergänge wurden zu einem Ritual, das wir beide genossen. Jeden Morgen füllte ich ihre Futternäpfe mit frischem Wasser und hochwertigem Futter. Ich beobachtete, wie sie neugierig an ihrem Napf schnüffelte, bevor sie anfing zu fressen. Die abendlichen Kuschelstunden auf dem Sofa waren unser gemeinsamer Rückzugsort, wo wir die Nähe und das Vertrauen, das sich zwischen uns aufgebaut hatte, genossen. Jeder kleine Fortschritt, jedes neugierige Schnüffeln, jeder zusätzliche Meter, den wir auf unseren Gassirunden gingen, war ein Triumph. Fabi und ich hatten aber auch einige Rückschläge auf unserem Weg zu einem harmonischen Zusammen-leben. Einer der einschneidendsten Momente war unser Spaziergang an einem alten, stillgelegten Flugplatz im Tal. Hier war ich regelmässig mit Fabi weil es weitläufig ist und ich Fabi an der Zwanzig Meter Leine mehr Auslauf geben kann. Mir wurde empfohlen einen Tierschutzhund immer gut zu sichern, da diese Hunde sehr schreckhaft sein können, sei es durch ein ungewohntes Geräusch oder fremde Begegnungen. Und so war Fabi auf allen Spaziergängen an der langen Leine, sie hatte genug Auslauf und ich hatte die Möglichkeit in einem Moment der Panik einzugreifen. An diesem Tag war das Wetter mild, die Sonne schien sanft durch die Wolken und die Luft war erfüllt vom Zwitschern der Vögel. Der kleine Flugplatz, einst ein geschäftiger Knotenpunkt für die Luftrettung, lag nun verlassen und verwildert vor uns. Die ehemaligen Betonpisten waren von dichtem Gras und unkrautartigen Pflanzen durchzogen, und das weite Gelände war von hohen, knorrigen Bäumen gesäumt, deren Äste sanft im Wind schwankten. Die Stille wurde nur von dem gelegentlichen Zwitschern der Vögel unterbrochen, die sich in der einst belebten Umgebung nun ein neues Zuhause geschaffen hatten. Es war ein idyllischer Ort, der Ruhe versprach, und so schlenderten wir entspannt die Pfade auf dem Flugplatz entlang. Fabi schnüffelte neugierig die Wiesen ab, und ich genoss die friedliche Stille des Ortes. Plötzlich hörte ich hinter uns das laute Gebell und das aufgeregte Trappeln von Hundepfoten. Ich drehte mich um und sah vier große Hunde, die um die Ecke des stillgelegten Hangars kamen. Sie waren offensichtlich nicht angeleint und näherten sich schnell, ihre Körperhaltung war neugierig, aber auch dominierend. Fabi erstarrte, ihre Augen weiteten sich vor Angst und ihr ganzer Körper spannte sich an. Bevor ich reagieren konnte, waren die Hunde bei uns und Fabi bereits in Panik. Sie begann, sich heftig zu winden und zu ziehen, versuchte verzweifelt, dem drohenden Konflikt zu entkommen. In ihrer Panik schaffte sie es, sich im Rückwärtsgang aus ihrem Brustgeschirr zu befreien. Mein Herz raste, als ich sah, wie Fabi frei war und im nächsten Moment weglaufen könnte. Die fremden Hunde umzingelten uns und bellten immer lauter. Ich wusste, wenn Fabi wegrennen würde, könnte ich sie vielleicht nie wiederfinden. Instinktiv sprang ich vor, fiel auf die Knie und griff Fabi am Nacken. Meine Hand bekam gerade noch einen festen Griff um den Kragen, während Fabi verzweifelt versuchte, sich aus meiner Umklammerung zu befreien. Ich zog sie dicht an mich heran, stand schnell auf und versuchte verzweifelt, die anderen Hunde mit Körpersprache und

Rufen auf Abstand zu halten. Ihre Besitzer, zwei jüngere Männer kamen endlich hinter dem Hangar hervor und riefen sie zurück. Nach einigen Augenblicken gehorchten die Hunde widerwillig und entfernten sich, aber der Schreck saß tief. Fabi zitterte am ganzen Körper, und ich fühlte mein eigenes Adrenalin in meinen Adern. Es dauerte einige Minuten, bis wir beide wieder einigermaßen ruhig waren. Ich versuchte meinen Frust und Ärger über die Situation vor Fabi zu verbergen und legte ihr wieder das Brustgeschirr an, dieses Mal etwas fester. Ich hielt sie nah bei mir, während wir uns langsam und vorsichtig auf den Heimweg machten. Dieser Vorfall hinterließ bei uns beiden Spuren. Fabi war noch lange Zeit danach sehr schreckhaft und ängstlich gegenüber anderen Hunden. Ich hatte Angst vor einem erneuten Vorfall mit freilaufenden Hunden. Es brauchte viel Zeit, bis wir beide wieder Vertrauen und Sicherheit fanden, aber dieser Moment auf dem alten Flugplatz lehrte mich, wie wichtig es ist, immer wachsam und bereit zu sein, um Fabi zu helfen, ihre Ängste zu überwinden.

Es war ein langer Weg, aber mit jeder Herausforderung, die wir gemeinsam meisterten, wurde unsere Bindung stärker. In den Monaten darauf lernte Fabi, dass sie in Sicherheit war und dass sie geliebt wurde. Ihre anfängliche Unsicherheit wich allmählich einer neugierigen und verspielten Haltung. Sie begann, ihre Umgebung mutiger zu erkunden und sogar kleine Abenteuer im Garten zu erleben. Ich war mehrmals wöchentlich mit ihr auf dem Hundeplatz von meinem damaligen Hundetrainer, ganz in der Nähe des Flugplatzes, wo sie ausserhalb der Trainingszeiten frei toben konnte, auf einem sicher eingezäunten Gelände.

Ich übte apportieren mit ihr und versteckte Gegenstände im Gras und liess sie suchen. Fabi jagte Schmetterlinge und schnüffelte an den Blumen, immer mit einem wachsamen Blick auf mich, um sicherzustellen, dass ich in ihrer Nähe war. Fremden Menschen und Hunden begegnet sie nach wie vor immer noch mit größter Vorsicht, stets in Alarmbereitschaft. Seit ihrer ersten Läufigkeit hat sich ihr Verhalten verändert. Statt zurückhaltend zu sein, geht sie nun nach vorn und weicht nicht mehr aus. Inzwischen versucht Fabi lautstark andere Hunde auf Distanz zu halten. Ich war in den vergangenen Jahren regelmäßig in drei verschiedenen Hundeschulen mit ihr, doch das Problem konnten wir nicht vollständig lösen. Ihre Vergangenheit hatte tiefe Spuren hinterlassen, und ich akzeptierte, dass sie nie der Hund sein würde, der unbeschwert mit anderen Hunden spielt oder schwanzwedelnd auf fremde Menschen zugeht. Und das ist in Ordnung. Ihre Skepsis ist ein Teil ihrer Geschichte, geprägt von ihren Erfahrungen im jungen Alter. Doch mit viel Geduld und Zeit gewöhnt sie sich auch an neue Menschen in ihrem Leben. Mein engster Freundeskreis konnte sie mittlerweile streicheln und Fabi akzeptierte sogar Besuch an unserem Esstisch, war nicht mehr panisch oder auf Angriff zu ihrer Verteidigung aus. Was für viele Menschen selbstverständlich klang, war für uns ein großer Erfolg. Geduld und Zeit zahlten sich aus. Trotz dieser Herausforderungen ist Fabi ein wahrer Traumhund. Im Umgang mit mir daheim ist sie sehr liebevoll und einfühlsam. Wenn ich sie füttere brauche ich keine Sorgen um meine Finger zu haben, sie nimmt das Futter, und mag es noch das beste Leckerli sein, ganz sanft aus meiner Hand, als wolle sie mich nicht mit ihren Zähnen verletzen. Sie zeigt mir auf ihre eigene Weise ihre Fürsorge und Liebe. Eines Tages, als ich einen medizinischen Notfall hatte und krampfend mit einer Gallenkolik auf dem Wohnzimmerboden lag, saß Fabi lautstark jaulend und fiepend neben mir. Sie rief so meine Freundin aus dem Badezimmer, die dann den Notarzt verständigte. In diesem Moment wusste ich, dass ich mich auf Fabi verlassen konnte, genau wie sie sich auf mich verließ.

Nun ist Fabi schon seit sechs einhalb Jahren bei mir und hat in dieser Zeit einiges erlebt. Wir sind zusammen gereist, nach Frankreich in die Normandie, an die Ostseeküste nach Fehmarn und mehrmals nach Dänemark an die Nordsee. Diese Reisen gaben ihr die Möglichkeit, neue Umgebungen zu erkunden, und trotz ihrer anfänglichen Unsicherheiten genoss sie die Abenteuer. Sie liebte es am Strand zu laufen, die salzige Meeresluft zu riechen und sich im Sand zu wälzen, immer mit einem wachsamen Auge auf mich. Sie lebt ein Leben in Sicherheit und Freude, schätzt die kleinen Dinge wie einen Kauknochen, eine Kuscheleinheit auf dem Sofa oder eine gemütliche Abendrunde bei Sonnenuntergang. Auch wenn wir nach wie vor einige Baustellen haben, ist mir bewusst, dass jeder Hund seinen Rucksack mit sich bringt. Die Entscheidung, als Ersthund einen Hund aus dem Tierschutz zu adoptieren, mag naiv gewesen sein, aber damals die kleine Fabi aus Bulgarien zu holen, war die beste Entscheidung meines Lebens. Sie gibt mir eine Aufgabe und meinem Leben einen wirklichen Sinn – und das jeden Tag.

Fabi ist meine Inspiration für dieses Buch. Ihre Geschichte ist eine Erzählung von Hoffnung, Vertrauen und der unvergleichlichen Bindung, die zwischen Mensch und Tier entstehen kann. Mit diesem Buch möchte ich zeigen, dass es sich lohnt, einem Hund aus dem Tierschutz eine Chance zu geben. Durch Fabi habe ich gelernt, dass diese Hunde nicht gebrochene Seelen sind, sondern Wesen mit einem starken Charakter und einem großen Herz. Sie tragen ihre Vergangenheit in sich, aber sie sind bereit, in eine bessere Zukunft zu schauen, wenn sie nur die richtige Führung und Liebe bekommen. Auch wenn Begegnungen mit anderen Hunden und Menschen selbst nach sechs Jahren noch herausfordernd sind, war es für mich nie eine Option, aufzugeben oder Fabi abzugeben. Meine Hündin Fabi gehört zu mir, und ich würde sie für nichts auf der Welt eintauschen. Sie ist ein fester Bestandteil meines Lebens – für immer.

Radu. Rumänien.

Radus Geschichte beginnt in den engen Straßen von Bukarest, der lebhaften Hauptstadt Rumäniens. Radu war ein obdachloser, winziger Terrier-Mischling mit struppigem, braun-schwarzem Fell und großen, traurigen Augen, die seine harten Lebensbedingungen widerspiegelten. Geboren wurde Radu in einer verlassenen Gegend am Rande der Stadt. Die Gegend ist geprägt von alten Gebäuden, die meist aus der Zeit des Sozialismus stammen. Die Gebäude sind mehrstöckige Plattenbauten und ältere, niedrige Häuser mit roten Ziegeldächern. Die Fassaden sind teils abblätternd, und einige der grauen Fensterläden hängen schief. Radus Mutter, eine verwilderte Hündin, hatte sich in einem kleinen Verschlag versteckt, um ihre Jungen zur Welt zu bringen. Der Verschlag bestand nur aus einfachen Materialien wie Holz und Wellblech. Die Holzbretter sind von der Witterung gegerbt, viele sind rissig und verfärbt. Es gibt Stellen an denen das Dach undicht ist und bei Regen Wasser hereinlässt. Das Leben auf der Straße war hart, und schon bald mussten die Welpen auf sich allein gestellt zurecht-kommen. Radu, der Kleinste des Wurfs, hatte von Anfang an mit den Herausforderungen des Lebens zu kämpfen. Als die Welpen alt genug waren, verließ Radus Mutter den Verschlag und suchte nach Nahrung. Oft blieb sie tagelang fort, und die kleinen Welpen mussten lernen, selbst zu überleben. Einige starben, aber Radu, klein und zäh, überlebte. Er suchte Unterschlupf unter verrosteten Autos und in verlassenen Gebäuden und lernte, sich vor den Gefahren der Straße zu schützen.

In den ersten Jahren seines Lebens war Radus Alltag ein ständiger Kampf. Er streifte durch die Straßen von Bukarest, immer auf der Suche nach etwas Essbarem. Die Straßen der rumänischen Hauptstadt, ein faszinierendes Gemisch aus alten Geschichten und modernem Treiben, erzählten von vergangenen Epochen und der hastigen Gegenwart. Doch abseits dieser imposanten Straßen lag das wahre Herz Bukarests, in den verwinkelten Gassen und engen Straßen, die sich durch die Stadt schlängelten. Hier erzählten die grauen Pflastersteine Geschichten von Jahrhunderten, von vorangegangenen Zeiten, als Pferdekutschen das Stadtbild prägten und die Eleganz der Vergangenheit allgegenwärtig war. In diesen

Gassen lag eine fast greifbare Atmosphäre von Nostalgie und Geheimnissen. Die alten Gebäude, oft von Efeu und wilden Weinreben überwuchert, standen dicht beieinander, ihre Fensterläden hingen schief und aus den geöffneten Fenstern drangen die Düfte von frisch gebackenem Brot und starkem Kaffee. Hier suchte Radu oft nach Nahrung, ging die Gassen auf und ab. Oft wurde er von anderen, größeren Hunden vertrieben und musste um sein Überleben kämpfen. Die Menschen, die an ihm vorbeigingen, beachteten ihn kaum und nur selten bekam er ein Stück Brot oder einen Knochen zugeworfen. Trotz all der Härten, die er erlebte, verlor Radu nie seinen Lebensmut. Seine Augen behielten einen Funken Hoffnung und sein kleiner Schwanz wedelte manchmal freudig, wenn er etwas Freundliches oder gar Mitgefühl erlebte. Manche Bewohner stellen regelmäßig Futter und Wasser vor ihre Haustüren oder in öffentliche Bereiche, damit Straßenhunde etwas zu essen haben. Diese kleinen Mahlzeiten können für einen hungrigen Hund lebensrettend sein. Doch diese Momente waren selten und Radu wurde immer dünner und schwächer.

Eines kalten Wintertages, als der Schnee die Straßen bedeckte und die Temperaturen unerträglich wurden, schien Radus Schicksal besiegelt. Die Nacht legte sich schwer über die Stadt, ihre Dunkelheit von der erbarmungslosen Kälte begleitet, die sich wie ein undurchdringlicher Schleier ausbreitete. Schneeflocken fielen leise vom Himmel und bedeckten die Straßen von Bukarest mit einer weißen, glitzernden Decke. Doch die Schönheit der winterlichen Szenerie verbarg die tödliche Gefahr, die sie mit sich brachte. In einer düsteren, verlassenen Gasse lag Radu nun zusammengekauert im kalten Schnee. Um ihn herum herrschte absolute Stille, nur das leise Knirschen seiner eigenen Bewegungen durchbrach die Stille der Nacht. Sein Fell, einst vielleicht strahlend und gesund, war nun dünn und verfilzt, kaum in der Lage, ihn vor der klirrenden Kälte zu schützen. Der Wind pfiff unbarmherzig durch die engen Straßen, und jede Böe brachte eine neue Welle des Schmerzes, der durch seinen abgemagerten Körper jagte. Seine Pfoten, rot und rissig von der eisigen Kälte, gruben sich verzweifelt in den Schnee, als ob er versuchen würde, etwas Wärme zu finden. Doch der Schnee war unnachgiebig und die Kälte kroch weiter in seine Glieder. Mit jedem Atemzug stieß er kleine Wölkchen aus, die sofort in der Luft gefroren. Radu zitterte unkontrolliert. Seine Augen, einst voll von Lebendigkeit, blickten jetzt trübe und erschöpft. Er versuchte sich noch enger zusammenzurollen, um die letzte verbliebene Wärme in seinem Körper zu bewahren. Seine Ohren, an denen Eiskristalle hingen, zuckten bei jedem Geräusch – dem Knarren eines entfernten Fensters, dem Heulen des Windes, dem Knirschen des Schnees unter fernen Schritten. Er erinnerte sich an wärmere Tage, an die Sonne, die sein Fell wärmte, und an die seltenen freundlichen Gesten der Menschen, die ihm Futter und Zuneigung geschenkt hatten. Doch diese Erinnerungen schienen nun weit entfernt, fast wie ein Traum. Die Kälte war gnadenlos. Sein Atem wurde flacher, und die Müdigkeit, die von der Kälte verstärkt wurde, begann, ihn zu überwältigen. Er wusste instinktiv, dass er weiterkämpfen musste, doch seine Kräfte schwanden. Ein letztes, schwaches Winseln entwich seiner Kehle, ein Ruf nach Hilfe in der stillen, eisigen Nacht.

Doch das Schicksal hatte andere Pläne für den kleinen Radu. In der gleichen Gasse, in der Radu Zuflucht gefunden hatte, lebte eine ältere Frau namens Elena.

Elena war eine Frau, die das Alter mit einer sanften Anmut trug. Ihre grauweissen Haare, die sie oft zu einem lockeren Dutt zusammenband, gaben ihr ein weises und zugleich freundliches Aussehen. Kleine Lachfalten umrahmten ihre hellblauen Augen, die stets einen funkelnden Glanz von Güte und Mitgefühl ausstrahlten. Ihre Haut war weich und von der Zeit gezeichnet, doch die Wärme, die sie ausstrahlte, ließ die Spuren der Jahre fast verblassen. Ihre Hände, die von der Arbeit und den Jahren leicht rau geworden waren, hatten eine beruhigende Wirkung, wenn sie jemanden berührten. Sie waren die Hände einer Frau, die viel gegeben hatte – sei es in der Küche, wo sie unzählige Mahlzeiten für ihre Familie und Freunde zubereitet hatte, oder im Garten, wo sie liebevoll Blumen und Gemüse pflegte. Elena hatte eine ruhige, melodische Stimme, die beruhigend und einladend wirkte. Wenn sie sprach, fühlte man sich sofort geborgen, als ob ihre Worte einen sanften Schutz um einen legten. Ihre Art zu sprechen war voll von Weisheit und Verständnis, und sie hatte die besondere Fähigkeit, zuzuhören und sich wirklich für die Sorgen und Freuden anderer zu interessieren. Sie war bekannt für ihre Großzügigkeit und ihr offenes Herz. Ihre kleine, gemütliche Wohnung war ein Zufluchtsort für viele. Der Duft von frisch gekochtem Tee lag oft in der Luft und der Kamin spendete eine wohlige Wärme, die alle, die hereinkamen, willkommen hieß. Es gab immer einen Platz am Tisch und eine Tasse Tee, und niemand verließ ihre Wohnung, ohne sich getröstet und geliebt zu fühlen. Elena hatte eine sanfte, aber unerschütterliche Stärke. Sie hatte bereits viele

Herausforderungen in ihrem Leben gemeistert und war immer mit erhobenem Kopf und einem Lächeln weitermarschiert. Ihre Geschichten über vergangene Zeiten waren faszinierend, voller Abenteuer, Liebe und Lebenslektionen. Kinder liebten es, ihr zuzuhören, wenn sie von früher erzählte, und Erwachsene suchten oft ihren Rat in schwierigen Zeiten. Ihre Kleidung war schlicht und praktisch, oft in warmen, erdfarbenen Tönen, die ihre warme Persönlichkeit widerspiegelten. Ein schlicht gestrickter Schal oder eine Strickjacke rundeten ihr Erscheinungsbild ab und verliehen ihr eine zusätzliche Note von Behaglichkeit. Als sie an jenem Tag durch das Fenster schaute, bemerkte sie den kleinen Hund, der im Schnee lag. Elena zögerte nicht lange. Sie zog ihren warmen Mantel an, nahm eine Decke und eilte in ihren Hausschlappen nach draußen. Als sie Radu fand, hob sie ihn vorsichtig auf und wickelte ihn in die Decke. Der kleine Hund war so schwach, dass er kaum reagieren konnte, doch seine Augen öffneten sich einen Spalt und blickten leblos in ihre. Eingehüllt in die Decke trug Elena Radu hinauf in ihre Wohnung. Im Eingang angekommen, schloss Elena die Türe auf und setzte Radu vorsichtig ab. Seine Pfoten waren steif und gefroren und seine Körpertemperatur war gefährlich niedrig. Elena holte noch eine trockene Decke und wickelte Radu sanft ein um ihm Wärme zu geben. Das Innere der kleinen Wohnung war gemütlich und warm. Ein sanftes Licht erhellte den Raum, und der Duft von etwas Leckerem in der Luft ließ Radu wissen, dass er in Sicherheit war. Elena, deren Augen vor Mitgefühl strahlten, kniete sich hin und streckte ihre Hand aus, um Radu zu beruhigen. Ihre Stimme war sanft und tröstend, als sie ihm versicherte, dass er nun sicher sei und nie wieder alleine in der Kälte sein müsse. Ihre Berührung war warm und voller Fürsorge, und Radu begann sich langsam zu entspannen. In der Küche wartete eine Schüssel mit dem erwärmten Eintopf vom Vortag. Der Geruch von Fleisch und Gemüse stieg Radu in die Nase und weckte seine Sinne. Er näherte sich zögerlich und noch völlig erschöpft der Schüssel, die auf dem Boden vor ihm stand, und schnupperte vorsichtig daran. Elena lächelte ermutigend und blieb ruhig neben ihm stehen. Nach einem Moment des Zögerns senkte Radu seinen Kopf und begann langsam zu essen. Jeder Bissen war wie ein Geschenk des Himmels. Das warme Essen füllte nicht nur seinen Magen, sondern auch sein Herz mit einem Gefühl der Sicherheit und des Wohlbefindens. Er konnte spüren, wie seine Kräfte langsam zurückkehrten, und wie die Wärme des Essens ihn von innen heraus wieder zum Leben erweckte. Während er aß, konnte er die Blicke von Elena spüren, die ihn mit liebevollem Stolz beobachtete. Ihre Augen glänzten vor Freude darüber, dass sie diesen Hund in letzter Minute retten konnte. Für sie war es nicht nur eine Mahlzeit, sondern ein Akt der Rettung und der Liebe. Als Radu die Schüssel leer gefressen hatte, hob er den Kopf und sah Elena mit einem Ausdruck der Dankbarkeit an. Mit einem leisen und sehr zurückhaltenden Wedeln seiner Rute signalisierte er ihr seine Dankbarkeit und seine Bereitschaft, ihr sein Herz zu öffnen und ihr zu vertrauen. Die Erinnerungen an die Kälte draußen mochten noch frisch sein, aber das Gefühl der Wärme und der Hoffnung, das er jetzt spürte, gab ihm die Kraft, nach vorne zu schauen.

In den nächsten Tagen widmete sich Elena mit einer Hingabe, die von tiefer Empathie getragen wurde, der

Pflege des kleinen Radu. Von frühmorgens bis spätabends kümmerte sie sich um ihn, als wäre er ihr eigenes Kind. Jede Geste war voller Fürsorge und Sorgfalt, als sie ihn behutsam badete und das verfilzte und von der Kälte strapazierte Fell reinigte, das einst stolz und glänzend gewesen sein mochte. Die Wunden und Risse in den Pfoten des kleinen Radu waren zahlreich und bedurften intensiver Pflege. Elena reinigte sie behutsam mit warmem Wasser und Desinfektionsmittel, bevor sie sanft Salben auftrug, um die Entzündungen zu lindern und die Heilung zu fördern. Mit ruhiger Entschlossenheit und einem geschickten Händchen bandagierte sie die schlimmsten Verletzungen, um eine Infektion zu verhindern und Radu vor weiterem Leiden zu bewahren. Die Ernährung spielte eine ebenso wichtige Rolle in Radus Genesung. Elena bereitete ihm speziell zubereitetes, nahrhaftes Futter zu – eine Mischung aus magerem Fleisch, Gemüse und Reis, sorgfältig portioniert, um seinen geschwächten Magen nicht zu überfordern, aber gleichzeitig genug Energie und Nährstoffe zu liefern, die er so dringend brauchte. Während sie ihn pflegte, sprach Elena sanft und beruhigend zu Radu. Ihre Worte waren voller Trost und Zuversicht, als sie ihm erzählte, dass er nun in Sicherheit sei und dass er bald ein gesunder und glücklicher Hund sein würde. Sie verbrachte Stunden damit, ihn zu streicheln und ihm die menschliche Wärme zu geben, nach der er sich so sehr gesehnt haben musste in den kalten, einsamen Nächten auf der Straße. Langsam, aber sicher, begann Radu sich zu erholen. Die Wärme des Hauses und die liebevolle Pflege von Elena halfen ihm, seine Vitalität zurückzugewinnen. Seine Augen, die zuvor trübe und ausdruckslos gewesen waren, begannen wieder zu glänzen. Seine Rute, die anfangs schlaff und uninteressiert gewesen war, wedelte nun freudig, als er merkte, dass er nicht mehr alleine war und dass es einen Menschen gab, der sich um ihn kümmerte und ihm eine neue Chance im Leben gab. Elena, die selbst eine Zeit lang einsam gewesen war, fand in der Pflege von Radu eine Art therapeutische Erfüllung. Es war, als ob sie durch die Rettung dieses kleinen Hundes auch einen Teil von sich selbst heilte – ihre Einsamkeit, ihre Sehnsucht nach Mitgefühl und Verbundenheit. In den ruhigen Momenten, in denen sie neben Radu saß und ihn beobachtete, wie er sich langsam erholte, fühlte sie eine tiefe Dankbarkeit und Erfüllung, die sie in ihrem Inneren erwärmte.

So vergingen die Tage, geprägt von der intensiven Pflege und der wachsenden Bindung zwischen Elena und Radu. Jeder Fortschritt des kleinen Hundes war ein kleines Wunder, das ihre Hoffnung auf eine bessere Zukunft stärkte – für ihn und vielleicht auch für sie selbst. Mit der Zeit entwickelte sich zwischen Elena und Radu eine Bindung, die weit über die bloße Pflege hinausging. Elena, die keine Familie mehr hatte und oft allein durch das Leben ging, fand in dem kleinen Hund einen treuen Begleiter und eine Quelle des Trostes. Radu wiederum, der in Elena eine Beschützerin und Freundin fand, erblühte regelrecht unter ihrer liebevollen Obhut. Die Wochen vergingen damit, dass Elena und Radu durch die Straßen von Bukarest spazierten, die malerischen Parks der Stadt erkundeten und sich an den einfachen Freuden des Lebens erfreuten. Elena erzählte Radu oft von ihrer Jugend, von den Abenteuern, die sie erlebt hatte, und von den Menschen, die sie auf ihrem Weg getroffen hatte. Radu lauschte aufmerksam, seine Augen fest auf sie gerichtet, als ob er jedes Wort verstehen und jede Emotion erfassen würde, die sie teilte. Elena und Radu entwickelten schnell eine Art stille Kommunikation zwischen sich, die ohne Worte auskam. Sie verstanden einander auf einer Ebene, die tiefer ging als bloße Sprache. Wenn Elena einen schweren Tag hatte oder von Traurigkeit überwältigt war, schien Radu instinktiv zu wissen, wann er sie einfach nur mit seiner Anwesenheit trösten musste. Sein sanftes Anschmiegen oder ein zärtliches Lecken ihrer Hand waren wie Balsam für ihre Seele. Die Bindung zwischen Elena und Radu wurde zu einem Anker in ihren Leben. Für Elena war Radu nicht nur ein Hund, den sie gerettet hatte – er war für sie ein Familienmitglied, ein Gefährte, der ihr half, die Einsamkeit zu überwinden und das Leben wieder in vollen Zügen zu genießen. Für Radu wiederum war Elena die Heldin, die sein Leben gerettet hatte und ihm gezeigt hatte, dass Liebe und Fürsorge keine Grenzen kennen. In den ruhigen Momenten, wenn sie zusammen im Wohnzimmer saßen oder am Fenster standen und auf die vorbeiziehenden Menschen und Autos blickten, fühlten sie beide eine tiefe Verbundenheit und Dankbarkeit füreinander. Die Tage der Kälte und Einsamkeit schienen so weit entfernt zu sein wie ein vergangener Alptraum, während sie gemeinsam die Wärme und Freude des Hier und Jetzt genossen.

Leider ist das Leben voller unerwarteter Wendungen und auch Elena blieb nicht verschont. Eines Tages, als der Sommer langsam in den Herbst überging, spürte Elena eine ungewohnte Schwäche in ihrem Körper. Ihre Energie schwand, und selbst die einfachsten Aufgaben fielen ihr jetzt schwer. Nach mehreren Arztbesuchen kam die niederschmetternde Diagnose –

eine schwere Krankheit welche ihre Organe geschädigt hatte und deren Fortschreiten unaufhaltsam schien. Elena wusste, dass ihre Zeit begrenzt war. Die Ungewissheit und die Angst vor dem, was kommen würde, nagten an ihr. Doch ihre größte Sorge galt Radu, ihrem treuen Begleiter. Die Vorstellung, ihn allein zurückzulassen, erfüllte sie mit tiefer Traurigkeit und Unruhe. Wie sollte er ohne sie zurechtkommen? Dieses Wissen drückte schwer auf ihr Herz, während sie jeden Tag mit dem Bewusstsein lebte, dass ihre gemeinsame Zeit nicht unendlich ist. Die Gedanken an Radus Zukunft plagten sie Tag und Nacht. Wer würde sich um ihn kümmern, wenn sie nicht mehr da sein würde? Wer würde ihm die Liebe und Geborgenheit schenken, die er so sehr verdient hatte? In ihrer Verzweiflung wandte sie sich nach kurzem Zögern an eine nahegelegene Tierschutz-organisation, die sie um Unterstützung bat. Die Organisation war bekannt für ihre Hingabe und ihr Engagement für obdachlose Tiere und bot an, Radu vorübergehend aufzunehmen und für ihn zu sorgen, bis eine dauerhafte Lösung gefunden werden konnte. Als Elenas Zustand sich merklich verschlechterte und ihre Kräfte von Tag zu Tag weiter schwanden, spürte sie, dass der Zeitpunkt gekommen war, sich von Radu zu verabschieden. Die Schmerzen und die Schwäche erschwerten ihr das Leben erheblich, und sie wusste, dass sie nicht länger in der Lage sein würde, sich um Radu so zu kümmern, wie er es verdient hätte.

Eines Nachmittags, als die Sonne durch die Fenster ihres kleinen Wohnzimmers schien und die Wärme sich auf ihre Haut legte, hörte sie das leise Klopfen an der Tür. Die freundlichen Helfer der Organisation waren gekommen, um Radu abzuholen und ihn vorübergehend in ihrem Tierheim zu versorgen und unterzubringen. Diese Helfer waren bekannt für ihre sanfte Art und ihre Empathie für Tiere und deren Besitzer. Elena hatte sich bei der Wahl der Organisation sehr bemüht, die beste für ihren geliebten Radu zu finden, und sie war überzeugt, dass er in guten Händen sein würde. Als die Helfer eintraten, begrüßte Elena sie mit Tränen in den Augen. Der Kloß in ihrem Hals machte es ihr schwer zu sprechen und die Tränen flossen unaufhaltsam über ihre Wangen. Sie war überwältigt von dem Gefühl der Traurigkeit und des Verlustes, aber auch von der Dankbarkeit für die Hilfe, die ihr angeboten wurde. Jeder Schritt, den sie machte, schien von ihren Gefühlen erdrückt zu werden, aber sie sammelte all ihre verbleibende Kraft, um stark zu bleiben – für Radu. Die Helfer traten leise und respektvoll näher, gaben Elena Zeit und Raum, sich zu verabschieden. Mit zitternden Händen streichelte sie Radus weiches Fell ein letztes Mal. Seine treuen Augen schauten zu ihr auf und in diesem Moment schien er zu verstehen, was vor sich ging. Sie umarmte ihn fest, drückte ihn an sich, als wollte sie die Wärme und den Trost, den er ihr die letzten Jahre gegeben hatte, ein letztes Mal in sich aufnehmen. „Ich liebe dich so sehr, Radu," flüsterte sie mit bebender Stimme in sein Ohr, während ihre Tränen auf sein Fell tropften. „Du wirst immer in meinem Herzen bleiben, mein treuer Freund." Radu schien ihre tiefen Emotionen zu spüren und drückte sich enger an sie, als wollte er ihr auf seine eigene Weise Trost spenden und sagen, dass alles gut werden würde. Seine Nähe und sein Vertrauen gaben ihr ein wenig Frieden in diesem herzzerreißenden Moment. Schließlich löste sie sich schweren Herzens von ihm und übergab ihn in die fürsorglichen Hände der Helfer. Mit einem letzten, liebevollen und wehmütigen Blick verabschiedete sie sich von Radu, wissend, dass er gut versorgt sein würde, auch wenn sie selbst nicht mehr da sein konnte, um für ihn zu sorgen. Der Abschied war schmerzhaft und schwer, aber auch erfüllt von der Hoffnung, dass ihre Entscheidung das Beste für Radu war. Die Tür schloss sich langsam hinter den Helfern und Radu, Elena blieb alleine in ihrem Zimmer zurück, erfüllt von einer bittersüßen Mischung aus Trauer und Erleichterung. Sie wusste, dass sie alles getan hatte, um sicherzustellen, dass Radu in guten Händen war, und dieses Wissen gab ihr einen kleinen Trost inmitten ihrer tiefen Trauer. Mit gebrochenem Herzen sah Elena vom Fenster aus zu, wie Radu mit den Helfern davonfuhr. Tränen füllten ihre Augen, als sie ihm ein letztes Mal nachblickte. Ihre Wohnung, die einst von seinem tapsigen Charme und seiner fröhlichen Energie erfüllt war, fühlte sich plötzlich leer und still an. Die Stille war ohrenbetäubend, und der Verlust wog schwer auf ihrem Herzen. Jeder Raum, der früher von Radus Präsenz belebt wurde, wirkte nun trostlos und verlassen. Elenas Gedanken kreisten unaufhörlich um ihn, und die Einsamkeit, die sie empfand, war überwältigend.

Kurz darauf, als der Herbst langsam in den Winter überging und die Natur sich auf die Ruhe vorbereitete, schlief Elena friedlich ein. Sie lag in ihrem Bett, umgeben von Erinnerungen an die gemeinsamen Momente mit Radu. Ihre letzten Gedanken galten ihrem treuen Freund.

In den Tagen und Wochen nach Elenas Tod nahm die Tierschutzorganisation ihre Verantwortung für Radu sehr ernst. Sie stellten sicher, dass es ihm an nichts fehlte, fütterten ihn mit Liebe und Fürsorge und suchten intensiv nach einem liebevollen Zuhause für ihn. Radu, der die Liebe und Wärme von Elena gekannt hatte, öffnete sich allmählich wieder für neue Menschen. Die Geschichte von Elena und Radu war eine Geschichte von Liebe, Verlust und Hoffnung. Obwohl ihre gemeinsame Zeit viel zu kurz war, lebte Elenas Erbe in Radus Leben weiter. Und irgendwo dort draußen, in den stillen Momenten zwischen Tag und Nacht, mochte man meinen, dass Elena und Radu immer noch zusammen waren – durch eine unsichtbare, aber unzerbrechliche Verbindung für immer verbunden. Durch Erzählungen und die bedingungslose Hingabe, die Elena Radu entgegen-gebracht hatte, war der kleine Hund zu einem Symbol für Hoffnung und Überlebenswillen innerhalb der Organisation geworden. Sie teilten seine Geschichte in den Sozialen Medien, erzählten von seiner tapferen Genesung und seiner unglaublichen Verbundenheit zu Elena. Bald erreichte Radus Geschichte die Herzen vieler Menschen, darunter auch eine Familie, die sein Schicksal zutiefst berührte und die beschloss, ihm ein neues Zuhause zu geben. Die Familie bestand aus einem warmherzigen Ehepaar, Andrei und Valera, und ihren beiden lebhaften Kindern, Felice und Adrian. Schon lange hegten sie den Wunsch, einem Tier in Not zu helfen und ihm ein liebevolles Zuhause zu bieten. Oft hatten sie darüber gesprochen, wie sie einem Tier, das Schlimmes erlebt hatte, wieder Freude und Geborgenheit schenken könnten. Als sie von Radus Geschichte hörten, wurden ihre Herzen berührt. Radu, ein kleiner, tapsiger Hund mit großen, treuen Augen, hatte eine schwere Zeit hinter sich. Trotz seiner Vergangenheit und dem schmerzlichen Verlust von

Elena, strahlte Radu eine Zuneigung aus, die jeden, der ihm begegnete sofort in seinen Bann zog.

An einem sonnigen Samstagmorgen machte sich die Familie auf den Weg zur Tierschutzorganisation. Schon bei der Ankunft wurden sie herzlich von den Mitarbeitern begrüßt, die ihnen Radus Geschichte noch einmal erzählten. Andrei und Valera hörten aufmerksam zu, während Felice und Adrian neugierig umherblickten und sich vorstellten, wie es wäre, Radu bei sich zu Hause zu haben. Als die Mitarbeiter schließlich den Zwinger öffneten und Radu herauskam, geschah etwas Magisches. Der kleine Hund lief mit wackelnden Schritten auf die Familie zu, seine Rute wedelte aufgeregt hin und her. Seine Augen leuchteten vor Neugierde, als er die neuen Gesichter erblickte. Felice kniete sich sofort hin und streckte ihm ganz vorsichtig ihre Hand entgegen. Radu beschnupperte sie neugierig und leckte ihr dann sanft über die Finger wie er es auch bei Elena immer getan hatte. Adrian, der sonst eher zurückhaltend war, konnte sein Lächeln nicht verbergen und beobachtete fasziniert, wie Radu mit seiner Schwester interagierte. Andrei und Valera traten näher, ihre Herzen erwärmt von dem Anblick ihrer Kinder, die so glücklich und aufgeregt waren. Valera streichelte Radu sanft über den Kopf und spürte dabei eine tiefe Verbindung zu ihm. Es war, als würde der kleine Hund genau wissen, dass er hier vielleicht seine neue Familie gefunden hatte. Andrei kniete sich ebenfalls hin und sprach leise beruhigende Worte, während Radu neugierig an seiner Hand schnupperte und dann zufrieden seufzte. Die Verbindung zwischen der Familie und Radu war besonders und sofort spürbar. Die Mitarbeiter der Tierschutzorganisation beobachteten die Szene mit einem Lächeln und wussten, dass sie den perfekten Platz für Radu gefunden hatten. Nach einer Weile, als die Kinder mit Radu spielten und lachten, setzten sich Andrei und Valera mit den Mitarbeitern zusammen, um alle Formalitäten zu klären. Sie wollten sicherstellen, dass alles bereit war, damit Radu so schnell wie möglich in sein neues Zuhause einziehen konnte. Währenddessen konnte man Felice und Adrian draußen im Garten hören, wie sie Pläne schmiedeten, welche Spiele sie mit Radu spielen und welche Abenteuer sie gemeinsam erleben wollten.

Es war ein Tag voller Emotionen, Lachen und Vorfreude. Als die Familie sich schließlich auf den Heimweg machte, wussten sie, dass sie eine Entscheidung getroffen hatten, die ihr Leben bereichern würde. Radu war nicht nur ein Hund, der ein neues Zuhause gefunden hatte – er war ein neues Familienmitglied, das ihre Herzen und ihr Zuhause mit noch mehr Liebe und Freude füllen würde. Sie bereiteten liebevoll seine Ankunft vor, richteten einen gemütlichen Schlafplatz für ihn ein und sorgten dafür, dass sein Übergang so sanft wie möglich verlaufen würde. Die Kinder konnten es kaum erwarten, Radu in ihre Familie aufzunehmen.

Als der Tag der Adoption endlich kam, wedelte Radu vor Freude, als er in sein neues Zuhause gebracht wurde. Die Kinder begrüßten ihn mit offenen Armen und ließen ihn sofort Teil ihrer Spiele werden. Radu genoss die Aufmerksamkeit und Zuneigung, die er nun in Fülle erhielt. Jeden Tag lernte er neue Dinge über sein neues Zuhause und die Menschen, die ihn umgaben. Die Familie nahm sich Zeit, Radu zu verstehen und ihm Sicherheit zu geben. Sein neues Leben war erfüllt von Liebe, Geborgenheit und Freude. Er genoss lange Spaziergänge im Park wo er einst auch mit Elena spazieren gegangen ist. Er blühte wieder auf während der fröhlichen Spielzeiten im Garten und entspannten Stunden auf dem Sofa, wo er sich eng an seine neuen Menschen kuschelte. Radu hatte nicht nur ein neues Zuhause gefunden, sondern auch eine Familie, die ihn bedingungslos liebte und respektierte.

Chai. Thailand.

In den überfüllten und heißen Straßen von Bangkok herrschte ein ständiges Chaos aus knatternden Tuk-Tuks, dröhnenden Motorrädern und dichtem Verkehr, der niemals zu ruhen schien. Der Geruch von gebratenem Essen und Abgasen hing schwer in der feuchten Luft, vermengt mit den unzähligen Düften der Straße: würziges Curry, frisches Obst und der Duft von frisch gewaschener Wäsche aus den nahe gelegenen Läden. In den engen Gassen und auf den schmalen Bürgersteigen streifte ein einsamer Straßenhund namens Chai umher. Sein einst glänzend helles braunes Fell war nun von Staub und Schmutz verklebt, durchzogen von Grauschleiern und den Spuren unzähliger Tage auf den Straßen Bangkoks. Jeder Schritt mit seinen abgehärteten Pfoten auf dem heißen Beton war ein Test seiner Ausdauer und seines Überlebenswillens. Chai kannte keine Fürsorge oder Zuneigung; sein Leben war ein täglicher Kampf. Die Stadt nahm ihn kaum wahr. Er bewegte sich geschickt zwischen den Menschen hindurch, die ihn oft ignorierten oder ihm höchstens flüchtige Blicke zuwarfen. In ihren Gedanken waren sie bei eiligen Terminen, ihren Geschäften oder ihren persönlichen Sorgen. Für Chai war Bangkok ein undurchsichtiges Labyrinth, dessen Regeln er zwar verstand, das ihn aber dennoch ständig herausforderte. Die Geräusche der Stadt umgaben ihn ununterbrochen: das laute Hupen der Autos, das Geschrei der Straßenverkäufer, das Lachen der Kinder, die zwischen den Ständen spielten. Doch trotz der Fülle an Sinneseindrücken fühlte sich Chai oft einsam und verloren. Chai verbrachte seine Welpenzeit in den überfüllten und chaotischen Straßen Bangkoks, allein und auf sich gestellt. Geboren in einer Stadt, die niemals stillzustehen schien, lernte er früh die harte Realität des Lebens auf der Straße kennen. Seine ersten Erinnerungen waren geprägt von der Suche nach Nahrung, dem Schutz vor größeren Hunden und den Gefahren des ständigen Verkehrs. Ohne Mutter oder Geschwister, um ihn zu beschützen oder zu lehren, musste Chai sich selbst durchschlagen. Seine kleinen Pfoten eigneten sich schnell an, auf den heißen Betonstraßen zu laufen, und er entwickelte ein feines Gespür für die besten Plätze, um sich vor Regen zu verstecken oder sich vor der prallen Sonne zu schützen. Jeder Tag lehrte ihn neue Lektionen über

Überlebensinstinkte und das Finden von kleinen, vergessenen Nischen in der Großstadt. Er kannte die besten Plätze um nach Nahrung zu suchen, die dunklen Ecken, wo er sich vor dem regnerischen Monsun verstecken konnte, und die wärmsten Stellen auf dem Asphalt, wenn die Nacht kühl wurde. Jeder Tag brachte neue Herausforderungen: Konkurrenz mit anderen Straßenhunden um die besten Reste, das Ausweichen vor den Straßenkehrern, die die Gehsteige säuberten, und die ständige Gefahr, von einem Auto erfasst zu werden. Das heisse Klima drückte schwer auf ihn herab, ließ seine Zunge trocken an seinem Gaumen kleben und trieb ihn immer wieder auf die Suche nach Schatten und Wasserstellen. Zwischen dem Gedränge der Menschen und dem ständigen Lärm der Stadt streifte er umher, ein Schatten in der überwältigenden Kulisse Bangkoks, wo jeder Tag ein neuer Kampf ums Überleben war.

An einem drückend heißen Tag, als die Sonne erbarmungslos auf die Stadt herabbrannte, durchstreifte Chai den belebten Markt von Bangkok. Überall um ihn herum gab es Stände mit bunten Waren und lebhaften Menschenmassen, die sich zwischen den engen Gassen drängten. Der Geruch von exotischen Gewürzen vermischte sich mit dem süßen Duft gebratener Köstlichkeiten, der durch die Luft waberte und Chai's Magen knurren ließ. Zwischen den Ständen und den geschäftigen Menschenmengen hoffte Chai auf einen unbeaufsichtigten Fressnapf oder einen unachtsam fallengelassenen Snack. Seine Nase zuckte bei jedem verlockenden Geruch, während seine Augen fieberhaft nach einer Möglichkeit suchten, seinen quälenden Hunger zu stillen. Ein verführerischer Duft nach frisch gebratenem Fleisch lenkte ihn in eine schmale Gasse abseits des geschäftigen Marktes. Chai folgte dem Lockruf der Sinne, die ihm eine kurze Flucht aus seiner harten Realität versprachen. Doch als er die Gasse betrat, wurde er plötzlich von einer Gruppe Männer umzingelt. Ihre Schatten verdunkelten die Gasse und das Knirschen ihrer schweren Stiefel auf dem staubigen Boden war bedrohlich laut. Diese Männer unterschieden sich deutlich von den gewöhnlichen Passanten, die meist nur flüchtige Blicke auf ihn warfen oder ihn ignorierten. Die Männer waren hart und abgebrüht, ihre Gesichter gezeichnet von Narben und einem Ausdruck, der sowohl Entschlossenheit als auch Gefahr signalisierte. Ihre Blicke hatten einen raubtierhaften Glanz, der Chai eine unmittelbare Warnung sandte, dass er sich in einer gefährlichen Situation befand. Ihre Kleidung war abgetragen und schmutzig, und ihre Körperhaltung war dominant und bedrohlich. Einige hatten Werkzeuge oder Gegenstände in den Händen, die nicht unbedingt für friedliche Zwecke bestimmt schienen. Die Luft um sie herum schien sich zu verdichten und Chai spürte wie sein Instinkt ihm sagte, dass es besser wäre, sich zu verstecken oder schnellstmöglich zu entkommen. Diese Männer waren keine Fremden für die dunklen Seiten der Stadt. Sie waren Teil einer Welt, die Chai bisher nur aus der Ferne beobachtet hatte - eine Welt von Gewalt und Überlebenskampf, in der Stärke oft das einzige Gesetz war. Es waren Männer der Hundefleischmafia, skrupellos und bereit, jedes Mittel einzusetzen, um ihren grausamen Handel voranzutreiben. Ihre Blicke fielen gierig auf Chai, der sich umzingelt kaum bewegen konnte. Sie tauschten kurze Blicke aus, nickten einander verstohlen zu und umkreisten den verwirrten Hund langsam, wie Jäger, die eine kostbare Beute ins Visier genommen hatten. Chai spürte den Druck der Männer um sich herum, hörte das leise Flüstern ihrer Stimmen, das ihm eine Gänsehaut über den Rücken jagte. Sein Herz begann schneller zu schlagen während er verzweifelt nach einem Fluchtweg suchte. Doch die Männer waren schnell und geschickt. Mit geübten Handgriffen warfen sie eine Schlinge über Chais Kopf und zogen sie mit einem Ruck zu, bis sie sich fest um seinen Hals schloss. Chai zappelte und jaulte vor Panik, seine Pfoten strampelten hilflos auf dem heißen Pflaster. Er kämpfte verzweifelt gegen die Schlinge um seinem Hals an, während die Männer ihn grob zu Boden zwangen und ihn mit rauer Gewalt in einen engen Käfig sperrten. Seine Pfoten zitterten vor Panik, sein Herz raste vor Angst, als sie den Käfig verschlossen und ihn auf einen wartenden Lastwagen luden. Der dumpfe Klang des Metalls und das Quietschen der Räder mischten sich mit Chais jämmerlichem Winseln als der Lastwagen langsam aus der geschäftigen Stadt heraus rollte.

Die Fahrt führte sie durch die verschlungenen Straßen von Bangkok, vorbei an den grellen Lichtern und den geschäftigen Menschenmassen, die keine Ahnung hatten, welch düstere Fracht der Lastwagen transportierte. Chai klammerte sich verzweifelt an die Gitterstäbe seines engen Käfigs. Sein zotteliges Fell war von Staub und Schmutz verklebt. Die Augen weit aufgerissen, die Pupillen eng zusammengezogen, nahm er alles um sich herum wahr: den stechenden Gestank von Angst und Verwesung, der in der schwülen Luft hing, und das dumpfe Rumpeln des Lastwagens, das durch die engen, von Neonlichtern erhellten Straßen hallte.

Die Fahrt war ein endloser Albtraum für Chai. Die Stadt, die er kannte, zog an ihm vorbei, ein flimmerndes Meer aus Lichtern und Schatten. Sie verließen die pulsierende Metropole und tauchten ein in die abgelegenen, düsteren Randbezirke, wo die Hundefleischmafia ihre schmutzigen Geschäfte betrieb. Die Schatten der Nacht senkten sich über sie, als der Lastwagen schließlich zum Halt kam. Hier, fernab von neugierigen Blicken und moralischen Bedenken, warteten dunkle Lagerhäuser und versteckte Käfige darauf, ihre traurige Ware zu empfangen. In einem düsteren, verfallenen Lagerhaus fand Chai sich eingepfercht in einem engen Käfig wieder. Das Gebäude wirkte wie ein Ort des Vergessens, gezeichnet von bröckelndem Putz und rostigen Metallgittern, die den Eindruck von Gefangenschaft und Ausweglosigkeit verstärkten. Das schwache Licht, das durch die schmutzigen Fenster drang, war nicht genug, um die Finsternis zu vertreiben; es war eher ein trübes Flimmern, das die düsteren Ecken des Lagerhauses nur noch mehr betonte. Die Luft war schwer und drückend, erfüllt von einem unangenehmen Gestank aus Angst und Tod, der wie eine schwere Decke über allem lag. Der Geruch vermischte sich mit dem muffigen Geruch von feuchtem Beton und verrottendem Holz, der das gesamte Lagerhaus durchzog. Überall lagen Fetzen von alten Verpackungen und zerbrochenen Holzpaletten herum, die die Enge und Trostlosigkeit des Ortes noch verstärkten. Die Käfige, in denen Chai und die anderen Hunde gefangen waren, waren eng und rostig. Der Boden war mit Dreck und Kot bedeckt, und das Wasser in den Näpfen roch nach Stagnation und Verzweiflung. Das Klappern der Gitterstäbe, wenn sich die Hunde bewegten oder versuchten auszubrechen, hallte durch das Lagerhaus wie ein trauriges Echo ihrer Hoffnungslosigkeit. Chai konnte das leise Winseln und Jaulen der anderen Hunde hören, die genauso verängstigt und gefangen waren wie er selbst. Ihr Winseln und Kläffen hallte in den düsteren Gängen des Lagerhauses wider, als würden sie verzweifelt nach einer Erlösung rufen, die sie in ihrer ausweglosen Situation kaum noch zu finden hofften. Jeder Ton schien die Kälte und die Trostlosigkeit der Umgebung zu verstärken, während sie sich in den engen, schattigen Ecken verbargen, unfähig, der Bedrohung zu entkommen, die sie umgab. Einige von ihnen kratzten verzweifelt an den Käfiggittern, andere lagen reglos da, die Augen voller Resignation. Die Hundefleischmafia hatte sie alle hierher gebracht, unschuldige Opfer ihres skrupellosen Handels, bereit, sie für ihren eigenen Profit zu opfern. Chai konnte die Angst und Verwirrung der anderen Hunde spüren, während sie versuchten, einen Ausweg aus dieser trostlosen Situation zu finden, ohne zu wissen, dass ihr Schicksal bereits besiegelt schien.

Ein paar Tage später schlenderte die junge Schweizer Touristin Mia durch die belebten Straßen von Bangkok, fasziniert von der fremden Kultur und den vielfältigen exotischen Gerüchen, die aus den Garküchen und Marktständen strömten. Sie genoss die pulsierende Energie der Stadt, die sie mit jeder Ecke und jedem neuen Eindruck tiefer in ihren Bann zog. Auf dem Markt, den Mia erkundete, herrschte ein reges Treiben und eine wirbelnde Mischung aus Farben, Geräuschen und Düften, die typisch für die Straßenmärkte Bangkoks waren. Die Stände waren dicht gedrängt und boten eine Vielzahl von Waren an - von exotischen Gewürzen und frischem Obst bis hin zu kunstvoll gefertigtem Kunsthandwerk und alltäglichen Gebrauchsgegenständen. Überall glänzten grelle Neonlichter und bunte Lampions, die den Markt in ein pulsierendes Farbenspiel tauchten. Die Luft war erfüllt von den aromatischen Düften der thailändischen Küche. Der Geruch von gebratenem Streetfood, würzigen Currygerichten und süßen Desserts vermischte sich zu einem verlockenden Duftteppich, der über dem Markt schwebte und die Sinne betörte.

Hinter den Marktständen in der zweiten Reihe abseits, kaum wahrnehmbar für die Menschen die hastig vorbeiströmten, befand sich ein unscheinbarer Stand. Er wirkte einfach und vernachlässigt, die Holzkonstruktion wies deutliche Gebrauchsspuren auf. Dort bot eine Gruppe Männer eine Vielzahl von Hunden zum Verkauf an. Die Atmosphäre war angespannt und emotional aufgeladen. Es war ein Anblick, der das Herz eines jeden Passanten berührte. Die bunten Lichter und fröhlichen Rufe des Marktes schienen weit entfernt, während der Stand eine andere, trostlosere Realität offenbarte. Die Männer sprachen laut und gestikulierten wild, um potenzielle Käufer anzulocken. Die Szene war geprägt von einem rohen Geschäft, das kaum zu übersehen war. Die Hunde in den engen Käfigen hinter dem Stand wirkten ängstlich und gedemütigt. Ihre Augen spiegelten Trauer und Verzweiflung über ihre trostlose Lage wider. Einige zitterten vor Angst oder duckten sich ängstlich weg, während andere resigniert und apathisch schienen, als hätten sie die Hoffnung aufgegeben. Der Geruch nach Schmutz und Tierelend hing schwer in der Luft über dem Stand, während die Hunde leise winselten oder kläfften, ihre Stimmen kaum gehört über das laute Rufen der Männer und das allgemeine Rauschen des Marktes. Ihre Bewegungen waren eingeschränkt, gefangen in den engen Gittern, die ihnen kaum Platz boten, sich zu bewegen oder sich auszuruhen. Die Menschen um den Stand herum waren eine Mischung aus potenziellen Käufern und neugierigen Schaulustigen. Manche betrachteten die Hunde mit Mitleid, andere mit Interesse oder sogar Gleichgültigkeit. Für die Männer am Stand schien jeder Hund nur eine Ware zu sein, ein Objekt, das sie mit möglichst hohem Profit verkaufen wollten, ohne Rücksicht auf die Ängste und das Leiden der Tiere. Inmitten des geschäftigen Treibens und der hektischen Atmosphäre des Marktes wirkte der Stand der Hunde wie ein trauriges Spiegelbild der Missstände und der kalten Realität, die viele Tiere in der städtischen Umgebung erlebten. Mia blieb abrupt stehen, als sie den Stand entdeckte, gerade als sie den Markt verlassen wollte. Ihr Blick wanderte langsam über die traurige Szenerie, und ihr Herz fühlte sich schwer an, als würde es von einem unsichtbaren Gewicht nach unten gezogen. Die Luft war erfüllt von dem Geruch von Angst und Vernachlässigung, einer Mischung aus modrigem Stroh, Urin und der scharfen Note von Desinfektionsmittel, die erfolglos versuchte, den Gestank zu überdecken. In den engen, rostigen Käfigen drängten sich die Hunde, ihre zotteligen Pelze schmutzig und verfilzt. Manche Hunde lagen still und regungslos, ihre Körper wie schlaffe Puppen auf dem kalten Metallboden verteilt. Andere klammerten sich an die Gitterstäbe, ihre Pfoten verzweifelt ausgestreckt, als ob sie jede mögliche Hilfe ergreifen wollten. Ein leises, durchdringendes Wimmern war zu hören. Es war ein Geräusch, das direkt zu Mias Seele sprach und ihr Herz noch schwerer machte. Jeder Ton, der aus den Käfigen kam, war ein stummer Schrei nach Hilfe, ein Zeugnis der Qual und des Leidens, das diese Tiere täglich durchmachten. Als leidenschaftliche Tierschützerin war sie zutiefst entsetzt über die bedrückende Situation der Tiere, die in den engen Käfigen gefangen waren, mit traurigen Augen und eingezogenen Schwänzen.

Mias Blick fiel sofort auf Chai der zusammengerollt in einem kleinen Käfig lag, umgeben von vielen anderen ängstlichen Hunden, die ebenfalls wie er in ihrer ausweglosen Situation gefangen waren. Sein mittlerweile magerer Körper zitterte vor Angst. Als ihre Blicke sich trafen, spürte Mia einen intensiven Schmerz in ihrer Brust, als ob die Verzweiflung des Tieres auf sie übergesprungen wäre. Chais Augen, in der Vergangenheit lebhaft und neugierig, spiegelten nun nur noch Verzweiflung und Hoffnungslosigkeit wider. Die dunklen Augen waren groß und glanzlos, seine Ohren lagen flach an seinem Kopf und sein ganzer Körper zitterte vor Angst. Mia konnte nicht anders, als ihn und die anderen Hunde mitfühlend anzuschauen. Ihr Herz schmerzte bei dem Anblick von Chais Not, und sie spürte einen festen Entschluss in sich wachsen, diesem unschuldigen Hund zu helfen. Sie konnte das leise Winseln und Jammern der gefangenen Tiere hören, das sie tief berührte. Mia fühlte sich machtlos angesichts der Grausamkeit, die diesen hilflosen Kreaturen angetan wurde, und doch war ihr Entschluss, etwas zu tun, unbeirrbar. Schmerzhaft erkannte sie, dass sie nicht alle Hunde retten konnte. Jeder Blick, den sie auf Chai warf, verstärkte ihre Entschlossenheit, ihn aus seiner trostlosen Lage zu befreien und ihm eine Chance auf ein besseres Leben zu bieten. Mia war eine junge Frau mit einem starken Sinn für Gerechtigkeit und Mitgefühl für Tiere, egal wo auf der Welt sie sich befanden. Sie hatte bereits in ihrer Heimat aktiv für den Tierschutz gekämpft und war fest entschlossen, denjenigen zu helfen, die keine Stimme hatten. Als sie Chai sah, wusste sie, dass sie etwas tun musste, um diesen unschuldigen Hund vor einem schrecklichen Schicksal zu bewahren. Ihr blondes Haar fiel in sanften Wellen über ihre Schultern, während sie entschlossen näher trat. Mia trug eine leichte, khakifarbene Hose und ein helles T-Shirt, das ihre Entschlossenheit und ihren Eifer reflektierte. Mia konnte nicht tatenlos zusehen. Sie spürte eine Mischung aus Entsetzen und unendlicher Wut, als sie erfuhr, dass die Tiere nicht nur verkauft, sondern auch später geschlachtet werden sollten. In Thailand ist Hundefleisch eine Delikatesse. Die Männer sprachen laut und gestikulierten wild, während potenzielle Käufer vorbei schlenderten, kaum ein Auge auf das Leid der Tiere werfend. Angewidert und zutiefst bewegt von Chais traurigem Schicksal, entschied sich Mia sofort zu handeln. Trotz der Sprachbarriere und der kulturellen Unterschiede zwischen ihr und den Männern ließ Mia sich nicht abschrecken. Sie trat mutig auf die Männer zu und versuchte, mit einfachen Worten und Gesten zu erklären, dass sie Chai kaufen und retten wollte. Die Männer waren zunächst überrascht von ihrem unerwarteten Angebot. Sie unterhielten sich auf Thai, und Mia konnte nicht alles verstehen, was sie sagten, aber sie spürte die Spannung in der Luft. Die Verhandlung war schwierig und die Männer schienen zögerlich und unsicher. Trotzdem war Mia fest entschlossen, nicht aufzugeben. Sie erhöhte ihr Angebot mehrmals, um sicherzustellen, dass es den finanziellen Erwartungen der Männer entsprach und sie dazu bewegte, Chai freizulassen. Schließlich, nach intensiven und nervenaufreibenden Verhandlungen, kam eine Einigung zustande. Mia zahlte eine Summe Geld, die weit über dem lag, was die Händler normalerweise für einen Hund nehmen würden. Für Mia war es eine Herzensangelegenheit, dieses Leben zu retten, und sie war bereit, jeden Preis zu zahlen, um Chai vor seinem schrecklichen Schicksal zu bewahren. Chai zitterte noch immer vor Angst, sein Körper bebte unter dem Stress und dem Trauma, das er in dem engen Käfig und bei den bedrohlichen Männern erlebt hatte. Als Mia den Käfig öffnete, spürte sie, wie der ängstliche Hund, den sie später Chai genannt hatte, leicht zurückzuckte. Er bewegte sich vorsichtig in ihre Richtung, zögernd, als ob er unsicher war, ob er ihr trauen konnte. Seine Bewegungen waren langsam und zurückhaltend, seine Augen suchten in ihren nach einem Zeichen von Sicherheit. Mia kniete sich neben den Käfig und ihr Herz wurde schwer vor Mitgefühl, als sie das volle Ausmaß von Chais Leid erkannte. Sein Körper war abgemagert, die Rippen zeichneten sich deutlich unter seinem stumpfen Fell ab. Er zitterte vor innerer Kälte und Angst. Mit einer sanften, beruhigenden Stimme sprach Mia auf Chai ein. Ihre Worte waren leise und mitfühlend, ein sanfter Fluss, der versuchte, die tief sitzende Angst des Hundes zu besänftigen. „Es ist alles gut, du bist jetzt in Sicherheit. Ich werde dir helfen," flüsterte sie, während sie langsam ihre Hand ausstreckte. Chai schnupperte vorsichtig an ihren Fingern, sein Misstrauen war deutlich spürbar. Doch etwas in Mias Stimme und ihrem sanften Auftreten schien ihm ein wenig Vertrauen zu geben. Als sie ihn vorsichtig in ihre Arme nahm, fühlte sie die Knochen unter seiner dünnen Haut und das Zittern seines Körpers. Der beissende Geruch von Angst und Verzweiflung hing noch immer schwer in der Luft, ein Zeugnis der Qual, die Chai durchgemacht hatte. Doch als er spürte, dass Mias Umarmung nur Wärme und Schutz bot, begann sich sein angespannter Körper langsam zu entspannen. Mia hielt ihn fest, spürte jeden kleinen Atemzug, jedes Zucken. Mit jedem Moment, den er in ihren Armen verbrachte, schien Chai ein wenig mehr von seiner Angst abzulegen. Er begann zu verstehen, dass er sicher war und dass Mia ihm helfen wollte. Langsam legte er seinen Kopf auf ihre Schulter und schloss die Augen. Mit festem Griff hielt Mia Chai fest und machte sich entschlossen auf den Weg, schnell weg von diesem Ort des Grauens. Sie fühlte die Blicke der Marktbesucher auf sich gerichtet, aber in diesem Moment war es ihr egal. Ihre ganze Aufmerksamkeit galt Chai und der dringenden Notwendigkeit, ihn an einen sicheren Ort zu bringen. Sie nahm sich vor, alles zu tun, um ihm die Liebe und Pflege zu geben, die er so dringend brauchte, und ihm eine Zukunft zu schenken, die frei von Angst und Misshandlung war. Mia winkte ein Taxi herbei und brachte Chai vorsichtig zu einer nahe gelegenen Tierklinik, ihre Arme schützend um seinen zarten Körper gelegt. Die Fahrt dorthin war ruhig, unterbrochen nur von dem gelegentlich leisen Wimmern des Hundes, während er sich an die neue Umgebung außerhalb des Käfigs gewöhnte. Mias Herz schlug schneller während sie ihn fest an sich drückte, in der Hoffnung, ihm zumindest ein wenig Trost spenden zu können.

In der Tierklinik angekommen, wurde Chai sofort von einem Team erfahrener Tierärzte und Pfleger in Empfang genommen. Mia beobachtete, wie sie ihn behutsam auf einen Untersuchungstisch legten. Ihre Hände, routiniert und doch sanft, begannen mit der gründlichen Untersuchung. Jedes Zucken und jedes Zittern von Chai ließ Mia einen Stich der Sorge fühlen, aber sie wusste, dass er nun in guten Händen war. Die Tierärzte bestätigten nach einer gründlichen Untersuchung, dass Chai physisch in einem vorerst stabilen Zustand war. Er litt unter schwerer Unterernährung, und sein Körper zeigte Anzeichen von langanhaltendem Mangel an richtiger Pflege. Einige Vernarbungen, die von früheren Verletzungen zeugten, waren über seinen Körper verteilt. Das größte Problem jedoch war das psychische Trauma, das in seinen Augen und in seinen ängstlichen Reaktionen deutlich sichtbar war. Mia saß neben dem Untersuchungstisch und streichelte Chais Kopf, während die Tierärzte ihn versorgten. Sie flüsterte ihm beruhigende Worte zu und versprach ihm, dass er nie wieder leiden müsste. In diesen Momenten entschied sie sich endgültig: Sie würde Chai adoptieren und ihm ein liebevolles Zuhause geben. Die dunklen Gassen Bangkoks, die Schauplätze seines Leidens, würden bald nur noch eine ferne Erinnerung sein. Mia erzählte den Tierärzten auch von dem Marktstand, den sie besucht hatte, und dem Elend, das sie dort gesehen hatte. Ihre Augen waren voller Mitgefühl, als sie von den hungrigen, verängstigten Hunden sprach, die in engen Käfigen gehalten wurden. Die Tierärzte hörten aufmerksam zu und bestätigten, was Mia berichtet hatte. Sie erklärten ihr auch, dass die thailändische Regierung diskutiert, weitere Maßnahmen zu ergreifen, um den Handel mit Hundefleisch einzuschränken. Es gibt bereits Gesetze, die den Transport und Verkauf von Hunden zum Verzehr regulieren, und immer mehr Menschen im Land engagieren sich aktiv im Tierschutz. Dennoch wiesen sie Mia darauf hin, dass dies ein langer und oft mühsamer Prozess sei.

Nachdem Chai in der Tierklinik gründlich untersucht und stabilisiert worden war, machte sich Mia zusammen mit ihm auf den Weg zurück zu ihrem Apartment, das sie über Airbnb gebucht hatte. Die Anspannung, die sie während der Fahrt empfunden hatte, wurde allmählich von einem Gefühl der Erleichterung abgelöst. Chai war in Sicherheit, und sie wusste, dass sie alles tun würde, um ihm ein neues Leben zu ermöglichen. Im Apartment angekommen, setzte sie sich an den kleinen Tisch in der Küche, der mit bunten Thai-Tischdecken geschmückt war, und öffnete ihren Laptop. Mia begann, alle notwendigen Vorkehrungen für Chais Adoption und den bevorstehenden Flug zu treffen. Sie wollte sicherstellen, dass alles reibungslos verlief und Chai den Übergang in sein neues Leben so stressfrei wie möglich erleben konnte. Zunächst kontaktierte sie die verschiedenen Fluggesellschaften um die besten Optionen für einen sicheren und komfortablen Transport von Chai zu ermitteln. Es war ihr wichtig, dass er nicht im Frachtraum, sondern in der Kabine bei ihr reisen konnte. Nach einigen Telefonaten und Rücksprachen mit den Airlines fand sie schließlich eine passende Fluggesellschaft, die es ermöglichte, Chai in einer speziellen, komfortablen Transportbox in der Kabine mitzunehmen. Sie buchte ein Flugticket zurück in die Schweiz und sorgte dafür, dass alle notwendigen Dokumente für Chais Reise und Einreise vorbereitet waren. Sie kümmerte sich darum, dass Chai gechippt wurde, ein Reisedokument erhielt und liess den Tollwutantikörpertest durchführen. Jeder Schritt dieser Vorbereitung war von einem tiefen Gefühl der Entschlossenheit und Liebe getragen.

Am Tag des Abflugs stand Mia früh auf. Sie hatte Chai in der Transportbox versorgt, die mit weichen Decken ausgepolstert war, um ihm maximalen Komfort zu bieten. Chai war nervös, seine Pfoten zitterten leicht, aber Mia hielt ihn nah bei sich und sprach beruhigend auf ihn ein. Gemeinsam machten sie sich auf den Weg zum Flughafen. Im Flughafen angekommen erregten sie die Aufmerksamkeit vieler Passagiere. Viele Menschen blieben stehen und sahen den zitternden Hund mitfühlend an. Mia spürte die neugierigen und mitleidigen Blicke, aber sie konzentrierte sich ganz auf Chai. Sie sprach leise und beruhigend zu ihm, während sie die Sicherheitskontrollen passierten. Der Lärm und die vielen Menschen in den geschäftigen Gängen des Flughafens waren für Chai eine neue Herausforderung, doch Mias beruhigenden Worte und ihre ständige Nähe gaben ihm ein Gefühl von Sicherheit. Endlich saßen sie im Flugzeug. Mia stellte die Transportbox vor sich in den Fussraum und öffnete sie vorsichtig, sodass Chai seinen Kopf herausstrecken konnte. Er legte ihn auf ihren Schoß und schloss die Augen. Als das Flugzeug abhob und sie die Lichter von Bangkok unter sich verschwinden sah, fühlte Mia eine Welle der Erleichterung und Hoffnung. Sie wusste, dass dies der Beginn eines neuen, hoffnungsvollen Kapitels für Chai war. In diesem Moment versprach sie ihm, dass sie immer für ihn da sein würde und dass er nie wieder alleine oder verängstigt sein müsste.

Während des Fluges lag Chai ruhig in der Box, und Mia konnte spüren, wie sein Körper sich allmählich entspannte. Die gleichmäßigen Vibrationen des Flugzeugs und Mias Nähe beruhigten ihn. Es schien, als ob er langsam begann zu verstehen, dass er nun in Sicherheit war und dass seine schlimmen Tage hinter ihm lagen. Gemeinsam blickten sie einer besseren Zukunft entgegen, einer Zukunft voller Liebe und Geborgenheit.

Ben & Luna. Philippinen.

In den Straßen von Manila, der lebendigen Hauptstadt der Philippinen, herrschte ein ständiges Treiben. Moderne Hochhäuser ragten über alten Kolonialbauten auf, und traditionelle Viertel mit engen Gassen trafen auf breite, verkehrsreiche Boulevards. Überall drängten sich Autos, Motorräder und die bunten Jeepneys, die hupend und ratternd ihren Weg durch den dichten Verkehr suchten. Eine Mischung aus würzigen Aromen, Abgasen und einer Brise vom nahegelegenen Meer erfüllte die Luft. Für die Straßenhunde Ben und Luna war Manila eine Stadt voller Herausforderungen. Bei sengender Hitze suchten sie tagsüber Schatten unter parkenden Autos, hinter Marktständen oder in kühlen Hauseingängen. Überall wimmelte es von Straßenverkäufern, die laut ihre Waren anboten, von eiligen Fußgängern und spielenden Kindern. Es war wichtig für die Hunde, sich möglichst unauffällig durch die Straßen zu bewegen, um keinen Ärger zu verursachen. Das tägliche Überleben bedeutete, immer wachsam zu sein. Ben, mit seinen aufmerksam funkelnden Augen, war ein schlauer und erfahrener Streuner. Oft streifte er am Rand der belebten Märkte entlang, wo er hin und wieder auf ein weggeworfenes Brötchen oder ein Stück Obst stieß. Luna hingegen, schlank und wendig, mit ihrem braun-schwarz gefleckten Fell, hielt sich lieber in ruhigeren Gegenden auf. Sie konnte stundenlang vor Cafés warten und hoffte, dass ihr jemand eine Kleinigkeit zusteckte. Doch das Leben in der Stadt war nicht ohne Gefahren. Neben dem dichten Verkehr mussten Ben und Luna immer wieder die Launen der Menschen aushalten. Einige waren freundlich und warfen ihnen ein Stück Brot zu, andere jedoch jagten sie mit Geschrei und Steinen fort. Trotzdem fanden die beiden Hunde immer wieder Momente der Zuflucht. In stillen Hinterhöfen oder verborgenen Winkeln schliefen sie dicht aneinander gekuschelt, bereit, den nächsten Tag gemeinsam zu meistern. Ihre Freundschaft war ein sicherer Hafen in einer Welt, die nur selten Rücksicht auf sie nahm.

Ben war ein beeindruckender Hund, der durch seine Größe und Kraft auffiel. Sein Fell war kurz, glänzend beige und reflektierte das Sonnenlicht, wenn er durch die belebten Straßen Manilas streifte. Seine Augen waren lebhaft und zeigten eine Mischung aus Wachsamkeit und Neugierde. Als Straßenhund geboren, kannte Ben jede Ecke der Stadt. Er hatte gelernt, sich geschickt durch die verwinkelten Gassen zu bewegen, um den Gefahren des städtischen Lebens aus dem Weg zu gehen. Schon früh hatte Ben die Kunst der Nahrungssuche perfektioniert. Er wusste genau, wann und wo er nach Essensresten suchen musste, sei es in den Mülltonnen der Märkte oder an den Straßenecken, wo gelegentlich etwas Essbares fallen gelassen wurde. Seine Instinkte waren scharf, und er konnte zwischen gefährlichen Situationen und sicheren Rückzugsorten unterscheiden. Diese Erfahrung und seine Intelligenz halfen ihm, in der hektischen Umgebung Manilas zu überleben. Trotz der harten Bedingungen, denen er täglich ausgesetzt war, bewahrte Ben eine bemerkenswerte Gelassenheit. Er war kein aggressiver Hund, sondern eher ruhig und zurückhaltend, wenn es darum ging, sich Menschen oder anderen Tieren zu nähern. Seine Art war respektvoll und unaufdringlich, was ihm dazu half, gelegentliches Mitgefühl von den Passanten zu gewinnen, die seine Beharrlichkeit und seinen Überlebenswillen bewunderten. Ben war ein Überlebenskünstler, sein Leben geprägt von Entbehrungen und Herausforderungen, doch er fand Wege, um sich in dieser hektischen Metropole zu behaupten und seinen Platz zu beanspruchen.

Luna hingegen war eine zierliche Hündin von kleiner Statur, doch ihre Ausstrahlung und ihre sanften, braunen Augen zogen sofort Aufmerksamkeit auf sich. Ihr Fell war ursprünglich gefleckt und glänzend, aber das harte Leben auf den Straßen von Manila hatte Spuren hinterlassen. Es war oft schmutzig und leicht zerzaust, was ihren Charme jedoch nicht minderte, sondern sie eher wie eine kleine Kämpferin aussehen ließ, die sich trotz aller Widrigkeiten behauptete. Ursprünglich als Haustier gehalten, war Luna durch die Entscheidung ihrer früheren Besitzer, sie einfach zurückzulassen, auf sich allein gestellt. Diese plötzliche Veränderung von einem behüteten Leben zu einem Leben auf der Straße war für Luna traumatisch. In den ersten Tagen und Wochen nach ihrer Verlassenheit versteckte sie sich oft, zitterte vor Angst, wenn andere Hunde oder Menschen in ihre Nähe kamen. Ihr Vertrauen in die Welt war erschüttert, und sie musste erst lernen, wie sie in der rauen Umgebung von Manila überleben konnte. Trotz ihrer anfänglichen Ängstlichkeit zeigte Luna auch eine bemerkenswerte Anpassungsfähigkeit. Sie lernte schnell, wie sie sich in den überfüllten Straßen Manilas zurechtfinden konnte, und welche Orte sicher genug waren, um sich auszuruhen oder Nahrung zu suchen. Ihre Intelligenz half ihr, Gefahren zu erkennen und ihnen aus dem Weg zu gehen, und bald schon entwickelte sie Strategien, um sich selbst zu schützen und zu überleben. Luna war kein Hund, der sich leicht öffnete, aber unter ihrer schützenden Schale verbarg sich ein liebevolles Herz. Sie sehnte sich nach menschlicher Nähe und einer Familie, die sie liebte und schätzte. Trotz der Enttäuschung über ihre frühere Situation zeigte Luna eine bemerkenswerte Fähigkeit, Hoffnung zu bewahren und das Beste aus ihrer neuen Realität zu machen.

Die Geschichte von Ben und Luna begann an einem besonders heißen und staubigen Nachmittag. Luna streifte müde und hungrig in den engen, von Menschen und Autos belebten Gassen Manilas umher. Ihr einst weiches Fell war von Staub und Dreck verblasst, und die Hitze drückte schwer auf sie.

Erschöpft und schwach von tagelangem Hunger, zitterten ihre dünnen Beine bei jedem Schritt. Sie schnüffelte zwischen den Mülltonnen umher, verzweifelt auf der Suche nach etwas Essbarem. Plötzlich erblickte sie Ben, der ebenfalls an einer nahe gelegenen Mülltonne schnüffelte. Luna hielt inne, zunächst misstrauisch und ängstlich angesichts der Größe und Statur von Ben. Seine muskulöse Figur wirkte einschüchternd auf die zierliche Hündin. Doch die drängende Notwendigkeit, Nahrung zu finden, überwältigte ihre Zurückhaltung. Langsam und vorsichtig näherte sie sich Ben. Ihre Augen waren groß und flehentlich, und ihr dünner Körper zitterte vor Erschöpfung und Hunger. Ben bemerkte die erschöpfte und ängstliche Hündin sofort. Er hatte selbst viele harte Zeiten durchgemacht und wusste, wie es sich anfühlte, allein und hungrig zu sein. Seine bernsteinfarbenen Augen betrachteten Luna mit Mitgefühl. Er erinnerte sich an die Tage, als er in der gleichen verzweifelten Lage war, als jeder Bissen Nahrung kostbar war und Freundlichkeit selten. Ohne zu zögern schob er einige der Essensreste, die er gefunden hatte, in ihre Richtung. Die Überreste eines halben Sandwiches und ein paar Pommes – nicht viel, aber genug, um den Hunger ein wenig zu lindern. Luna zögerte einen Moment, bevor sie gierig das Futter verschlang, das ihre dringende Not linderte. Während sie fraß, behielt sie Ben im Auge, bereit wegzulaufen, falls er plötzlich aggressiv werden sollte. Doch Ben blieb ruhig, beobachtete sie still und schien zufrieden, als er sah, wie sie sich stärkte. Dieser einfache Akt der Großzügigkeit und des Verständnisses schuf eine unsichtbare, aber tief verwurzelte Verbindung zwischen den beiden Hunden. Luna spürte eine ungewohnte Wärme in sich aufsteigen, eine Mischung aus Dankbarkeit und einem Gefühl der Sicherheit, das sie lange nicht mehr gekannt hatte. Ben hingegen fühlte sich in seiner Entscheidung bestärkt, einer anderen Seele in Not zu helfen, eine kleine Geste, die ihm selbst Hoffnung gab. Von diesem Moment an waren Luna und Ben unzertrennlich. Sie streiften gemeinsam durch die Straßen, teilten ihre Funde und unterstützten sich gegenseitig. Ihre Freundschaft gab beiden neuen Lebensmut und eine stille, aber kraftvolle Zuversicht, dass sie, solange sie zusammenhielten, jede Herausforderung meistern konnten. Ben, mit seiner Gelassenheit und Intelligenz, wurde zu Lunas Beschützer und Mentor auf den Straßen Manilas. Er zeigte ihr, wo sie sicher schlafen konnte und welche Orte am besten geeignet waren, um Nahrung zu finden. Luna begann, sich an Bens Seite sicherer zu fühlen und vertraute darauf, dass er sie vor Gefahren beschützen würde. So entwickelte sich ihre ungewöhnliche Freundschaft, gestärkt durch das gemeinsame Überstehen von Schwierigkeiten und das gegenseitige Verständnis für die harte Realität des Straßenlebens in Manila. Ben und Luna wurden zu Verbündeten, die einander Trost und Unterstützung boten, während sie gemeinsam durch die ungewissen Straßen der Stadt wanderten. Jeder Tag brachte neue Herausforderungen, doch sie waren nicht mehr allein – sie hatten einander gefunden und schmiedeten eine enge Bindung, die über das reine Überleben hinausging.

Ben übernahm die Rolle des Beschützers für Luna, die anfänglich von Unsicherheit geprägt war. Er zeigte ihr geduldig und einfühlsam, wie sie in dieser harten Umgebung überleben konnte. Von den engen Gassen der Marktviertel bis zu den versteckten Winkeln der

Stadt, wo Essensreste zu finden waren, führte er sie behutsam zu den besten Futterquellen. Luna, die zunächst ängstlich und unsicher gewesen war, begann sich in Bens Nähe sicherer zu fühlen. Sie lernte schnell, seine Hinweise zu verstehen, wann es sicher war, sich den Menschen zu nähern und wann man besser Abstand hielt. Unter Bens Anleitung entwickelte Luna eine bemerkenswerte Geschicklichkeit im Umgang mit den Herausforderungen des Straßenlebens. Sie lernte, geschickt zwischen den Menschenmassen zu navigieren, um nicht übersehen zu werden, und fand die versteckten Schlafplätze, die vor Wind und Regen schützten. Ben ermutigte sie, ihre Instinkte zu nutzen, um Gefahren zu erkennen und zu vermeiden. Mit der Zeit wuchs Lunas Selbstvertrauen, und sie begann, ihre Umgebung mit neugierigen Augen zu erkunden, immer an Bens Seite, der sie geduldig lehrte und beschützte. Sie durchstreiften die Stadt, immer auf der Suche nach Futter und einem sicheren Platz für die Nacht. Manchmal fanden sie Zuflucht in verlassenen Gebäuden oder unter den Ständen auf den belebten Märkten, wo sie vor der Witterung geschützt waren. Die Menschen in der Nachbarschaft begannen, die beiden Hunde zu kennen und in ihrem Umfeld zu akzeptieren.

Eines sonnigen Tages, während sie in der Nähe eines Parks in Manila streiften, fiel Luna der fröhliche Klang spielender Kinder auf. Ihr Lachen und die ausgelassenen Rufe weckten Erinnerungen an ihre Zeit als Haustier, und sie wagte sich neugierig näher. Die Kinder bemerkten sofort Lunas freundliche Art und luden sie ein, mit ihnen zu spielen. Sie streichelten sie liebevoll und warfen ihr kleine Bälle zu, die Luna geschickt auffing und freudig zurückbrachte. Ben, der seinen Schützling nie aus den Augen ließ, behielt die Szene aus der Ferne im Blick, um sicherzustellen, dass Luna keine Gefahr drohte. Nachdem Luna die Herzen der Kinder erobert hatte, bemerkten diese auch Ben, der etwas abseits stand und sie aus sicherer Entfernung beobachtete. Vorsichtig näherten sie sich ihm, und Ben, der das Vertrauen der Kinder spürte, ließ es zu, dass sie ihn streichelten. Die Freundschaft zwischen den Hunden und den Kindern war schnell begründet, und die Kinder erzählten begeistert ihren Eltern von Ben und Luna. Die Geschichte der beiden Hunde verbreitete sich rasch im Viertel. Die Anwohner, beeindruckt von der freundlichen und liebevollen Art von Ben und Luna, begannen, sich regelmäßig um sie zu kümmern. Sie fütterten die Hunde mit Essensresten, die sie übrig hatten, und einige brachten sogar spezielle Leckereien mit, um Ben und Luna zu verwöhnen. Die beiden Straßenhunde fanden nun Wärme und Fürsorge in der Gemeinschaft, die sie umgab. Doch trotz der neuen Freundschaften und der regelmäßigen Futterspenden blieb das Leben auf der Straße hart.

Eines Nachts, während ein heftiger Monsunsturm über Manila hinwegfegte, waren Ben und Luna auf der Suche nach einem sicheren Ort, um der Naturgewalt zu entkommen. Der Sturm brach mit einer ungeheuren Wucht über die Stadt herein. Dunkle, bedrohliche Wolken türmten sich am Himmel auf und verdunkelten den Horizont. Blitze zuckten unaufhörlich durch die Luft, das grelle Licht erhellte für Sekundenbruchteile die nassen Straßen und die schäbigen Gebäude der Stadt. Donnerschläge folgten, so laut und mächtig, dass sie den Boden unter den Pfoten von Ben und Luna vibrieren ließen. Die Straßen waren bereits überflutet, und der Regen peitschte in horizontalen Strömen nieder. Jeder Donnerschlag ließ Luna vor Angst zittern, während das blendende Blitzlichtgewitter den Himmel erhellte. Ben, mit seiner robusten Gestalt und seinen instinktiven Überlebensfähigkeiten, führte Luna durch die engen Gassen der Stadt, die nun wie reißende Flüsse wirkten. Er kannte die verlassenen Orte, die in solchen Momenten Zuflucht bieten konnten. Sie schlichen durch die finsteren Straßen, das Wasser spritzte bei jedem ihrer Schritte auf, während sie sich einem verlassenen Lagerhaus näherten, das am Rande des Viertels lag. Das Lagerhaus selbst war ein schattiges Monument vergangener Industrie, mit rostigen Stahlstreben, von denen einige im Sturm quietschten und knarrten. Das Wellblechdach, das einst Schutz vor der Sonne bot, war jetzt eine brüchige Barriere gegen die anhaltende Flut von Regen. Als sie sich unter das morsche Dach schlängelten, spürten sie die Kühle des nächtlichen Sturms, der durch die offenen Lücken strömte. Doch selbst in dieser unwirtlichen Umgebung, inmitten von alten Kisten und defekten Werkzeugen, fanden Ben und Luna einen Moment der Erleichterung. Sie drängten sich eng zusammen, um sich gegenseitig Wärme und Trost zu spenden. Ben legte beschützend seinen Kopf über Luna, während sie sich eng an ihn kuschelte, ihre zitternden Körper gegenseitig vor der Kälte schützend. Das Geräusch des Regens, der auf das Wellblechdach prasselte, mischte sich mit dem Rauschen des Windes, der durch die maroden Wände pfiff. Draußen tobte der Sturm weiter, als ob er die gesamte Stadt verschlingen wollte. Das Donnern und Heulen des Windes wurde zu einem bedrohlichen, unaufhörlichen Rauschen, das die Nerven zum Zerreißen spannte. Doch trotz der Bedrohung durch das Unwetter war ihr gegenseitiger Zusammenhalt und ihre enge Bindung ein Funke Hoffnung in einer Welt, die oft unbarmherzig war. Der Wind heulte durch die engen Gassen, riss an allem, was nicht fest verankert war, und schleuderte Müll und Äste durch die Luft. Die alten Fenster der Häuser klapperten bedrohlich, und lose Dachziegel fielen klirrend zu Boden. Regen prasselte in dichten, schweren Vorhängen herab, verwandelte die Straßen in reißende Bäche und ließ die Kanalisation überlaufen. Wasser spritzte aus den Gullideckeln und bildete Pfützen, die schnell zu kleinen Seen anschwollen. Ben und Luna harrten eng aneinander gekuschelt in dem Lagerhaus aus, während draußen der Sturm unaufhaltsam tobte.

Die Nacht verging und der Morgen brach über Manila herein. Die ersten Sonnenstrahlen kämpften sich durch die dichten, grauen Wolken, die noch die letzten Spuren des nächtlichen Sturms trugen. Nach dem heftigen Sturm kehrten Ben und Luna erschöpft in ihr Viertel zurück, nur um festzustellen, dass die gewohnte Umgebung komplett verändert war. Überall lagen Trümmer und Schlamm, der von den heftigen Regenfällen und Winden mitgerissen worden war. Mülltonnen waren umgeworfen, Straßen überschwemmt und der Markt, der sonst ein reichhaltiges Angebot an Essensresten bot, war jetzt ein Bild der Zerstörung. Stände waren eingestürzt, Zelte zerrissen und die normalerweise lebhaften Verkäufer und Kunden durch die Notlage verstummt. Die Menschen im Viertel kämpften selbst mit den Folgen des Monsuns. Viele von denen, die Ben und Luna kannten und ihnen gelegentlich Futtergaben zukommen ließen, waren nun mit der Wiederherstellung ihrer eigenen Häuser und Geschäfte beschäftigt. Es gab weniger

Menschen auf den Straßen, weniger Möglichkeiten, etwas Essbares zu finden. Ben musste Luna zeigen, wo neue potenzielle Futterquellen waren, die vor dem Sturm vielleicht übersehen worden waren. Sie mussten geduldiger und einfallsreicher sein, um Nahrung zu finden und zu überleben. Gemeinsam durchstreiften sie die umgewälzte Stadtlandschaft, auf der Suche nach Nahrung und einem Platz zum Ruhen. Trotz der Widrigkeiten stärkten sie sich gegenseitig und festigten ihre ungewöhnliche Freundschaft durch das Teilen von Momenten der Not und des Überlebens. Doch ihre Situation sollte sich bald ändern. Eines Morgens, nach einer weiteren unruhigen Nacht voller Regen und Gewitter, saßen Ben und Luna erschöpft vor einem kleinen Lebensmittelladen in der Nachbarschaft. Ihre Pfoten waren matschig und ihre Mägen knurrten vor Hunger. Der Ladenbesitzer kannte die beiden gut und hatte oft ein paar Essensreste für sie übrig. Doch an diesem Morgen war der Ladenbesitzer noch nicht erschienen, und Ben und Luna warteten geduldig vor der Tür, in der Hoffnung, dass er bald auftauchen würde. Während sie dort saßen, bemerkten sie aus den Augenwinkeln einen jungen Mann, der einige Meter entfernt stehen blieb und sie interessiert beobachtete. Er war schlank, hatte dunkles Haar und trug eine abgenutzte Jeans und ein altes T-Shirt. In seiner Hand hielt er eine große Tasche, aus der der Geruch von getrocknetem Fleisch drang. Seine braunen Augen strahlten Freundlichkeit aus, als er langsam näher kam und leise auf die Hunde einredete. Ben und Luna, die normalerweise Fremden gegenüber skeptisch waren, spürten instinktiv die positive Energie des jungen Mannes. Ihre Ohren zuckten leicht, während sie seine Worte aufnahmen und sein ruhiges Verhalten beobachteten.

Nachdem er sich langsam genug genähert hatte, um ihre Angst nicht zu schüren, streckte er vorsichtig seine Hand aus, um ihnen etwas von dem getrocknetem Fleisch anzubieten. Die beiden Hunde schnupperten neugierig an der Hand und erkannten den vertrauten Geruch von Fleisch. Ben, der erfahrener und mutiger war, nahm zuerst einen Bissen aus der Hand des jungen Mannes, Luna folgte seinem Beispiel, als sie sah, dass Ben nichts passierte. Der Mann lächelte sanft und sprach weiter beruhigend auf sie ein, während er ihnen vorsichtig weitere Bissen gab. Ben und Luna begannen, sich etwas entspannter zu fühlen und ließen den jungen Mann näher kommen, während sie hungrig das Futter verschlangen, das er ihnen anbot. Der Mann, dessen Name Ginto war, fiel durch seine ruhige Ausstrahlung auf. Mit dunkelbraunem Haar, das sich über seine Stirn legte, und einer markanten Statur, die von seiner Arbeit im Freien zeugte, hockte er sich behutsam vor die beiden Hunden in die Knie. Seine Augen, von einem herzlich warmen Haselnussbraun, strahlten eine ruhige Entschlossenheit aus. Ginto war ein Mitarbeiter einer örtlichen Tierschutzorganisation, die sich leidenschaftlich für das Wohl von Straßentieren einsetzte. Seine Tage verbrachte er damit, verwundeten Tieren zu helfen, Notunterkünfte zu bauen und verlassenen Hunden wie Ben und Luna eine neue Chance zu geben. Um das Vertrauen von Ben und Luna zu gewinnen, nahm sich Ginto viel Zeit. Er kannte die Herausforderungen, die Straßenhunde wie Ben und Luna jeden Tag bewältigen mussten, und war entschlossen, ihnen zu helfen. Ginto kehrte jeden Tag zu dem Laden zurück, wo Ben und Luna eigentlich auf den Ladenbesitzer warteten, der aber nach dem Sturm seinen Laden geschlossen lies. Er gab den Hunden jeden Tag frisches Wasser und etwas zu essen. Schließlich, nach mehreren Tagen intensiven Bemühens, gelang es Ginto, das vollständige Vertrauen von Ben und Luna zu gewinnen. Mit ruhiger Bestimmtheit führte er sie zu dem nahegelegenen Tierheim, das von seiner Tierschutzorganisation betrieben wurde. Dort sollten Ben und Luna die notwendige medizinische Versorgung erhalten und die Chance bekommen, ein liebevolles Zuhause zu finden.

Im Tierheim fanden Ben und Luna endlich Schutz und Fürsorge, die sie nach dem Monsun so dringend benötigten. Die Mitarbeiter des Tierheims kümmerten sich liebevoll um die beiden Straßenhunde. Zunächst wurden ihre Wunden sorgfältig behandelt. Ben hatte einige kleine Schnitte an den Pfoten, vermutlich von den scharfen Trümmern während des Sturms, während Luna an einer leichten Augenentzündung litt, die durch den Wind und Staub verschlimmert worden war. Der Tierarzt des Tierheims gab ihnen die notwendigen Medikamente und überprüfte ihre Gesundheit regelmäßig, um sicherzustellen, dass sie sich erholten. Zusätzlich zu den medizinischen Behandlungen erhielten Ben und Luna alle erforderlichen Impfungen, um sie vor Krankheiten zu schützen, die auf den Straßen häufig vorkommen. Die Mitarbeiter sorgten dafür, dass sie regelmäßig Futter bekamen, das speziell auf ihre Bedürfnisse abgestimmt war. Frisches Wasser stand ihnen jederzeit zur Verfügung. Nach den strapaziösen Zeiten auf den Straßen war es ein wahrer Segen für Ben und Luna, ein warmes Bett zu haben, in dem sie sich ausruhen und sicher fühlen konnten. Das Tierheim wurde zu ihrem sicheren Hafen, wo sie endlich die Möglichkeit hatten, sich zu erholen und zur Ruhe zu kommen. Für

Ben und Luna bedeutete das Tierheim nicht nur physischen Schutz, sondern auch emotionale Unterstützung. Die Pfleger und Freiwilligen verbrachten Zeit damit, mit ihnen zu spielen und sie zu streicheln, was den beiden Hunden half, wieder mehr Vertrauen in die Menschen zu gewinnen. Die Umgebung im Tierheim war ruhig und freundlich, was dazu beitrug, dass sich Ben und Luna schnell an die neue Situation gewöhnten. Nach all den Entbehrungen auf den Straßen von Manila konnten Ben und Luna endlich erleben, was es bedeutet, sich umsorgt und geliebt zu fühlen. Es war ein Neuanfang für die beiden Hunde, die sich nun nicht mehr um ihre Sicherheit und ihr Überleben sorgen mussten.

Die Geschichte von Ben und Luna, zwei streunenden Hunden, verbreitete sich wie ein Lauffeuer. Auf sozialen Netzwerken wurden zahlreiche Beiträge geteilt, die ihre Geschichte erzählten und um Hilfe baten. Die Tierschützer setzten alles daran, eine liebevolle Familie zu finden, die Ben und Luna aufnehmen würde, doch die Suche gestaltete sich schwierig. Es vergingen Tage, Wochen und sogar Monate, ohne dass sich jemand bereit erklärte, die beiden Hunde zu adoptieren. Die Lebensbedingungen auf den Philippinen sind für viele Menschen herausfordernd. Das Einkommen ist oft knapp, und der Alltag ist von einem bescheidenen Lebensstil geprägt. Für viele Familien ist es kaum vorstellbar, zwei weitere Mäuler zu stopfen, selbst wenn es sich um liebenswerte Hunde wie Ben und Luna handelt. Ginto sah jeden Tag nach Ben und Luna, die ihm inzwischen sehr ans Herz gewachsen waren. Er kam bereits frühmorgens ins Tierheim, um sie zu begrüßen, und verbrachte den Großteil seiner freien

Zeit mit ihnen. Er kuschelte mit ihnen, ging mit ihnen spazieren und schenkte ihnen Trost, wenn sie abends wieder in ihre Zwinger mussten. Trotz der kargen Umstände gab er ihnen das Gefühl, geliebt zu werden und geborgen zu sein. Ginto wusste, dass er ihnen nicht das Zuhause geben konnte, das sie verdienten, da er ständig unterwegs war und nur wenig Platz hatte, aber er tat alles in seiner Macht Stehende, um ihre Tage ein wenig heller zu machen. Ginto lebte in einer kleinen Wohnung am Rande der Stadt, die nur aus einem einzigen Zimmer bestand. Diese bescheidene Unterkunft war einfach und minimalistisch eingerichtet. In der Ecke des Zimmers stand ein schmaler Schreibtisch, der mit Papieren und Notizen überhäuft war. Daneben befand sich ein kleines Bett, gerade groß genug für eine Person, mit einer abgenutzten Decke und einem einfachen Kissen. Ein kleiner Schrank diente als Stauraum für seine Kleidung und persönlichen Gegenstände. Die Küchenzeile in seinem Zimmer war winzig, bestehend aus einem einzelnen Herd, einem kleinen Kühlschrank und einem winzigen Tisch, der kaum Platz für eine Mahlzeit bot. Ginto hatte nur das Nötigste, um seine Bedürfnisse zu decken. Das separierte Badezimmer war ebenfalls klein, mit einer einfachen Dusche, einem Waschbecken und einer Toilette. Der begrenzte Platz machte es für Ginto unmöglich, Ben und Luna aufzunehmen. Zwei aktive Hunde hätten in seiner kleinen Wohnung nicht genug Raum zum Spielen und Bewegen gehabt. Zudem hatte Ginto keine Möglichkeit, ihnen einen angemessenen Rückzugsort zu bieten, was für das Wohlbefinden der Hunde unerlässlich gewesen wäre. So blieb es dabei, dass Ginto jeden Tag soviel Zeit wie nur möglich mit Ben und Luna im Tierheim verbrachte.

Im Frühjahr darauf beschloss das Team des Tierheims den Außenbereich auszubauen. Er wurde vergrößert und neu eingezäunt, um den Hunden mehr Platz und Auslauf zu bieten. Die Innenräume des Heims wurden ebenfalls umgebaut und frisch gestrichen. Ben und Luna bekamen einen größeren Raum für sich, ausgestattet mit zwei Betten, Kuscheldecken und etwas Spielzeug. Die neue Umgebung sollte ihnen nicht nur Komfort, sondern auch ein Gefühl von Zuhause vermitteln. Jeden Tag durften Ben und Luna mehrere Stunden im Außenbereich verbringen, wo sie frische Luft schnappen und spielen konnten. Ginto nutzte diese Zeit, um mit ihnen zu trainieren und ihre Fähigkeiten zu fördern. Ben zeigte ein ausgezeichnetes Talent für die Fährtensuche. Ginto legte eine Reihe von Leckerli auf der Wiese zu einer Fährte aus, die Ben mit Begeisterung verfolgte. Luna hingegen war äußerst agil und liebte es, über kleine Hürden zu springen. Ginto baute für sie einen Parcours mit verschiedenen Hindernissen, die Luna mit Leichtigkeit und Freude meisterte. Ginto verbrachte so viel Zeit wie möglich mit den beiden Hunden. Er war stolz auf ihre Fortschritte und glücklich, wenn er sah, wie sie aufblühten. Sein Engagement und seine Liebe zu Ben und Luna waren unerschütterlich. Er wusste, dass er ihnen nicht das perfekte Zuhause bieten konnte, aber er schenkte ihnen Momente des Glücks und der Geborgenheit, die sie so sehr brauchten. Durch Gintos unermüdliche Fürsorge und das verbesserte Umfeld im Tierheim wurde das Leben von Ben und Luna ein Stückchen heller und familiärer. Die beiden Hunde, die einst als Streuner auf den Straßen der Philippinen lebten, entwickelten sich zu fröhlichen und verspielten Gefährten. Besonders Luna's Augen, die früher von Unsicherheit und Traurigkeit erfüllt waren, leuchteten nun vor Freude, wenn sie Ginto sah. Ginto hatte eine besondere Bindung zu Ben und Luna aufgebaut. Jeden Tag, wenn er das Tierheim betrat, wurden er von den beiden freudig begrüßt, ihre Schwänze wedelten unaufhörlich und ihre Augen strahlten vor Glück. Ginto fühlte sich von ihrer bedingungslosen Zuneigung tief berührt. Er war mehr als nur ein Betreuer für sie; er war ihr Freund, ihr Beschützer und der Mensch, der ihnen in schwierigen Zeiten Trost und Liebe schenkte. Das Team bemerkte die außergewöhnliche Bindung, die zwischen Ginto und den beiden Hunden entstanden war. Trotz seiner begrenzten Möglichkeiten tat Ginto alles, um Ben und Luna ein glückliches und erfülltes Leben zu ermöglichen. Die tägliche Routine, die Spaziergänge, die Kuschelzeiten und das Training im Außenbereich schufen eine tiefe Verbundenheit, die nicht zu übersehen war. Ben und Luna blühten unter Gintos Fürsorge auf. Ihre Talente und Persönlichkeiten kamen immer mehr zum Vorschein: Ben, der Fährtensucher, und die kleine Luna, die geschickte Hürdenspringerin, entwickelten sich prächtig und zeigten beeindruckende Fortschritte. Angesichts dieser besonderen Beziehung und der positiven Entwicklung von Ben und Luna traf das Tierheim eine bemerkenswerte Entscheidung. Sie setzten sich mit Ginto zusammen und besprachen die Möglichkeit, die beiden Hunde dauerhaft im Tierheim zu behalten, unter der Bedingung, dass Ginto weiterhin eine zentrale Rolle in ihrem Leben spielen würde. Ginto, der sich bereits tief mit Ben und Luna verbunden fühlte, war überglücklich über diese Entscheidung. Es war für ihn eine Ehre und eine Freude, weiterhin für sie da sein zu können.

So blieb Ben und Luna das Schicksal weiterer Unsicherheiten erspart. Sie fanden ihr Zuhause im Tierheim, das durch Gintos unermüdliche Fürsorge und die liebevolle Unterstützung des gesamten Teams zu einem Ort der Geborgenheit und Freude geworden war. Hier konnten sie ein glückliches Leben führen, mit der ständigen Gewissheit, dass Ginto an ihrer Seite war. Ben und Luna gehörten nach einiger Zeit fest zum Team des Tierheims. Die beiden Hunde waren nicht nur Lieblinge der Mitarbeiter, sondern auch bei den Besuchern äußerst beliebt. Sobald jemand das Gelände betrat, eilten Ben und Luna schwanzwedelnd herbei, um die Besucher zu begrüßen. Mit ihrer freundlichen und neugierigen Art schafften sie es sofort eine warme und einladende Atmosphäre zu verbreiten. Doch Ben und Luna waren nicht nur als Empfangskomitee tätig. Sie führten die Besucher auch durch das gesamte Tierheim. Mit großer Begeisterung und einem Hauch von Stolz trotteten Ben und Luna mit den Gästen durch alle Bereiche, angefangen von den gemütlichen Innenräumen, in denen die Tiere betreut wurden, bis hin zu dem weitläufigen Außenbereich. Dieser war mittlerweile üppig grün gewachsen und bot einen idyllischen Rückzugsort. Hier konnte man sich inmitten der Natur entspannen und die Seele baumeln lassen. Die Besucher konnten auf den gepflegten Wegen spazieren gehen, die frische Luft genießen und die ruhige, friedliche Umgebung auf sich wirken lassen. Ben und Luna liefen stets voraus, ihre Freude übertrug sich auf die Menschen, die ihnen folgten. Ihre Anwesenheit machte den Rundgang zu einem besonderen Erlebnis, bei dem sich jeder willkommen und geborgen fühlte. So trugen die beiden Hunde nicht nur zur guten Laune bei, sondern halfen auch, die Mission des Tierheims zu unterstützen: einen Ort der Ruhe und des Glücks für Tiere und Menschen gleichermaßen zu schaffen. Die Geschichte von Ben, Luna und Ginto wurde zu einer inspirierenden Erzählung über Mitgefühl, Hingabe und der tiefen Bindung, die zwischen Mensch und Tier entstehen kann.

Davor. Kroatien.

In einem malerischen Dorf an der kroatischen
Adriaküste lebte ein Hund namens Davor. Er war groß
und kräftig mit tiefschwarzem Fell, das im Sonnenlicht
schimmerte. Davor hatte spitze Ohren, die bei jeder
Bewegung aufmerksam nach vorn gespitzt waren. Sein
Leben begann unter den schlimmsten Bedingungen,
die ein Hund sich vorstellen konnte. Davor war an
einer kurzen, rostigen Kette gefesselt, die um seinen
kräftigen Hals gewickelt war. Diese Kette war sein
ständiger Begleiter, ein Symbol für seine
Gefangenschaft und Isolation. Die einsamen Tage,
Wochen und Monate verstrichen in einem kleinen,

heruntergekommenen Verschlag im Hinterhof des Hauses eines verbitterten alten Mannes namens Viktor. Das Einzige, was Davor täglich zu sehen bekam, war der triste Anblick des Hinterhofs, der von hohen Mauern umgeben war und kaum einen Blick auf die Außenwelt zuließ. Viktor war ein einsamer Mann, der seine Verbitterung an Davor ausließ. Er schimpfte oft lautstark mit dem Hund, wenn dieser bellte oder die Schalen seines kargen Futters nicht schnell genug leerte. Die Nachbarn im Dorf hörten manchmal das verzweifelte Bellen von Davor, wenn Viktor besonders schlechte Laune hatte. Sie wussten, dass der Hund ein trostloses Dasein führte, gefangen in seiner eigenen Haut und abgeschnitten von allem, was ein Hundeleben lebenswert macht – Freiheit, Zuneigung und menschliche Fürsorge.

Viktor, ein einsamer Witwer, war einst ein starker Farmer gewesen, bevor das Alter und eine Krankheit ihn zwangen, seine Farm aufzugeben und sich in ein zurückgezogenes Leben zu begeben. Sein Gesicht trug Spuren der harten Arbeit und der Sorgen um das Land, tiefe Falten lagen um seine Augen. Sein graues Haar war dünn geworden und oft wirr, gezeichnet von den Tagen in der Sonne und der körperlichen Anstrengung auf dem Feld. Seine Augen hatten viele Sonnen auf und -untergänge über den Weizenfeldern gesehen, hatten die Freuden der Ernte und die Herausforderungen der Natur erlebt. Viktor trug meist abgetragene Arbeitskleidung, die von den Spuren des Ackerbaus und der harten Arbeit auf dem Hof gezeichnet war. Seine Kleidung war ein Zeugnis seines Lebens als Farmer, jedes Stück erzählte eine Geschichte von den Mühen und Triumphen, die er auf seinem Land erlebt hatte. Seine Haltung war gebeugt von der Last der vergangenen Jahre, von den langen Stunden auf dem Feld und den Sorgen um die Ernte. Die Arbeit auf der Farm hatte ihn geprägt, aber auch gezeichnet. Seine Hände, einst stark und geschickt, waren jetzt von der Zeit gezeichnet und manchmal zitternd vor Erschöpfung und Alter. Seine Stimmung war düster, und er betrachtete Davor nicht mehr als treuen Gefährten, sondern als eine Last, was sich in der fehlenden Fürsorge und der unregelmäßigen Fütterung zeigte. Der Hinterhof, in dem Davor gefangen war, bot ihm kaum Schutz vor den Elementen; im Sommer war es eine Brutstätte für Insekten und im Winter ein eisiger Schlupfwinkel.

Für Davor war das Leben an der Kette eine qualvolle Realität, die jede Faser seines Seins durchdrang. Tag für Tag verbrachte er in dem kleinen, staubigen Verschlag des Hinterhofs, umgeben von der Kälte des Metalls, das seinen Bewegungsspielraum auf ein Minimum beschränkte. Die stumpfe Routine wurde nur gelegentlich durchbrochen, wenn Nachbarskinder ihn besuchten. Anstatt Mitgefühl zu zeigen, brachten sie ihm eher Schmerz und Spott. Manchmal ärgerten sie ihn und warfen Steine nach Davor, die knapp an seinem Kopf vorbeisausten und das Geräusch des Aufpralls durchdrang seine Ohren wie ein schmerzhafter Donner. Sein einziger Lichtblick in seinem tristen Dasein war Emily, die ihn ab und zu heimlich auf ihrem Schulweg besuchte und ihm etwas von ihrem Schulbrot abgab. Emily war ein Mädchen von etwa 13 Jahren, mit strahlenden blauen Augen und einem Lächeln, das selbst an den düstersten Tagen wie ein Sonnenstrahl wirkte. Ihr langes braunes Haar fiel in sanften Locken über ihre Schultern, und ihre Kleidung war einfach, aber sauber und gepflegt.

Emily hatte Davor eines Tages auf ihrem Schulweg entdeckt, als sie an einem verregneten Morgen an dem trostlosen Hinterhof vorbeiging und sein kläglichen Jaulen hörte. Sie spürte sofort eine tiefe Traurigkeit und Einsamkeit in den Augen des großen schwarzen Hundes. Ohne zu zögern, begann sie, ihm ab und zu etwas von ihrem Schulbrot zuzustecken, das sie in einer kleinen Tasche bei sich trug. Sie konnte sich vorstellen, wie hart sein Leben sein musste, und sie sehnte sich danach, ihm in irgendeiner Weise helfen zu können. Emily besuchte Davor regelmäßig heimlich, wenn niemand in der Nähe war, und verbrachte oft ein paar Minuten damit, ihn sanft zu streicheln und ihm beruhigende Worte zuzusprechen. Sie sprach mit ihm über ihre Tagträume und erzählte ihm von ihrem Schulalltag und ihren Freunden. Davor lauschte aufmerksam, seine Augen aufmerksam auf ihr Gesicht gerichtet, als ob er jedes Wort verstehen würde. Diese Begegnungen bedeuteten Emily genauso viel wie Davor. Sie fühlte eine besondere Verbindung zu dem einsamen Hund, der so viel Zuneigung und menschliche Wärme vermisste. Manchmal brachte sie sogar ein paar zusätzliche Leckerli von zu Hause mit und fütterte sie vorsichtig an Davor, der sie dankbar annahm. Für Davor waren diese Momente mit Emily kostbar und tröstlich. Sie waren der Funke Glück in seinem oft düsteren Alltag, der ihm zeigte, dass nicht alle Menschen gleich waren, dass es Mitgefühl und Güte gab, selbst in einer Welt, die ihm so viel Leid und Einsamkeit gebracht hatte. Emily war sein Lichtblick, seine Hoffnung auf bessere Tage, und er fühlte sich in ihrer Gegenwart sicher und geborgen, selbst wenn nur für kurze Augenblicke. Davor sehnte sich nach einem Leben jenseits dieser Begrenzungen. Sein größtes Verlangen war es, aus diesem öden Dasein auszubrechen und die Freiheit zu spüren, von der er in den einsamen Nächten geträumt hatte. Er träumte von weiten Wiesen, die er durchstreifen konnte, von Wäldern, die er erkunden wollte, ohne das klirrende Geräusch der Kette um seinen Hals. Jedoch blieb Davor gefangen in seinem kargen, tristen Dasein. Die Freiheit, die er sich so sehr wünschte, schien unerreichbar fern zu sein. Seine Träume blieben nur das - Träume. Die Tage verstrichen langsam und jede Nacht brachte die wiederkehrende Erkenntnis seiner Ausweglosigkeit. Davor verbrachte sein bisheriges Leben auf dem harten Boden des Hinterhofs, der von Unkraut und trockener Erde geprägt war. Die Sommer brachten Hitze, die ihn verzweifeln ließ, während die Winter Kälte und Feuchtigkeit brachten, die seinen Körper belasteten. Sein Alltag war geprägt von Monotonie und Entbehrung. Viktor fütterte ihn sporadisch mit billigem Trockenfutter, das kaum seinen Energiebedarf deckte. Manchmal, wenn Viktor in besserer Stimmung war, bekam er Reste vom Abendessen die übrig geblieben waren. Diese Momente der Großzügigkeit waren selten und von Viktors unberechenbarer Laune abhängig. Davor sehnte sich nach Bewegung und menschlicher Nähe, doch sein Leben an der Kette hinderte ihn daran. Er blickte sehnsüchtig zu dem Tor des Hinterhofs, wenn die Dorfbewohner mit ihren eigenen Hunden vorbeigingen oder ihre Kinder zum Spielen rausschickten. Er hoffte insgeheim auf ein Zeichen von Wärme oder Zuneigung, das ihm Viktor nie gewähren konnte. Die Tage verstrichen in einer endlosen Abfolge von Warten und Verzweiflung. Davor war ein Schatten seiner selbst geworden, stark gezeichnet von den Jahren der Einsamkeit und Vernachlässigung. Seine Augen waren trübe und resigniert, während er in seinem engen

Radius vor und zurück schritt, das Rasseln der Kette sein ständiger Begleiter.

An einem stürmischen Abend, als dunkle Wolken bedrohlich am Himmel hingen und der Wind in wilden Böen um die Ecken pfiff, brach das Schicksal über Davor herein. Die Atmosphäre war gespannt und elektrisch geladen, während der Wind unaufhaltsam an Stärke gewann und die morschen Pfähle des alten Verschlags aus dem trockenen, rissigen Boden riss, an denen die schwere Kette Davor so lange gefangen hielt. Das Knirschen der Holzpfähle und das Klirren der Metallkette vermischten sich mit dem Geräusch des aufziehenden Unwetters, das mit drohendem Donnergrollen und grellen Blitzen den Himmel erhellte. Ein lautes, unheimliches Krachen durchschnitt die schwere Luft, als die morschen Pfähle mit einem letzten, krächzenden Widerstand nachgaben. Die Jahre der Vernachlässigung hatten sie brüchig gemacht, und nun, unter der erbarmungslosen Kraft des Sturms, zerbrachen sie endlich. Das Geräusch war wie das Ächzen eines alten Gebäudes, das unter seiner eigenen Last zusammenbricht. Die schwere Metallkette, die Davor so lange gefangen hielt, fiel mit einem metallischen Aufprall auf den Boden. Es war ein Klang der Befreiung, der über den Hof hallte und den Moment markierte, in dem Davor seine Fesseln abwarf. Davor, der bisher nur den tristen Klang der Kette und die Einsamkeit um sich herum gekannt hatte, zögerte keine Sekunde und entfloh sofort durch das Tor, welches der Sturm bereits aus den Angeln gerissen hatte und welches nun weit offen stand. Sein Herz schlug wild vor Erleichterung, als er begriff, dass er nicht länger an sein trostloses Gefängnis gebunden war. Ein erleichtertes Bellen entfuhr ihm, das durch den tobenden Wind getragen wurde und seine neu gewonnene Freiheit symbolisierte. Die plötzliche Freiheit überwältigte ihn, war wie ein Rausch für ihn. Ohne zu zögern, rannte Davor los, noch recht steif von der Einschränkung der letzten Jahre. Seine Pfoten prallten gegen den harten Boden, als er sich vom Ort seines Leidens entfernte. Die Kette, die ihn so lange gehalten hatte, klapperte hinter ihm her, jetzt ein Symbol seiner vergangenen Gefangenschaft. Der Wind peitschte sein Fell, und der Regen prasselte auf ihn nieder, aber Davor spürte nichts davon - nur das Adrenalin und die Erleichterung, endlich frei zu sein. Er rannte durch verlassene Straßen und über Wege, die er nur von dem Blick aus der Ferne kannte. Jedes Hindernis, sei es eine umgestürzte Mülltonne oder Äste auf den Straßen überwand er mit Freude, Freude über seine gewonnene Freiheit. Die Straßenlaternen flackerten in der Dunkelheit, ihre flüchtigen Schatten tanzten über den nassen Asphalt, aber Davor scherte sich nicht darum. Sein Herz hämmerte wild in seiner Brust, jede Pore seines Körpers pulsierte vor Aufregung. Es war das erste Mal seit langer Zeit, dass er die Möglichkeit spürte, sein Schicksal selbst zu bestimmen. Jeder Atemzug war ein Bekenntnis zur Freiheit, jede Pfote, die den Boden berührte, ein Sieg über die jahrelange Einschränkung und Vernachlässigung. Während der Sturm um ihn herum tobte und die Blitze den Himmel in grelles Licht tauchten, fühlte sich Davor lebendiger denn je zuvor. Der Regen, den Davor plötzlich vernahm, prasselte in wilden Böen um ihn herum, und der Wind peitschte seine dunklen, glänzenden Haare zurück. Jeder Tropfen, der sein Fell benetzte, war ein Gefühl der Reinigung, als würde er die Last der vergangenen

Jahre mit jedem Augenblick abschütteln. Davor wusste nicht, wohin ihn sein Weg führen würde, aber das war in diesem Moment unwichtig. Er war frei - frei von der rostigen Kette, die ihn so lange gefangen gehalten hatte. Die Einsamkeit, die ihn begleitet hatte, seit er sich erinnern konnte, war wie weggeblasen. Die Hoffnungslosigkeit, die seine Tage und Nächte gefärbt hatte, verschwand im tobenden Sturm. Jeder Schritt, den er tat, war ein Akt der Befreiung, ein Zeichen dafür, dass er nun die Kontrolle über sein Leben zurückgewonnen hatte. Die verlassenen Straßen, die er entlang lief, und die vertrauten Wege, die er nur aus der Ferne kannte, wurden zu einem Labyrinth der Möglichkeiten. Er spürte die Kraft des Sturms um sich herum und fühlte sich gleichzeitig geborgen und ermutigt, denn dieser Sturm bedeutete nicht mehr Gefahr, sondern war ein Symbol für die Reinigung und die Chance auf einen Neuanfang. In diesem Moment des Triumphs über die Dunkelheit und die Fesseln vergangener Jahre fühlte sich Davor lebendiger denn je zuvor. Jeder Blitz, der den Himmel erhellte, war wie ein Zeichen des Universums, das ihm zuzwinkerte und ihm versicherte, dass seine Zeit gekommen war.

Die ersten Tage auf der Straße waren für Davor eine Mischung aus Aufregung und Überlebenskampf, die ihn zugleich forderte und formte. Jeder Schritt auf dem groben Pflaster der engen Gassen und der verwinkelten Pfade des Dorfes war eine Entdeckung. Sein Herz pochte wild und sein Magen knurrte vor Hunger, während er sich durch die Straßen bewegte, seine Nase gespannt nach jedem Hauch von Nahrung in der Luft. Die Mülltonnen, die entlang der Straßen aufgestellt waren, wurden zu einer seiner Haupt-quellen für Nahrung. Mit einer Mischung aus

Entschlossenheit und Vorsicht durchwühlte er sie, auf der Suche nach dem Geringsten: etwas Essbarem, seien es verpackte Überreste oder abgegriffene Stücke Brot. Manche Menschen reagierten auf seine Anwesenheit mit Abwehr, schickten ihn mit harten Worten fort oder wedelten ihn einfach weg, als wäre er eine störende Erscheinung. Doch andere, die seinen traurigen Blick und sein bedürftiges Winseln bemerkten, zeigten Mitgefühl. Sie warfen ihm mitleidige Blicke zu und ließen ab und zu einen Rest Essen fallen, das sie übrig hatten. Davor lernte schnell, die feinen Nuancen der menschlichen Interaktion zu erkennen. Er entwickelte ein Gespür dafür, wer freundlich und großzügig war und bei wem er besser keinen Versuch startete. Diese Einsichten waren nicht nur Überlebensstrategien, sondern auch ein Weg, sich in dieser neuen Welt zurechtzufinden, die so anders war als sein früheres Leben an der Kette. Jede Begegnung mit den Dorfbewohnern war eine Lektion für Davor. Er studierte ihre Gesten, ihre Reaktionen und ihre Gesichtsausdrücke genau, um zu verstehen, wie er sich verhalten musste, um zu überleben. Es war ein ständiger Lernprozess voller Herausforderungen und Entbehrungen, aber auch voller Hoffnung auf ein besseres Leben, das er nun selbst gestalten konnte.

Eines Tages kreuzte Davor den Weg einer Gruppe anderer Straßenhunde. Sie waren robust und trugen die Narben eines harten Lebens, was gleichzeitig ihre Überlebenskraft unterstrich. An der Spitze dieser Gruppe stand eine kluge Hündin namens Zara. Ihre Augen spiegelten eine Mischung aus Wachsamkeit und Erfahrenheit wider, während sie die Umgebung stets im Blick behielt. Zara war zunächst misstrauisch gegenüber dem neuen Gesicht in ihrer Mitte. Die

Straßen waren ihr Revier, und sie wusste, wie wichtig es war, Fremde zu prüfen, bevor man ihnen vertraute. Doch als sie Davor näher betrachtete, erkannte sie in seinen Augen keine Bedrohung, sondern eine tiefe Erschöpfung und eine Sehnsucht nach Gemeinschaft. Sein Anblick weckte ihre Neugier und ihr Mitgefühl. Die ersten Momente ihrer Begegnung waren von einer gewissen Spannung geprägt, während Zara und die anderen Hunde Davor prüfend umkreisten. Sie schnüffelten an ihm, um seinen Geruch und seine Absichten zu ergründen. Doch bald spürten sie, dass Davor keine feindlichen Absichten hegte. Er war ein Fremder, ja, aber auch ein Hund, der wie sie selbst ums Überleben kämpfte. Die Überlegenheit und die Autorität, die Zara ausstrahlte, verschmolzen mit einem Hauch von Wärme, als sie erkannte, dass Davor ein potenzieller Verbündeter sein könnte - jemand, der ihr Rudel stärken und bereichern könnte, wenn er akzeptiert wurde. Zara nahm Davor unter ihre Fittiche und übernahm die Rolle der Mentorin, die er dringend brauchte. Sie war eine erfahrene Anführerin, die wusste, wie man in dieser rauen Umgebung überlebte. Ihre klugen Augen beobachteten stets die Umgebung, während sie Davor die grundlegenden Überlebensstrategien auf ihre Weise lehrte. Sie zeigte ihm geduldig, wo man versteckte Wasserquellen fand, wie man durch die Gegend navigierte, ohne auf menschliche oder tierische Gefahren zu stoßen, und welche Orte am sichersten für die Nachtruhe waren. Die ersten Nächte im Rudel waren für Davor eine Offenbarung und zugleich eine tiefe Erleichterung. Nachdem er so lange allein und auf sich gestellt war, fand er endlich eine Gemeinschaft, die ihn akzeptierte und beschützte. Die bedrohlichen Geräusche der Nacht wurden durch die wachsamen Augen und die kräftigen Körper der Rudelmitglieder gedämpft. Gemeinsam teilten sie die Lasten des Lebens auf der Straße und schufen eine Atmosphäre der Sicherheit und des gegenseitigen Respekts. Davor und Zara verbrachten die Tage und Nächte eng zusammen, während sie ihren Alltag auf den Straßen des Dorfes meisterten. Unter Zaras wachsamer Führung lernte Davor schnell, sich in der ständig wechselnden Umgebung zurechtzufinden. Sie zeigte ihm die besten Plätze, um Nahrung zu finden und nahm ihn mit auf die Jagd nach kleinen Tieren, die zwischen den engen Gassen huschten. Sie zeigte ihm auch, wie man vorsichtig um menschliche Siedlungen herumschlich, um Konfrontationen zu vermeiden und dennoch die notwendigen Ressourcen zu sichern. Die Bindung zwischen Davor und Zara vertiefte sich mit jeder gemeinsamen Herausforderung, die sie überwanden. In den ruhigen Momenten teilten sie nicht nur Nahrung, sondern auch Momente der Ruhe und des Spiels. Davor fand Trost und Sicherheit in Zaras Gegenwart, und ihre Anwesenheit bedeutete für ihn mehr als nur physische Sicherheit - sie war auch eine emotionale Stütze in seiner neuen, freien Existenz auf der Straße.

Als die Wochen vergingen, begann Davor, seinen Platz im Rudel einzunehmen. Er wurde geschickter darin, die verschiedenen Mitglieder des Rudels zu lesen und ihre individuellen Persönlichkeiten und Bedürfnisse zu verstehen. Er half bei der Verteidigung ihres Territoriums gegen andere Hunde oder gelegentlich sogar gegen menschliche Eindringlinge, die sie bedrohten. Seine Schnelligkeit und Geschicklichkeit machten ihn zu einem wertvollen Teil des Teams, während seine Anpassungsfähigkeit und sein

Lernwille ihn bei Zara und den anderen Mitgliedern respektiert machten. Mit der Zeit begann Davor, seine eigenen Fähigkeiten und Stärken zu entwickeln, die er dem Leben auf der Straße verdankte. Er lernte, in Einklang mit den natürlichen Rhythmen der Umgebung zu leben, sei es durch das Finden von sicheren Plätzen zum Ausruhen während des Tages oder das Ausnutzen der günstigsten Momente zum Jagen oder Betteln. Sein Selbstbewusstsein wuchs mit jedem Erfolg und jeder Herausforderung, die er meisterte, und er fühlte sich mehr und mehr als integraler Teil des Rudels, das ihn nicht nur akzeptierte, sondern auch schätzte. Für Davor war das Leben mit Zara und dem Rudel eine grundlegende Erfahrung. Es war nicht nur eine Gemeinschaft des Überlebens, sondern auch eine Gemeinschaft des Gebens und Nehmens, des Lernens und Wachsens. Jeden Tag, den er mit ihnen verbrachte, festigte seine Bindung zu Zara und den anderen Mitgliedern, und er fand in ihrer Gemeinschaft die Art von Liebe und Fürsorge, die er sein ganzes Leben lang gesucht hatte.

Es vergingen viele Jahre, seit Davor beschlossen hatte, im Rudel um Zara zu bleiben. Die Zeit hatte ihm nicht nur gezeigt, wie er in der wilden Natur überleben konnte, sondern auch die Bedeutung von Gemein-schaft und Zusammenhalt. Zara war nicht nur seine Anführerin gewesen, sondern auch eine Art Ersatzfamilie in der Welt der Straßenhunde. Die Jahreszeiten zogen vorbei, jede mit ihren eigenen Herausforderungen und Freuden. Im Sommer genoss das Rudel die warmen Tage, die sie oft am Ufer eines klaren Flusses verbrachten, wo sie sich erfrischten und spielten. Zara lehrte Davor und die anderen Hunde, wie sie Fische fangen konnten, und wie sie

Beeren und Früchte in den nahegelegenen Wäldern finden konnten. Im Herbst und Winter wurden die Nächte kälter und die Jagd schwieriger. Doch das Rudel hielt zusammen, wärmte sich gegenseitig in Unterschlüpfen aus Laub und Zweigen. Davor lernte von den älteren Hunden, wie man sich in kalten Nächten warm hielt und wie man Nahrung auch in schwierigen Zeiten finden konnte. Die Bindung zu Zara wurde im Laufe der Jahre immer tiefer. Sie war nicht nur eine Anführerin, ihre ruhige Art und ihr Durchsetzungsvermögen inspirierten Davor und die anderen Hunde, auch in schwierigen Momenten nicht aufzugeben. Doch der Tag kam, als Zara plötzlich und unerwartet starb. Sie war die Anführerin gewesen, klug und stark, und sie hatte Davor vieles beigebracht über das Leben auf der Straße. Ihr Tod hinterließ eine Lücke, die schwer zu füllen war, und das Rudel war in tiefer Trauer versunken. Davor spürte den Verlust besonders stark. Er hatte Zara als Mentorin geschätzt und sie als Anführerin respektiert. Doch nun, da sie nicht mehr war, fühlte er sich verloren und suchte nach einem neuen Sinn. Die Tage vergingen schwer und die Nächte waren einsam. Davor kehrte mehr und mehr in sich und distanzierte sich langsam und schleichend vom Rudel.

An einem warmen Frühlingsabend, als die Sonne golden über die Hügel glitt, traf Davor eine einsame Entscheidung. Er wusste, dass er sich von dem Rudel lösen musste, das nun ohne Zara war. Die Erinnerungen an sein Dorf und die freundlichen Gesten von Emily, dem Mädchen aus der Nachbarschaft, wurden immer stärker in seinem Kopf. Leise und behutsam löste er sich von der Gruppe, während sie in der Nähe eines kleinen Baches rasteten. Keiner der anderen Hunde bemerkte seinen leisen Abschied. Er wanderte den vertrauten Pfad zurück ins Dorf, in dem er einst gefangen gewesen war. Als er die ersten Häuser des Dorfes erreichte, spürte er eine Mischung aus Aufregung und Unsicherheit. Die Straßen waren ruhig, nur das leise Rauschen des Windes und das Zwitschern der Vögel begleiteten ihn. Die Erinnerungen an die freundlichen Gesten von Emily gaben ihm jedoch Mut. Schließlich erreichte er die Ecke einer vertrauten Straße und hielt inne. Der Geruch von frischem Brot und warmem Kaminfeuer umhüllte ihn. Die Straßen waren ruhig und friedlich, als Davor stehen blieb und seine Umgebung betrachtete. Das alte Gemäuer der Häuser schien ihn freundlich zu begrüßen, und die schmerzhaften Erinnerungen an seine früheren Tage kehrten in sein Gedächtnis zurück. Plötzlich hörte er leise Schritte hinter sich. Als er sich langsam umdrehte, sah er eine junge Frau, die zügig durch die Straßen lief. Es war Emily, das Mädchen aus der Nachbarschaft, das er als Kind gekannt hatte. Mittlerweile war sie zu einer großen jungen · Frau herangewachsen, mit einem entschlossenen Blick in ihren Augen und einem sanften Lächeln auf ihren Lippen. Ihre Haare waren länger geworden, und ihre Kleidung war schlicht und praktisch, aber passend zu ihrer selbstbewussten Art. Emily lief zügig durch die vertrauten Straßen, als sie plötzlich etwas am Rande ihres Blickfeldes wahrnahm. Ein großer, schwarzer Hund stand dort, still und ruhig. Ihr Herz schlug schneller, als sie einen Moment innehielt und genauer hinsah. Ihre Augen weiteten sich vor Überraschung, als sie Davor erkannte, den sie noch immer in ihren Erinnerungen trug. Sie konnte es nicht fassen und rieb sich die Augen, um sicher zugehen, dass sie nicht träumte. Doch dort stand er, sein glänzendes schwarzes Fell im Licht der Sonne, sein Schwanz wedelte leicht, als er sie mit einem vertrauten Ausdruck in seinen Augen ansah. Die Jahre waren vergangen, seit sie das letzte Mal gemeinsam Zeit verbracht hatten, und jetzt stand Davor plötzlich wieder vor ihr, als ob er aus einer anderen Welt zurückgekehrt wäre. „Das kann nicht sein...", flüsterte Emily ungläubig. Ihre Gedanken rasten, während sie versuchte, zu begreifen, dass er tatsächlich vor ihr stand. So oft hatte sie an ihn gedacht – an die kleinen Gesten, wie sie ihm heimlich etwas von ihrem Schulbrot gab, und an die Momente der Zuneigung, die sie teilten, als er es am meisten brauchte. In diesem Augenblick überkam sie eine Welle von Erinnerungen, und der Schmerz, den sie empfunden hatte, als sie eines Morgens auf dem Schulweg bemerkte, dass Davor nicht mehr da war, kam zurück. Es war, als würde die Zeit für einen kurzen Moment stillstehen. Sie erinnerte sich an die Verwirrung und das Unbehagen, die sie fühlte, als sie damals auf ihrem Schulweg an der gewohnten Ecke abbog und auf ihn hoffte, doch nur den leeren Hinterhof sah. Dieser schmerzhafte Verlust hatte sie geprägt, und jetzt, da er wieder vor ihr stand, fühlte sie, wie all diese Gefühle wieder an die Oberfläche drängten.

Davor bewegte sich vorsichtig auf Emily zu, unsicher, wie sie reagieren würde. Er wollte sich versichern, dass sie ihn erkannt hatte, dass sie wusste, wer er war und dass er nun wieder hier war, um bei ihr zu sein. "Davor! Bist du es wirklich?", rief sie aus und eilte auf ihn zu. Sie streckte ihre Hand aus und berührte seine Schnauze sanft. „Wo warst du mein Junge, ich habe dich so vermisst." Tränen schossen ihr in die Augen.

Davor spürte eine tiefe Erleichterung und Freude in sich aufsteigen. Er hatte wiedergefunden, was er insgeheim all die Jahre gesucht hatte.Mit einem letzten Blick zurück auf die Hügel, die er hinter sich gelassen hatte, und einem dankbaren Blick in die Ferne, wusste er, dass er die richtige Entscheidung getroffen hatte. "Komm mit mir", flüsterte Emily sanft und führte ihn behutsam zu sich nach Hause. Der Weg war kurz, aber für Davor fühlte es sich wie eine Reise in eine neue Welt an. Als sie die Eingangstür zu ihrer Wohnung öffnete, trat Davor zögerlich ein, aber Emily spürte, dass Davor sich langsam entspannte, als er ihren Geruch in der Wohnung wahrnahm. Die Monate darauf wurde Davor ein fester Bestandteil von Emilys Leben. Sie kümmerte sich liebevoll um ihn, brachte ihm neue Tricks bei und sorgte dafür, dass er regelmäßige Tierarztbesuche hatte. Sie ging mit ihm spazieren, spielte im nahegelegenen Park mit ihm und teilte mit ihm ihre eigenen Höhen und Tiefen des Lebens. Davor genoss jeden Moment in Emilys Gesellschaft. Er lag oft neben ihr, wenn sie las oder arbeitete, und bewachte sie nachts, während sie schlief. Seine Augen hatten ihren alten Glanz wiedergefunden, und er strahlte eine Ruhe aus, die nur durch die Liebe und Fürsorge, die er von Emily erfuhr, möglich war.

Die Jahre vergingen, und obwohl Davor langsam älter wurde und seine Bewegungen steifer wurden, blieb seine Bindung zu Emily stark und unerschütterlich. Sie verbrachten unzählige glückliche Stunden miteinander, und jeder Tag war ein Geschenk, das sie in vollen Zügen genossen. Schließlich, nach den letzten erfüllten Jahren seines Lebens, die er mit Emily geteilt hatte, schlief Davor friedlich in ihrer

Wohnung ein. Emily war an seiner Seite, hielt seine Pfote und flüsterte ihm tröstende Worte zu, während er seine letzten Atemzüge tat. Sie umarmte ihn fest und bedankte sich bei ihm für all die Liebe und Freude, die er ihr gebracht hatte. Für Emily war Davor nicht nur ein treuer Gefährte gewesen, sondern ein wahrer Freund und eine Quelle unermüdlicher Liebe. Sein Platz in ihrem Herzen würde für immer unberührt bleiben, und seine Erinnerung würde sie weiterhin begleiten, selbst wenn er nicht mehr physisch bei ihr war.

Niko. Griechenland.

In einem malerischen Fischerdorf an der griechischen Küste lebte ein Streunerhund namens Niko. Das Dorf wirkte wie aus einem Bilderbuch: Das glitzernde blaue Wasser der Ägäis rollte sanft an den Strand, und die weiß getünchten Häuser mit ihren blauen Fensterläden strahlten im Sonnenlicht. Überall blühte die Bougainvillea in leuchtendem Rosa, während bunte Fischerboote friedlich im Hafen schaukelten. Doch hinter dieser idyllischen Fassade verbargen sich die Geschichten derer, die, wie Niko, nach ihrem Platz im Leben suchten. Niko war ein großer Hund mit einem braun-weißen Fell, das von der Sonne leicht ausgeblichen war und oft vom Salz des Meeres verkrustet. Sein Fell war rau und zerzaust, doch es zeugte von einem Hund, der seinen eigenen Weg durchs Leben bahnte. Die dunklen, warmen Augen hatten einen Hauch von Melancholie – als wüsste er um Geheimnisse aus einer Vergangenheit, die nur ihm bekannt war. Bereits in den frühen Morgenstunden, lange bevor die Fischer ihre Boote aus dem Hafen steuerten, war Niko auf den Beinen. Er schlenderte durch die schmalen Gassen, die nach Rosmarin und Oregano dufteten, und beobachtete, wie das Dorf langsam erwachte. Tagsüber zog es ihn oft zum Hafen, wo die Männer ihre Netze flickten und die Kinder spielten. Die Dorfbewohner hatten sich längst an seine Anwesenheit gewöhnt. Manchmal bekam er ein Stück Fisch, doch Niko war kein Hund, der sich an einen Menschen band. Er liebte seine Freiheit, lebte nach seinen eigenen Regeln und schätzte das Leben auf den Straßen. Trotzdem gab es eine stumme Übereinkunft zwischen ihm und den Dorfbewohnern. Sie kümmerten sich ein wenig um ihn, und er war ein stiller Wächter des Dorfes. Jeder kannte ihn, und auf seine eigene Weise gehörte er dazu, auch wenn er keinen festen Besitzer hatte. Zu seinen liebsten Beschäftigungen zählte es, am Strand zu toben und im weichen Sand zu spielen. Er jagte die frechen Möwen, die über ihm kreisten, und ließ sich von den warmen Wellen umspülen. Wenn die Sonne hoch am Himmel stand, suchte er sich einen Platz auf den Felsen, von wo aus er das Treiben im Dorf aus der Ferne beobachten konnte. Abends, wenn die Lichter im Dorf angezündet wurden und die Menschen sich auf den kleinen Plätzen versammelten, saß Niko oft am Rande des Geschehens. Er genoss das Lachen und die Musik, das warme Licht, das aus den Tavernen fiel, und die vertrauten Stimmen der Dorfbewohner. Auch wenn er ein Streuner war, fühlte er sich in diesen Momenten wie ein Teil dieser Welt, auch wenn er sich nie ganz einlassen konnte. Es gab jedoch auch einsame Nächte, in denen die Küste still wurde und der Mond über dem Meer schimmerte. Dann lag Niko allein im Sand, während der Wind sanft durch die Olivenbäume flüsterte und die Wellen leise ans Ufer schlugen. In solchen Momenten war in seinen Augen eine Sehnsucht zu erkennen, ein tieferer Wunsch als nur der nach Futter oder einem Schlafplatz. Vielleicht sehnte er sich nach einem Zuhause, einem Ort, an dem er bleiben und zu dem er wirklich gehören konnte. Bis es soweit war, war Niko mit seinem Leben zufrieden – frei, ungebunden und mit dem Meer als treuem Begleiter an seiner Seite. So vergingen die Tage in dem kleinen Fischerdorf, und Niko war ein Teil davon. Er war kein gewöhnlicher Straßenhund; er war ein Hund, der trotz seines freiheitsliebenden Geistes in der Gemeinschaft verwurzelt war. Die Dorfbewohner hatten ihn ins Herz geschlossen, und obwohl Niko nie einen festen Besitzer hatte, war er ein ständiger Begleiter für alle – jemand, der immer da war, ohne je im Mittelpunkt stehen zu müssen. Es schien fast so, als trüge Niko die Seele des Dorfes in sich, und sein Streifen durch die Gassen wurde zu einem vertrauten Anblick, den sich niemand mehr wegdenken konnte. Sein Leben hatte hier begonnen, vor einigen Jahren, als er in einer alten, halb verfallenen Scheune am Dorfrand das Licht der Welt erblickte. Seine Mutter, eine schlanke Streunerin mit sanftem Blick, hatte diesen sicheren Unterschlupf gewählt, um ihre Welpen zur Welt zu bringen. Nikos Kindheit war trotz der Unsicherheiten des Straßenlebens unbeschwert. Zusammen mit seinen Geschwistern spielte er in den staubigen Gassen, jagte Eidechsen über die sonnengewärmten Felsen und badete in den flachen Wellen, die sanft über den Sand schwammen. Sie waren eine kleine Bande, die das Dorf auf ihren Erkundungstouren unsicher machte, immer auf der Suche nach einem Abenteuer. Doch wie es im Leben nun einmal ist, blieb auch Niko nicht ewig ein Welpe. Je älter er wurde, desto schwieriger wurde das Leben. Die Dorfbewohner mochten ihn, aber viele konnten es sich nicht leisten, die Streuner zu füttern. Die Zeiten wurden härter, und was früher eine liebevolle Geste war – ein Stück Fisch, das über den Rand des Bootes fiel – wurde seltener. Niko musste lernen, selbst zurechtzukommen. Die Fischer, die am Hafen ihre Netze auswarfen, lächelten oft, wenn Niko vorbeikam, und manchmal warfen sie ihm einen Fisch zu, wenn der Fang gut war. In den kühlen Wintermonaten, wenn der Wind von der Ägäis heraufzog, rollte Niko sich an windgeschützten Ecken zusammen und schloss die Augen, im Vertrauen darauf, dass der neue Tag ihm wieder ein kleines Stückchen Glück bringen würde. Niko war nie aufdringlich. Er blieb stets in der Nähe, beobachtete still und schien das Dorfleben genau zu verstehen. Manchmal saß er einfach nur am Strand und sah den Booten nach, die auf das weite Meer hinausfuhren. In diesen Momenten lag etwas Nachdenkliches in seinem Blick, als ob er die Freiheit schätzte, die die Ägäis für ihn symbolisierte, aber auch die Geborgenheit, die er im Dorf gefunden hatte. Er war ein Hund, der beide Welten vereinte – die des unabhängigen Streuners und die eines Tieres, das den Menschen nahe sein wollte, ohne jemals seine Freiheit aufzugeben.

Eines heißen Sommertages, als die Sonne gnadenlos vom Himmel brannte und die Luft flimmerte, geriet Niko in Schwierigkeiten. Getrieben von Hunger und

Erschöpfung, hatte er versucht, in die Nähe des belebten Fischmarktes zu gelangen. Die Fischer arbeiteten hart, schwitzten unter der prallen Sonne und waren auf Grund des schlechten Fangs nicht in der Stimmung, sich mit einem hungrigen Streuner zu beschäftigen. In der Hoffnung, einige Fischabfälle zu ergattern, schlich sich Niko näher heran. Seine Nase zuckte, als der Duft von frischem Fisch seine Sinne reizte, und er wagte sich vorsichtig bis zu den Verkaufsständen vor. Doch die Fischer bemerkten ihn schnell. Ihre Augen verengten sich misstrauisch und ihre Gesichter verfinsterten sich zu düsteren Masken. Ohne zu zögern, hoben sie ihre Stimmen zu einem wütenden Chor, laute, unfreundliche Worte hallten durch die Luft. Mit festem Griff packten sie lange, grobe Stöcke, deren Holz unter ihren angespannten Fingern knarrte. Entschlossen traten sie auf Niko zu, ihre Schritte hart und bedrohlich auf dem unebenen Pflaster widerhallend. Niko, die Angst in seinen weit aufgerissenen Augen, spürte einen plötzlichen Adrenalinschub durch seinen Körper rasen. Seine Muskeln spannten sich an, und er sprang vorwärts, seine Pfoten wirbelten den Staub auf den Pflastersteinen auf, während er durch die schmalen Gänge zwischen den Marktständen flüchtete. Die Welt verschwamm um ihn herum zu einem chaotischen Wirbel aus Farben und Formen, aber er achtete nur auf den Weg vor sich. Hinter ihm hörte er das wütende Keuchen der Fischer, das Klatschen ihrer schweren Schritte, die ihm dicht auf den Fersen folgten. Sein Herzschlag dröhnte in seinen Ohren, ein drängender Rhythmus, der ihm die Richtung vorgab. Er stürmte durch schmale Durchgänge, raste um scharfe Ecken und sprang über Hindernisse, die sich ihm in den Weg stellten. Die Fischer waren unnachgiebig, ihre Rufe und die Geräusche ihrer Verfolgung drohten ihn zu übermannen. Doch Niko ließ nicht nach, angetrieben von einem unbändigen Überlebenswillen. Vor lauter Panik rannte er unermüdlich, ohne auf seinen Weg zu achten. Völlig außer Atem und mit schmerzenden Pfoten fand er schließlich Zuflucht in einem alten Olivenhain, der am Rande des Dorfes lag. Die knorrigen, uralten Olivenbäume boten ihm Schutz vor der brennenden Sonne und eine beruhigende Stille, die seine zitternden Nerven beruhigte. Er kauerte sich erschöpft unter einem besonders großen Baum zusammen und leckte seine frischen Wunden an den Pfoten während er versuchte, seinen rasenden Herzschlag zu beruhigen. Im Schatten des Olivenhains traf Niko auf eine ältere Frau namens Maria. Maria war eine Einsiedlerin, die ein einfaches Leben abseits des Dorfes führte. Maria wohnte in einer kleinen Hütte, die mitten im Olivenhain versteckt lag. Das bescheidene Haus fügte sich perfekt in die malerische Landschaft ein, als wäre es schon immer ein Teil davon gewesen. Die Hütte war aus Naturstein gebaut, der von der Sonne gegerbt und von der Zeit verwittert war, wodurch sie eine warme, erdige Farbe hatte. Die Wände waren dick und schützten vor der Sommerhitze und den kühlen Winden des Winters. Das Dach war mit roten Tonziegeln gedeckt, die teilweise mit Moos bewachsen waren. Im Frühling blühten kleine Wildblumen in den Ritzen zwischen den Ziegeln und verliehen dem Haus einen Hauch von Farbe und Lebendigkeit. Eine einfache, aber robuste Holztür, die Maria selbst geschliffen und gestrichen hatte, bildete den Eingang zur Hütte. Neben der Tür hing ein kleiner Bronzeklöppel, der als Türglocke diente. Vor der Hütte erstreckte sich eine Veranda aus grob behauenen Holzbalken, die von rankendem Efeu und duftendem

Jasmin bewachsen war. Ein alter Schaukelstuhl, der schon viele Geschichten hätte erzählen können, stand dort, zusammen mit einem kleinen Tisch, auf dem oft ein Krug mit frischem Wasser und ein paar Gläser bereitstanden. Von der Veranda aus konnte man den weiten Olivenhain überblicken, der sich bis zum Horizont erstreckte und in sanften Wellen den Hügel hinauf und hinab schwang. Maria war bekannt für ihre Kenntnisse in der Kräuterheilkunde und hatte sich einen Ruf als weise, aber geheimnisvolle Heilerin erworben. Obwohl sie selten ins Dorf kam, wussten die Dorfbewohner um ihre Fähigkeiten und suchten sie in Notlagen manchmal auf, obwohl sie auch eine gewisse Ehrfurcht und Angst vor ihr hatten. Maria, eine Frau mit brünettem Haar und leuchtenden, freundlichen Augen, trug ein einfaches, aber sauberes Kleid und war gerade dabei, Kräuter zu sammeln, als sie den erschöpften und verängstigten Niko fand. Ohne Zögern kniete sie sich neben ihn und sprach leise und beruhigend auf ihn ein. Ihre Stimme war sanft und melodisch, und obwohl Niko die Worte nicht verstand, spürte er die Freundlichkeit und das Mitgefühl in ihrem Ton. „Armes Geschöpf," murmelte Maria, während sie vorsichtig ihre Hand ausstreckte. „Wo kommst du denn her?" Niko, immer noch zitternd, schnupperte an ihrer Hand und spürte keinen Grund zur Flucht. Langsam und behutsam begann Maria ihn sanft zu streicheln. Sie hatte eine beruhigende Ausstrahlung, die ihn nach und nach entspannte. „Komm, mein Grosser, ich werde dir helfen," sagte sie und lockte Niko einladend und sanftmütig ins kühle Haus. Das Innere des Hauses war ebenso einfach wie gemütlich. Der zentrale Raum war gleichzeitig Wohn- und Esszimmer, mit einem großen, offenen Kamin aus Stein, der an kühlen Abenden wohlige Wärme spendete. Über dem Kamin hing ein rustikales Regal, auf dem Maria ihre gesammelten Kräuter und getrockneten Blumen aufbewahrte. Ein bequemer Sessel stand nahe am Kamin, daneben ein kleiner Tisch mit einer altmodischen Öllampe. Die Wände des Raumes waren mit handgemachten Regalen gesäumt, auf denen Bücher, Keramiken und einige Erinnerungsstücke ihren Platz fanden. Ein großer Holztisch mit stabilen, geschnitzten Stühlen bildete das Herzstück des Raumes. Hier aß Maria ihre Mahlzeiten und bereitete ihre Kräuter vor. Sie holte eine kleine Schale Wasser und ein Stück Brot aus einem Korb. Sie stellte das Wasser vor Niko, und er trank hastig, um seinen Durst zu löschen. Das Brot war hart, aber es stillte den Hunger und beruhigte seinen knurrenden Magen. Während Niko trank und fraß, beobachtete Maria ihn aufmerksam. Sie erkannte, dass dieser Hund mehr war als ein einfacher Streuner. In seinen Augen sah sie Intelligenz und die Anzeichen eines anstrengenden Lebens. Sie wusste, dass er etwas Besonderes war, und fühlte sich auf unerklärliche Weise zu ihm hingezogen. Niko spürte, dass er hier sicher war, und so entschied er sich, im Olivenhain zu bleiben. Die friedliche Umgebung, das sanfte Rascheln der Blätter und der Duft der Oliven boten ihm eine Zuflucht, nach der er sich unbewußt sehnte. Jeden Morgen stellte Maria ihm frisches Wasser und eine Schüssel mit Essen auf die Veranda, sorgfältig zubereitet mit Resten vom Abendessen und manchmal sogar einem Stück Fleisch.

Mit der Zeit entwickelte sich eine tiefe Bindung zwischen Maria und Niko. Der Hund, dessen Fell nun glänzender und dessen Augen lebhafter waren, folgte ihr überallhin. Ob sie in den frühen Morgenstunden

Kräuter sammelte oder den Hain von ihrer Veranda aus vor Eindringlingen bewachte, Niko war stets an ihrer Seite. Seine feine Nase half ihr, die besten Kräuter zu finden, und seine wachsamen Augen hielten Ausschau nach ungebetenen Gästen. Maria sprach oft mit Niko, ihre Stimme sanft und beruhigend. Sie erzählte ihm von ihrem Tag, von den Herausforderungen der Olivenernte und den Freuden des einfachen Lebens. Niko lauschte aufmerksam, seine Ohren aufgestellt. Manchmal legte er seinen Kopf auf ihren Schoß, während sie sich im Schatten eines Olivenbaums ausruhte. Die Dorfbewohner bemerkten schnell, dass Maria einen neuen, aber zugleich vertrauten Begleiter an ihrer Seite hatte. An manchen Morgen, wenn die Sonne über der Ägäis aufging und die Fischerboote den Hafen verließen, sah man Maria mit Niko an ihrer Seite durch die Gassen des Dorfes schlendern. Die ältere Frau mit dem brünetten Haar und dem freundlichen Lächeln schien verjüngt zu sein, während Niko mit seinem glänzenden Fell und den leuchtenden Augen neben ihr herlief. Einige der Dorfbewohner schüttelten den Kopf und murmelten leise untereinander über die alte Frau und ihren Streuner. Sie waren es gewohnt, Maria allein zu sehen, wie sie in ihre Welt der Kräuter und Heilpflanzen vertieft war. Der Anblick eines Hundes an ihrer Seite war ungewöhnlich und für manche suspekt. „Was will sie nur mit diesem Streuner?" fragten sie sich und tauschten skeptische Blicke aus. Einige vermuteten, dass Maria ihre Einsamkeit überwinden wollte, während andere glaubten, dass der Hund sie einfach bemitleidete und ihr aus Dankbarkeit folgte. Doch es gab auch viele, die eine andere Seite der Geschichte sahen. Sie beobachteten, wie Marias Augen leuchteten, wenn sie mit Niko sprach, und wie der Hund mit seinem fröhlichen Schwanzwedeln auf sie reagierte. Diese Dorfbewohner erkannten, dass Maria und Niko eine besondere Verbindung hatten. Die einst so zurückgezogene Frau war nun häufiger im Dorf zu sehen, lächelte mehr und nahm aktiv am Gemeinschaftsleben teil. Das Leben schien endlich ruhig und zufriedenstellend für Niko und Maria zu sein, doch das Schicksal hatte noch eine Prüfung für sie parat.

Der Sommer war unerbittlich und die Sonne brannte gnadenlos vom wolkenlosen Himmel. Tag für Tag stiegen die Temperaturen auf weit über 30 Grad und die Hitze legte sich wie eine erstickende Decke über die Landschaft. Jeder Atemzug fühlte sich trocken und heiß an, die Luft flimmerte über den ausgedörrten Feldern, und selbst im Schatten gab es kaum noch Linderung. Die Böden waren durch die anhaltende Dürre rissig, die Pflanzen verdorrt, und selbst die widerstandsfähigsten Bäume hatten ihre Blätter verloren. Seit Wochen hatte es nicht mehr geregnet, und die Vegetation war gefährlich trocken. In dieser brüchigen Umgebung breiteten sich Waldbrände unkontrolliert aus. Ein kleiner Funke, sei es durch eine achtlos weggeworfene Zigarette oder einen Funkenflug, konnte ein verheerendes Inferno entfachen. An diesem Tag brach das Feuer in der Ferne aus. Die Flammen sprangen von Baum zu Baum, fraßen sich durch die Wälder und hinterließen eine Schneise der Zerstörung. Dichte Rauchwolken verdunkelten den Himmel, der beißende Geruch verbrannten Holzes breitete sich kilometerweit aus. Es war, als stünde die Natur selbst in Flammen, und nichts konnte das Feuer aufhalten. Die Dorfbewohner lebten in ständiger Angst, dass die Brände auch ihre Heimat erreichen könnten, während die

Feuerwehr unermüdlich, aber oft machtlos, gegen die Flammen kämpfte.

In der Nacht, als der Mond hinter dichten Wolken verborgen war und das Dorf in Dunkelheit lag, breitete sich der Waldbrand in der Ferne weiter über die Hügel aus. Das nahegelegene Dorf war in unheimliches, flackerndes Licht getaucht, das die Schatten der weißen Häuser verzerrte und die engen Gassen in ein bedrohliches Rot hüllte. In ihrer kleinen Hütte saß Maria besorgt am Fenster und beobachtete die fernen Flammen. Neben ihr lag Niko auf einer alten Decke, die Augen halb geschlossen, aber seine Sinne waren wachsam. Er spürte die drohende Gefahr und war in ständiger Alarmbereitschaft. Plötzlich vernahm er ein leises, kaum hörbares Wimmern. Sofort spitzte er die Ohren, hob den Kopf und lauschte angespannt. Das klagende Geräusch ließ sein Herz schneller schlagen. Er sprang auf, seine Instinkte trieben ihn zur Tür. Maria bemerkte seine Unruhe und sah ihm verwundert nach. „Was ist los, mein Großer?" fragte sie, doch Niko war bereits hinausgelaufen, in die bedrohliche Dunkelheit. Sie wusste, dass er einen guten Grund haben musste, um in dieser Gefahr hinauszurennen, und folgte ihm, trotz der Hitze und des beißenden Rauchs, der nun auch unweit vom Olivenhain in der Luft stand. Niko kämpfte sich durch die flirrende Hitze und den dichten Rauch, seine Pfoten traten auf die glühend heiße Erde, die vom Feuer verbrannt war. Das Wimmern wurde lauter, je näher er kam. Mit seiner feinen Nase und den scharfen Ohren folgte er dem verzweifelten Geräusch, das ihn schließlich zum brennenden Waldrand führte.

Dort, im Licht der glühenden Asche, sah er eine kleine, zitternde Gestalt unter den brennenden Bäumen kauern. Es war ein winziger Hundewelpe, sein Fell war mit Ruß bedeckt, und er zitterte vor Angst und Erschöpfung. Der kleine Körper war so schwach, dass er sich kaum noch bewegen konnte, und seine klagenden Laute wurden immer leiser. Niko näherte sich vorsichtig, um den Welpen nicht noch mehr zu erschrecken. Er schnupperte an ihm und leckte ihm sanft über das verstaubte Fell, um ihm ein wenig Trost zu spenden. Maria, die hinter Niko hergekommen war, sah die Szene und hockte sich sofort neben die beiden Hunde. „Oh du armer, kleiner Kerl," sagte sie mit sanfter Stimme. Sie nahm den zitternden Welpen vorsichtig in ihre Arme und wickelte ihn in ihre Schürze, um ihn vor der Hitze und dem Rauch zu schützen. „Wir bringen dich in Sicherheit." Der Rauch stach in den Lungen und Maria mußte husten, sie wußte dass sie schnell zurück zur Hütte kehren mußten. Gemeinsam eilten sie zurück zu Marias Hütte, während das Feuer im Wald weiter tobte. Drinnen angekommen, legte Maria den Welpen behutsam auf die alte Decke und rieb ihn mit einem kühlen, feuchten Tuch ab, während Niko aufmerksam daneben saß und nicht von seiner Seite wich. Sie bereitete eine Schale mit Wasser vor, die der kleine Hund eifrig trank, während sein Körper allmählich aufhörte zu zittern. Maria untersuchte den Welpen sorgfältig und stellte fest, dass er abgesehen von der Erschöpfung keine größeren Verletzungen hatte. „Du wirst es schaffen," murmelte sie beruhigend und streichelte das kleine Geschöpf. Niko legte sich neben den Welpen und rollte sich so um ihn herum, dass der kleine Hund seine Nähe spüren konnte. Der Welpe schmiegte sich dankbar an Niko und schlief bald erschöpft ein, sicher und geborgen. Die restliche

Nacht wachte Niko über den kleinen Welpen, während Maria immer wieder nach ihnen sah. Ihr Herz war schwer von Sorge, aber auch von der wachsenden Zuneigung zu dem neuen kleinen Familienmitglied. Draußen fraß sich das Feuer weiter durch die Landschaft, doch in der Hütte herrschte eine trügerische Ruhe, nur unterbrochen von den Feuerwehrsirenen in der Ferne und dem ruhigen Atem der schlafenden Hunde.

Als der erste Lichtstrahl des neuen Tages das Dorf erreichte, lag eine bedrückende Stille über der Landschaft. Der Waldbrand, der die Nacht zuvor gewütet hatte, war nun dank der Einsatzkräfte unter Kontrolle, doch das Ausmaß der Zerstörung war deutlich sichtbar. Der Himmel war klar und wolkenlos, aber das Licht, das über die verbrannte Erde fiel, schien fast trügerisch in seiner Helligkeit. Maria trat ans Fenster und blickte hinaus, doch anstatt der vertrauten grünen Hügel in der Ferne bot sich ihr ein Bild der Verwüstung. Die Bäume auf dem einst grünen Hügel waren jetzt nur noch schwarze, verkohlte Skelette, ihre Äste ausgestreckt wie klagende Hände gen Himmel. Der Boden, einst bedeckt von üppigem Gras und Wildblumen, war zu Asche geworden, eine graue, trostlose Fläche, die sich über die gesamte Landschaft erstreckte. Kein Vogel sang, kein Insekt summte – die sonst so lebendige Natur war in eine bedrückende Stille gehüllt. Der Geruch von Rauch hing noch in der Luft, beißend und schwer, als Erinnerung an die nächtliche Katastrophe. Die Häuser im entfernten Dorf, die glücklicherweise von den Flammen verschont geblieben waren, wirkten seltsam unberührt inmitten der Zerstörung. Die Überreste des Waldes glitzerten im Morgenlicht nicht vor Frische, sondern vor Nässe, wo die Feuerwehr in den letzten Stunden des Brandes verzweifelt gekämpft hatte. Maria blickte lange hinaus, ihr Herz schwer vor Trauer über den Verlust der vertrauten Landschaft. Der Anblick der verwüsteten Natur, die so vielen Generationen Schutz und Nahrung geboten hatte, schnürte ihr die Kehle zu. Doch tief in ihr keimte auch die leise Hoffnung, dass die Erde sich eines Tages wieder erholen würde, dass neues Leben aus der Asche emporsteigen könnte. Maria trat vorsichtig zu den beiden Hunden. Niko hob seinen Kopf und sah sie mit müden Augen an. Der kleine Welpe lag immer noch fest an ihn geschmiegt, seine winzigen Pfoten zuckten leicht im Schlaf. Ein warmes Lächeln breitete sich auf Marias Gesicht aus, und sie kniete sich neben die Hunde. "Theo," flüsterte sie sanft und streichelte den schlafenden Welpen. "Ich werde dich Theo nennen." Sie wusste, dass sie ihn bei sich aufnehmen musste. Theo hatte bereits einen Platz in ihrem Herzen gefunden, und Niko schien seine Rolle als Beschützer des kleinen Hundes angenommen zu haben.

In den folgenden Tagen wurde Niko und Theo unzertrennlich. Niko führte den kleinen Theo geduldig durch das weitläufige Gelände des Olivenhains. Er zeigte ihm die besten Plätze zum Spielen, die geheimen Verstecke unter den alten Olivenbäumen und die Pfade, die nur er kannte. Theo folgte ihm aufmerksam, manchmal tapsig und unbeholfen, aber immer voller Neugier und Begeisterung. Niko lehrte Theo, wie man die Geräusche der Natur deutet – das Rascheln der Blätter im Wind, das Zwitschern der Vögel und das Summen der Insekten. Er zeigte ihm, wo man frisches Wasser findet und welche Pflanzen man meiden sollte. Maria beobachtete oft von der Veranda aus, wie Niko und Theo durch den Hain streiften. Ihr Herz füllte sich mit Freude, wenn sie sah, wie Theo immer mutiger wurde und wie Niko geduldig an seiner Seite blieb. Abends, wenn die Sonne unterging und der Himmel in warme Farbtöne getaucht war, kehrten sie zum Haus zurück. Maria bereitete ihnen Futter vor, und während sie aßen, erzählte sie ihnen Geschichten von den Abenteuern, die sie erlebt hatte. Niko und Theo lauschten aufmerksam und blickten Maria mit ihren großen bernsteinfarbenen Augen an.

Mit jedem Tag, der verging, wuchs Theo und entwickelte sich prächtig. Seine einst schwachen Beine wurden kräftiger, und seine Augen strahlten vor Lebenskraft. Niko war stets an seiner Seite, bereit, ihm beizubringen, was er wissen musste, um in dieser Welt zu bestehen. Theo lernte schnell und entwickelte eine tiefe Bindung zu Niko, die durch Vertrauen und Freundschaft geprägt war. Die Dorfbewohner sahen die drei oft zusammen und begannen, die außergewöhnliche Freundschaft zwischen der alten Frau und ihren beiden Hunden zu bewundern. An manchen Morgen, wenn die Sonne über den Hügeln aufging und die ersten Sonnenstrahlen das Dorf in ein warmes Licht tauchten, konnte man Maria, Niko und Theo auf ihren Spaziergängen durch die schmalen, gepflasterten Straßen sehen. Die alte Frau mit ihrem freundlichen Lächeln und den strahlenden Augen, begleitet von dem imposanten, souveränen Niko und dem lebhaften, kleinen Theo, war ein vertrauter Anblick.

Eines Tages kam ein Reisender in das Dorf, ein Mann namens Kostas, der auf der Suche nach Heilkräutern für seine kranke Mutter war. Kostas war ein Mann in den Vierzigern, mit einem wettergegerbten Gesicht, das von vielen Jahren unter der Sonne und den Reisen durch ferne Länder gezeichnet war. Seine Haut war dunkel gebräunt und feine Linien zogen sich um seine Augen und Mundwinkel, verrieten sowohl die Anstrengungen als auch die Freuden seines Lebens. Kostas hatte dichtes, dunkles Haar, das in der Sonne schimmerte und ihm ungezähmt bis zu den Schultern fiel. In seinem dichten Bart, der ebenso dunkel wie sein Haar war, blitzten vereinzelt graue Strähnen auf, die ihm ein würdiges Aussehen verliehen. Seine Augen, tiefbraun und von einem ernsthaften Ausdruck geprägt, strahlten dennoch eine freundliche Wärme aus, die Vertrauen erweckte. Er trug einfache, aber robuste Kleidung, die für einen Reisenden geeignet war. Eine abgenutzte schwarze Lederjacke schützte ihn vor den Witterungseinflüssen, darunter ein grob gewebtes Hemd, das bereits viele Kilometer und Abenteuer mit ihm erlebt hatte. Seine Hosen waren aus festem Stoff, und seine Stiefel, stark und stabil, waren von Staub und Dreck bedeckt. Kostas hatte von Marias umfangreichem Wissen über Kräuter und deren Heilkräfte gehört und machte sich entschlossen auf den Weg zu ihrem abgelegenen Olivenhain, der eine Aura der Ruhe ausstrahlte. Als Kostas den steinigen Pfad entlang lief und den Hain erreichte, wurde er von Niko und Theo begrüßt. Niko beobachtete den Fremden mit einer Mischung aus Neugier und Wachsamkeit, während Theo aufgeregt um ihn herum sprang und bellte. Die beiden Hunde schienen zu spüren, dass Kostas nicht bedrohlich war, sondern ein Gast, der möglicherweise Hilfe suchte, genauso wie es viele andere taten. Maria, die immer offen für Hilfesuchende war, lud Kostas ein und hörte sich seine Geschichte an. Sie gab ihm die notwendigen Kräuter und erklärte ihm, wie er sie anwenden sollte.

Kostas war zutiefst dankbar und bot Maria an, ihr in den nächsten Tagen bei der Arbeit auf dem Grundstück zu helfen, um seine Dankbarkeit zu zeigen. Maria nahm das Angebot an, und so begann Kostas die Tage darauf zu kommen und zu helfen. Kostas hatte noch einige Dinge im Dorf zu erledigen und blieb mehrere Tage in der Gegend. Niko und Theo schlossen schnell Freundschaft mit Kostas. Er behandelte sie mit Respekt und Zuneigung, und schnell wurde er zu einem festen Bestandteil ihres Lebens im Olivenhain. Jeden Tag, wenn Kostas kam, begrüßten ihn Niko und Theo mit aufgeregtem Schwanzwedeln und freudigem Gebell. Sie begleiteten ihn auf Spaziergängen durch die duftenden Kräuterfelder oder lagen einfach ruhig neben ihm, während er mit Maria sprach und von seinen Abenteuern berichtete.

Eines Abends, als sie alle zusammen unter dem klaren Sternenhimmel saßen, nachdem Maria Kostas mit einem herzhaften Abendessen verwöhnt hatte, erzählte Kostas von seiner Mutter. Er sprach liebevoll von ihrer Leidenschaft für Tiere und wie sehr sie sich um jedes Lebewesen kümmerte, das ihre Hilfe brauchte. "Sie wäre so glücklich hier", sagte Kostas leise, während er die sanfte Brise spürte, die durch den Olivenhain strich und den Duft von Lavendel und Thymian mit sich brachte. "Sie liebt die Natur und die Ruhe. Und diese friedliche Umgebung hier... sie würde es lieben, Maria." Maria lächelte nachdenklich und legte eine Hand auf Nikos Kopf, der sich eng an sie geschmiegt hatte. "Vielleicht sollten wir sie einladen, hierher zu kommen, wenn sie sich besser fühlt", schlug sie vor. "Der Olivenhain könnte ihr helfen, zur Ruhe zu kommen und neue Kraft zu tanken." Kostas nickte nachdenklich. "Das wäre wunderbar. Sie spricht immer davon, wie sehr sie die Gesellschaft von Tieren schätzt. Sie würde Niko und Theo lieben, da bin ich mir sicher." Die Nacht verging in angeregten Gesprächen und einem Gefühl der Verbundenheit. Kostas fühlte sich in der Gesellschaft von Maria, Niko und Theo so wohl wie schon lange nicht mehr. Die Hunde hatten ihm ihr Vertrauen geschenkt, und er genoss ihre ruhige Anwesenheit unter dem funkelnden Sternenhimmel. Als Kostas sich nach einigen Tagen schließlich auf den Heimweg machte, versprach er Maria und den Hunden, bald wiederzukommen. "Danke, Maria. Danke, Niko. Danke, Theo", sagte er aufrichtig. "Ihr habt mir etwas gegeben, das ich nicht in Worte fassen kann." Maria lächelte und drückte Kostas' Hand. "Du bist immer willkommen hier, Kostas. Und deine Mutter auch. Wenn sie bereit ist, den Olivenhain zu besuchen, wird er ihr offen stehen."

Wenige Wochen später war es so weit. Kostas' Augen leuchteten vor Freude, als er seine Mutter Eleni zu Maria und den Hunden in den Olivenhain brachte. Marias Hütte war zwar klein und bescheiden, bot aber noch Platz in einem kleinen Anbau, der bis dahin als Abstellraum diente. Kostas, dankbar für die Gastfreundschaft, half Maria dabei, den Anbau herzurichten. Gemeinsam bauten sie zwei einfache Betten aus Holz, die sie im Raum aufstellten. Der Anbau war schlicht, doch er erfüllte seinen Zweck und bot Kostas und Eleni eine gemütliche Unterkunft. Eleni war eine liebenswürdige alte Dame mit einem warmen Lächeln und einem Herzen voller Güte. Von Anfang an fühlte sie sich zu Maria und den Hunden hingezogen, die sie mit offenen Armen empfingen. Niko und Theo spürten sofort die Liebe und Fürsorge, die Eleni ihnen entgegenbrachte, und auch sie öffneten ihr Herz für die neue, erweiterte Familie. So lebten sie zusammen, eine ungewöhnliche, aber glückliche Familie, im Olivenhain am Rande des Dorfes. Die Tage wurden von Marias Wissen über Kräuter und die Natur geprägt, von Kostas' Abenteuern und Geschichten und von Elenis herzlicher Fürsorge für alle Lebewesen um sie herum. Die Hunde, Niko besonders, fanden nicht nur bei Maria ein festes Zuhause, sondern auch in der Liebe und Wärme, die Eleni mitbrachte. Eleni erholte sich im Olivenhain und die friedliche Umgebung sowie die unberührte Natur taten ihr merklich gut. Jeden Morgen, wenn die ersten Sonnenstrahlen durch die dichten Blätter der Olivenbäume fielen und den Hain in ein goldenes Licht tauchten, spürte Eleni eine wachsende Kraft in sich. Die Stille wurde nur von dem melodischen Zwitschern der Vögel unterbrochen, was eine beruhigende Atmosphäre schuf, die Eleni eine tief empfundene Ruhe brachte. Maria kümmerte sich liebevoll um Eleni und stellte ihr täglich frisch gepflückte Kräuter zur Verfügung. Diese Kräuter, sorgfältig ausgewählt und mit jahrzehntelangem Wissen über ihre heilenden Eigenschaften verarbeitet, zeigten bald ihre Wirkung. Eleni trank Tees aus Kamille, Salbei und Thymian, die Marias Heilkunst mit einem besonderen, milden Aroma erfüllten. Zudem bereitete Maria Balsame und Tinkturen zu, die Eleni auf ihre schmerzenden Gelenke und ihren geschwächten Körper auftrug. Mit jedem Tag, der verstrich, wurde Eleni kräftiger. Ihre Haut gewann wieder Farbe, und die Erschöpfung wich einem gesunden Glanz in ihren Augen. Spaziergänge durch den Hain wurden zu einem festen Bestandteil ihres Tagesablaufs. Die frische Luft und das erdige Aroma der Olivenbäume gaben ihr neue Energie. Sie setzte sich oft auf eine Bank, die am Rande des Hains stand, und ließ ihren Blick über die weiten Felder schweifen, das leise Summen der Bienen und das entfernte Klopfen eines Spechts als Hintergrundgeräusch. Eleni fühlte sich von der Natur und der guten Fürsorge genährt. Die Olivenbäume standen wie stille Wächter um sie herum und in ihrer Gegenwart fühlte sie sich beschützt und geborgen. Die Kombination aus der heilenden Wirkung der Kräuter und der wohltuenden Ruhe des Olivenhains schuf ein Umfeld, in dem Eleni sich von den Strapazen und Schmerzen ihrer Krankheit erholen konnte. Nach einigen Wochen war sie nicht nur körperlich gestärkt sondern auch seelisch erneuert, dank der heilenden Kräfte des Olivenhains und der unermüdlichen Pflege durch Maria aber auch durch Niko, der ihr Wärme spendete und sich oft sanft an sie schmiegte.

Die Jahre vergingen, und mit jedem Jahr zeichneten sich mehr graue Strähnen in Nikos einst dichtem Fell ab. Seine Schritte wurden bedächtiger, und manchmal spürte man die Schwere der Jahre in seiner Bewegung. Doch seine Augen, klar und lebendig, strahlten nach wie vor dieselbe Treue und Freude aus wie in seinen jungen Jahren. Niko war nicht nur Marias unerschütterlicher Begleiter und Beschützer, sondern er war für die gesamte Familie zum Symbol der Beständigkeit und Sicherheit geworden. Für Maria war Niko mehr als nur ein Haustier; er war ein Gefährte durch die Höhen und Tiefen des Lebens. Seine sanfte Natur und seine unermüdliche Hingabe hatten sie oft getröstet und gestärkt. Niko war nicht nur ein Teil der Familie geworden, sondern auch eine Verkörperung von Loyalität und bedingungsloser Liebe.

Theo, der herangewachsen und kräftig geworden war, hatte Niko immer als Vorbild betrachtet. Er hatte die Rolle eines wachsamen Hüters des Olivenhains übernommen, genauso wie sein älterer Freund. Die beiden bildeten eine unzertrennliche Einheit, die das Anwesen Tag und Nacht bewachte und jede Herausforderung gemeinsam meisterte.

Die Geschichte von Niko, dem einstigen Streuner, der durch die Straßen Griechenlands streifte, hatte sich weit über das Dorf hinaus verbreitet. Besucher kamen von weit her, um den berühmten Olivenhain zu besichtigen, Maria kennenzulernen und die außergewöhnliche Freundschaft zwischen Niko und Theo zu erleben. Nikos Leben war zu einem lebendigen Beweis geworden, dass aus einem verlassenen Streuner ein wahrer Held und ein geschätztes Familienmitglied werden konnte. Niko hatte endlich seinen Platz in der Welt gefunden – einen Ort voller Liebe, Geborgenheit und unerschütterlicher Freundschaft. Bis zu seinem letzten Tag wachte er mit stoischer Ruhe über den Olivenhain und ließ seine Liebe zu Maria, die ihm Obdach und Heimat schenkte, niemals erlöschen.

Nala. Fidschi.

Auf den idyllischen Fidschi-Inseln, einem Paradies im Südpazifik, das von dichten, tropischen Regenwäldern und leuchtenden Lagunen umrahmt ist, ereignete sich eine bewegende Geschichte, die das Leben einer einsamen Straßenhündin für immer verändern sollte. Entlang der Küstenlinie erstrecken sich strahlend weiße Sandstrände, und das glasklare, türkisfarbene Wasser schwappt sanft ans Ufer. Palmen neigen sich im warmen Meereswind, während die Sonne im Wasser glitzert und die Wellen sanft an den Korallenriffen brechen. Die Vielfalt der Farben und

Klänge der Natur auf Fidschi ist atemberaubend: das tiefe Grün der tropischen Vegetation, das lebhafte Blau des Himmels und das glitzernde Türkis des Ozeans, das in der Sonne funkelt. Fidschi ist nicht nur eine Landschaft, sondern ein lebendiges Gemälde der Natur, das Ruhe und Abenteuer verspricht.

In den frühen Morgenstunden, wenn die ersten zarten Sonnenstrahlen über die sanften Hügel krochen und die Dämmerung langsam über die Insel schwebte, konnte man oft die einsamen Silhouetten der Hunde sehen, die auf der Suche nach Nahrung und Geborgenheit durch die stillen Straßen streiften. Unter ihnen war auch Nala, eine schüchterne Hündin, deren helles Fell von Staub und Vernachlässigung verklebt war, ihre Augen spiegelten Traurigkeit wider. Nala hatte harte Zeiten durchgemacht, oft von den Dorfbewohnern vertrieben oder sogar misshandelt, wenn sie sich zu nahe an ihren Häusern zeigte. Manchmal warfen die Dorfbewohner Steine nach ihr, um sie zu vertreiben, oder schrien sie an, wenn sie sich zu nahe an ihre Häuser wagte. Trotz der ständigen Ablehnung streifte Nala unbeirrt umher auf den verlassenen Wegen des Dorfes. Jeder Tag war ein Kampf ums Überleben in einer Welt, die sie nicht haben wollte und die sie kaum bemerkte. Nala fand Trost und Sicherheit am Strand, der ihr wie eine Flucht aus den harten Realitäten des Dorflebens erschien. Die Weite des Meeres und der Klang der Wellen beruhigten ihre ängstlichen Sinne, wenn sie am Ufer entlangstreifte. An manchen Tagen, wenn die Sonne golden über dem Horizont aufstieg und ihr warmes Licht über das glitzernde Wasser warf, konnte Nala für einen kostbaren Moment ihre Sorgen vergessen. Sie liebte es, den Möwen zuzuschauen, wie sie elegant durch die Luft glitten, und lauschte dem beruhigenden Rauschen der Brandung, das ihre Seele zu streicheln schien. Die Meeresbrise trug den Geruch von Algen und Salz heran, und der sanfte Sand unter ihren Pfoten war eine angenehme Abwechslung zu den harten, unebenen Straßen des Dorfes. Hier, am einsamen Strand, fand Nala Zuflucht vor den täglichen Herausforderungen. Ein abgelegener Ort, an dem sie sich sicher fühlte, auch wenn ihre Zukunft unsicher und ihre Vergangenheit von Entbehrungen geprägt war. Die unendliche Weite des Ozeans schien ihr eine Welt der Möglichkeiten zu eröffnen, weit weg von all den verletzenden Blicken und der Ablehnung, welche ihr von den Menschen entgegengebracht wurde. Nala verbrachte viele Stunden ihres Lebens am Strand, immer allein, aber stets im Einklang mit der Natur. Sie liebte es, entlang der Küstenlinie zu streifen, ihre Pfoten im warmen Sand versinkend, während die salzige Brise ihre Schnauze streichelte. Die Sonne, die langsam über dem Horizont aufstieg oder hinter den sanften Wellen des Ozeans versank, war ihr treuer Begleiter. Die Stunden verstrichen langsam, während Nala den Wellen lauschte, die rhythmisch an Land rollten, und dem Ruf der Möwen, die hoch über ihr kreisten. Jeder Sonnenaufgang und Sonnenuntergang brachte eine eigene Schönheit mit sich, die sie in stiller Bewunderung betrachtete. Manchmal würde sie sich in den warmen Sand kuscheln und einfach nur den Geräuschen der Natur lauschen, die sie umgab. Doch das Wetter spielte nicht immer mit. Nala war den Launen der Natur ausgesetzt, sei es bei strömendem Regen oder tobendem Sturm, sei es am Strand oder auf den engen Straßen des Dorfes, dessen unfreundliche Bewohner ihr keinen Unterschlupf boten. In den stürmischen Momenten, wenn der

Himmel seine Tore öffnete und Regentropfen wie Tränen des Himmels auf die Erde fielen, suchte Nala verzweifelt nach einem trockenen Ort. Die dunklen Wolken am Himmel spiegelten oft ihre eigene Einsamkeit und Verzweiflung wider, während sie versuchte, Schutz zu finden. Doch die engen Gassen des Dorfes, in denen sie normalerweise eine kurze Zuflucht suchte, boten nur wenig Schutz vor dem gnadenlosen Wetter. Manchmal fand sie sich unter einem dünnen Vordach oder versteckte sich in einem schmalen Durchgang, aber selbst dort konnte der Regen sie oft noch erreichen. Die Bewohner des Dorfes sahen sie oft mit Gleichgültigkeit an oder wichen ihr aus, wenn sie nass und zitternd durch die Straßen streifte. Für sie war Nala nur ein weiteres streunendes Tier, das bestenfalls ignoriert oder schlimmstenfalls verscheucht werden sollte. Diese Kälte in den Augen der Menschen verstärkte oft das Gefühl der Einsamkeit, das Nala in den stürmischen Momenten ihres Lebens erlebte. Das Wetter auf Fidschi kann sich sehr schnell ändern. In einem Moment kann die Sonne hell scheinen, ihre Strahlen auf das kristallklare Wasser des Ozeans werfend, und im nächsten Moment können dunkle Wolken am Himmel aufziehen, meist begleitet von sehr heftigen Regenschauern und starken Winden.

Es war ein stürmischer Tag am Strand, an dem Nala sich wieder einmal an den sicheren Ufern des Meeres aufhielt. Die Sonne war längst von dunklen und drohenden Wolken verschluckt worden, die wie riesige Schatten über den Himmel zogen und die Atmosphäre mit einer bedrohlichen Schwere erfüllten. Jeder Atemzug war durchdrungen von einer gespannten Erwartung, als ob die Natur selbst den Atem anhielt in

Anbetracht der bevorstehenden Kraftanstrengung. Der Wind peitschte wild über die Oberfläche des Ozeans und trieb die Wellen zu schäumenden Kämmen an, die mit einem ohrenbetäubenden Getöse gegen das Ufer brachen. Die Gischt wurde hoch in die Luft geschleudert und hüllte die Umgebung in eine feine Salznebelwolke ein. Jede Woge, die auf den Strand traf, hinterließ eine Spur aus sprühendem Schaum und ließ den Boden erzittern. Die Luft war erfüllt von einem intensiven, salzigen Duft, verstärkt durch die aufgewirbelten Gischttröpfchen, die wie winzige Diamanten im Licht glitzerten. Das dumpfe Dröhnen der Brandung durchzog die Luft und verstärkte die Dramatik des stürmischen Tages. Mit jeder neuen Welle schien das Dröhnen lauter und kräftiger zu werden, ein unaufhörlicher Trommelschlag, der die Kraft des Ozeans und die Unberechenbarkeit der Natur verkündete. Die Wolken am Himmel wirkten wie ein düsteres Gemälde, in dem sich graue und schwarze Farbtöne vermischten und das gesamte Bild in ein gedämpftes Licht tauchten. Die Palmwedel klapperten im Wind und die dicken Regentropfen begannen vereinzelt auf den sandigen Boden zu prasseln, bevor der Regen sich zu einem strömenden Schleier verstärkte, der alles umhüllte. Die Wellen wurden höher und wilder, ihre Kämme brachen sich mit einer Kraft, die das Land erschütterte, und ließen Schaum und Gischt in die Luft wirbeln. Nala suchte Schutz und huschte vorsichtig hinter ein altes, verlassenes Fischerboot, das halb vergraben im feuchten Sand des Strandes stand. Die morschen Planken des Bootes waren von Seetang und kleinen Muscheln übersät, die sich an ihnen festgeklammert hatten. Der Geruch von verwittertem Holz hing schwer in der Luft um das Boot herum, eine Mischung aus salzigem Meerwasser und dem Duft des alten Holzes, das den Elementen trotzte. Die Seiten des Fischerbootes waren von der Brandung geglättet worden, und einige der Seetangstränge schwankten sanft im Wind. Die Farbe des Bootes war ein verblasstes Grau, von der Sonne und dem Salzwasser gebleicht. Es war ein einfaches Boot, mit nur einem begrenzten Windschutz durch seine halb zerfallene Struktur, aber es bot Nala etwas Schutz vor dem Sturm. Das Holz des Bootes war verwittert und vom Salzwasser gezeichnet, doch in diesem Moment war das Boot ihre einzige Zuflucht. Sie drückte sich eng an den Rumpf des Bootes, ihr Fell vom Wind zerzaust, und ihre Augen waren auf das aufziehende Unwetter gerichtet, das sich wie ein schwarzer Vorhang vor ihr zusammenzog. Plötzlich, ohne Vorwarnung, packte eine besonders starke Windböe das Boot und kippte es seitlich um. Nala, die noch immer hinter dem Boot stand, wurde von dem umstürzenden Schiff erfasst. Das knarrende Holz krachte laut, als es auf die Seite fiel, und Nala fand sich plötzlich zwischen dem schweren Holzrumpf und dem sandigen Boden eingeklemmt. Nala jaulte auf vor Schmerz und kämpfte verzweifelt. Sie zerrte und zappelte, doch das Holz gab nicht nach. Ihr Herz pochte vor Angst, während sie versuchte, sich aus ihrer misslichen Lage zu befreien. Der Wind riss an ihrem Fell und die Gischt der Wellen schlug über sie hinweg, während sie verzweifelt nach einem Ausweg suchte. Das Boot war schwer und unerbittlich in seiner Position, und Nala spürte den Druck auf ihren Körper, als sie eingeklemmt wurde. Der Sturm tobte um sie herum, und das Geräusch des Windes war wie ein endloses Gebrüll in ihren Ohren. Die Natur schien ihre ganze Wut und Kraft zu entfesseln, und Nala fühlte sich hilflos und verloren zwischen den kräftigen Elementen. Doch trotz der Panik und der Beklemmung kämpfte Nala weiter. Mit jedem zitternden Atemzug und jeder Anstrengung ihrer Muskeln versuchte sie, sich langsam aus ihrer gefährlichen Lage zu befreien. Ihre Pfoten gruben sich in den sandigen Boden, während sie mit all ihrer Kraft gegen den Druck des Bootes ankämpfte. Doch der Druck des Bootes war unerbittlich, und sie fühlte sich gefangen in einer albtraumhaften Falle aus Wind und Wasser. Plötzlich, als ein besonders heftiger Windstoß das Boot erfasste, änderte sich die Lage. Das Holz knirschte bedrohlich, und das Boot kippte noch weiter zur Seite. Nala stöhnte vor Schmerz auf, als das Gewicht des Bootes auf sie drückte und sie kaum noch Luft bekam. Ihre Knochen ächzten, und sie spürte, wie sich ihre Panik verstärkte. Doch inmitten des Chaos blitzte ein schwaches Licht der Hoffnung auf, als sie bemerkte, dass sich der Spalt zwischen den Planken minimal erweiterte. Mit einem letzten verzweifelten Ruck gelang es Nala schließlich, sich aus der tödlichen Umklammerung zu befreien. Sie presste sich mit aller Kraft nach vorne und zwängte sich durch die schmale Lücke, während der Sturm um sie herum weiter wütete. Ihre Flucht war eine Befreiung, aber der Preis war hoch: Nalas Körper war mit Schnittwunden und Holzsplittern übersät, und sie fühlte sich erschöpft und zitternd vor Kälte.

Als sie endlich frei war, taumelte Nala so zügig es ihr möglich war vom Strand weg. Entschlossen und von der Kälte zitternd, trottete Nala durch den anhaltenden Regen, der wie Nadelspitzen auf sie niederprasselte. Jeder Tropfen schien ihre bereits wunde Haut zu durchdringen und ihren Körper weiter zu erschöpfen. Sie wagte nicht, trotz all der Schmerzen, auch nur für einen Moment stehen zu bleiben, so sehr trieb sie der instinktive Überlebenswille an, sich aus dieser gefährlichen Umgebung zu entfernen. Ihre Pfoten, die vom nassen Sand des Strandes und den spitzen Steinen des Ufers gereizt waren, bewegten sich mit einer rastlosen Energie über den Boulevard. Die Lichter der Straßenlaternen warfen flackernde Schatten auf den Boden, als Nala zwischen den wenigen Passanten hindurch navigierte, auf der Suche nach einem sicheren Ort. Die lebhaften Gerüche der nahegelegenen Restaurants vermischten sich mit dem Duft von nassem Beton und Meerwasser, während sie sich unter Schmerzen vorwärts bewegte, auf der Suche nach einem Versteck vor dem stürmischen Unwetter. Völlig erschöpft und mit einem leisen Winseln, das kaum über das Brausen des Sturms hinauskam, erreichte sie schließlich eine kleine Nische am Boulevard. Dort fand sie vorübergehend etwas Schutz vor dem Regen unter einem Vordach, das von einem verlassenen Geschäft stammte. Ihr Körper bebte immer noch vor Kälte und Erschöpfung, während sie sich in die Ecke kauerte und versuchte, etwas Wärme zu finden. Entlang des windgepeitschten Boulevards, als der Regen in Strömen fiel und die Straßenlaternen nur spärliches Licht spendeten, machte sich zur gleichen Zeit der alte Fischer Ravi langsam auf dem Weg zu seinem Boot, welches im Hafen lag und auf dem er lebte. Ravi war ein bescheidener Mann mit tiefen Falten im Gesicht und Händen, die stark von der harten Arbeit auf See gezeichnet waren. Er trug seinen wettergegerbten Mantel eng um sich geschlungen, den Kopf gesenkt, um sich vor den Sturmböen zu schützen. Sein Blick schweifte über die verwaisten Straßen, die von leeren

Geschäften gesäumt waren, als etwas am Rand seines Sichtfelds seine Aufmerksamkeit erregte. Ein leises Wimmern drang an sein Ohr, kaum über das Tosen des Regens und des Windes hinweg zu hören. Ravi hielt inne und lauschte angestrengt. Das Wimmern kam vom Eingang eines verlassenen Ladens, dessen Schaufenster blind und verstaubt waren. Dort, im schwachen, flackernden Licht einer defekten Straßenlaterne, fiel der Blick auf etwas Zitterndes. Das Licht zuckte unregelmäßig, wie ein Herzschlag, und beleuchtete nur für kurze Augenblicke die kleine, zusammengesunkene Gestalt, die sich gegen den kalten Boden drückte. Die Schatten warfen bedrohliche Muster auf den Boden, doch inmitten der Dunkelheit war deutlich das leise Zittern zu erkennen, als ob das Wesen versuchte, sich so klein und unsichtbar wie möglich zu machen. Sein Herz schlug schneller, als er langsam näher trat, um zu sehen, was sich dort verbarg. Unter dem schützenden Vordach, in dem nur noch vereinzelte Tropfen durchdrangen, lag Nala. Ihr nasses Fell klebte an ihrem dünnen Körper, der vor Kälte bebte. Die Augen, von Trauer und Erschöpfung gezeichnet, blickten ängstlich auf den alten Fischer, als er sich vorsichtig näherte. „Was machst du denn hier", murmelte Ravi sanft, während er sich langsam vorbeugte und seine Hand vorsichtig ausstreckte. Nala zuckte misstrauisch zurück, doch Ravi war geduldig, sah das Elend in Nalas Augen und wusste sofort, dass er helfen musste. Er sprach leise und beruhigend auf sie ein, bis sie sich langsam entspannte und seine Hand vorsichtig schnüffelte. "Komm, komm mit mir", sagte Ravi sanft und streckte die Hand aus, um sie behutsam zu streicheln. Nala zögerte einen Moment, bevor sie sich vorsichtig erhebte und sich langsam zu ihm hin bewegte. Ravi lächelte sanft, als er spürte, wie Nala sich an seine Beine schmiegte, als suche sie nach Trost und Sicherheit. Langsam hob er sie hoch, ihr nasses Fell gegen seinen Mantel drückend, und hielt sie fest an seine Brust gedrückt, während er den Weg zum Hafen fortsetzte. Ravi entschied, dass er Nala nicht zurücklassen konnte. Er wusste, dass sie in ihrer jetzigen Verfassung keine Überlebenschance hier draussen hatte. Ravi trug Nala behutsam in seinem festen Griff, während er durch den stürmischen Regen zum Hafen hinüberging. Seine Schritte waren ruhig und bedacht, um die ängstliche Hündin nicht weiter zu verunsichern. Das Licht der wenigen Laternen am Kai spiegelte sich in den Pfützen wider, die sich auf dem rissigen Pflaster gebildet hatten. Mit jedem Schritt schien der Regen wieder stärker zu werden, doch Ravi war entschlossen, Nala sicher an Bord seines kleinen Fischerbootes zu bringen.

Als sie das Boot erreichten, legte Ravi Nala vorsichtig in einen warmen, trockenen Korb, den er mit alten Decken ausgelegt hatte. Er wischte behutsam das nasse Fell der Hündin ab und entfernte vorsichtig die kleinen Holzsplitter die sie beim Unfall aufgelesen hatte. Mitfühlend strich er ihr über den Kopf und sprach beruhigend auf sie ein, während er sicherstellte, dass sie sich allmählich entspannte. In der kleinen Kajüte seines Bootes richtete Ravi kurzum eine improvisierte Krankenstation ein. Er nahm eine sanfte Seife und warmes Wasser aus dem Kanister, um Nalas Fell gründlich zu reinigen und sie von Schmutz zu befreien und ihre Wunden zu versorgen, die sie während ihrer Zeit auf der Straße erlitten hatte. Er überprüfte sorgfältig ihre Pfoten und fand einige kleine Schnitte, die er vorsichtig desinfizierte und verband.

Während er sie pflegte, sprach Ravi sanft mit Nala, erzählte ihr von seinem Leben als Fischer und von den Abenteuern auf dem offenen Meer. Seine warme, Stimme schien Nala zu beruhigen, und sie begann sich langsam in seiner Gegenwart sicherer zu fühlen. Ravi blieb die ganze Nacht bei Nala und beobachtete sie aufmerksam. Er saß in der Nähe, seine Gedanken schwer von der schweren Entscheidung belastet, die er treffen musste. Er wusste, dass wenn er Nala wieder aussetzen würde, sie kaum eine Überlebenschance gehabt hätte. Die vergangenen Stunden hatten deutlich gezeigt, wie zerbrechlich ihr Zustand war und wie stark sie unter den Widrigkeiten gelitten hatte. Sie lag erschöpft da, ihr Atem war schwer und unregelmäßig. Trotz ihrer Erschöpfung versuchte sie immer wieder, aufzustehen, nur um mit zitternden Beinen vor ihm wieder zusammenzubrechen. Ihre Augen spiegelten eine Mischung aus Verwirrung und Verzweiflung wider, als ob sie die Wärme und Sicherheit suchte, die sie in ihrem bisherigen Leben so selten erfahren hatte. Ravi spürte einen Kloß in seinem Hals, als er ihre zarte Gestalt betrachtete, die nun so hilflos vor ihm lag. Ihre Lage war kritisch gewesen, als er sie entdeckt hatte. Seitdem hatte er wachsam über sie gewacht, bereit, sofort zu handeln, falls sich ihr Zustand verschlechtern würde.

In dieser stürmischen Nacht auf seinem kleinen Fischerboot im Hafen wurde Ravi schmerzlich bewusst, dass Nala weit mehr war als nur ein verirrtes Tier. Sie war ein zartes Wesen voller Lebenskraft, das trotz der grausamen Widrigkeiten, die es erlebt hatte, unbeirrt seinen Weg suchte. Das Boot schwankte sanft auf den Wellen, während der Wind um die Masten heulte und salziges Wasser über das Deck spritzte.

Ravi saß am Tisch in seiner kleinen Kajüte, seine Gedanken schwer von der Verletzlichkeit und Stärke Nalas gezeichnet. Ihre Augen hatten ihn tief berührt, als er sie verlassen vor dem Geschäft im Sturm fand – Augen, die eine Geschichte von Einsamkeit, Überlebenskampf und sehnsüchtiger Hoffnung erzählten. Nalas Zustand war erschreckend gewesen, als er sie gefunden hatte: verängstigt, geschwächt und mit jedem Atemzug kämpfend. Trotzdem hatte sie sich bemüht, aufzustehen, sich festklammernd an das Überleben, das so hart erkämpft schien. In dieser Nacht hatte Ravi die Bedeutung eines Lebens in seiner schützenden Obhut erkannt – ein Leben, das er nicht einfach dem Schicksal überlassen konnte. Die kühle Brise der Nacht umwehte ihn, als er ihren zarten Körper behutsam in seinen Armen hielt. Er spürte die Schwere der Verantwortung, die er nun für dieses fragile Geschöpf empfand, das so starken Widerstand gegen die Mächte der Natur geleistet hatte. Ihre Präsenz auf seinem Boot war ein stilles Zeugnis für die Entschlossenheit und das Überlebensvermögen eines Wesens, das ihm nun am Herzen lag. Als die ersten zarten Strahlen der Morgendämmerung den Horizont erhellten, wusste Ravi, dass er eine Entscheidung getroffen hatte. Er würde Nala nicht wieder ihrem Schicksal überlassen. Er würde ihr eine Chance geben, ein neues Leben zu beginnen – ein Leben, das von Mitgefühl und Fürsorge geprägt war, weit weg von den unerbittlichen Herausforderungen, die sie bisher ertragen musste.

Am Morgen, als die letzten Ausläufer des Sturms sich verzogen und die ersten Sonnenstrahlen über dem Horizont erschienen, bereitete Ravi sein kleines Boot für den Fischfang vor. Die salzige Luft roch frisch und klar nach dem Regen der Nacht, während er die letzten Vorbereitungen traf. Vorsichtig trug er Nala in ihrem Korb an Deck. Ihre Augen spiegelten noch die Erschöpfung der vergangenen Nacht wider, und er fühlte eine tiefe Verantwortung, sie nicht allein zu lassen. Sie hatte so viel durchgemacht und musste sich nun an ihre neue Umgebung gewöhnen. Ravi nahm sich Zeit, um sicherzustellen, dass Nala gut geschützt war. Er legte eine Decke über den Korb, um sie vor der kühlen Meeresbrise zu schützen, und stellte eine kleine Schale mit Wasser neben sie, damit sie trinken konnte. Er sprach leise mit ihr, um sie zu beruhigen, während er das Boot aus dem Hafen steuerte und die sanften Wellen des ruhiger werdenden Meeres durchpflügte. Die Stille des Morgens wurde nur vom gelegentlichen Rufen der Möwen und dem rhythmischen Klatschen der Wellen unterbrochen. Ravi war dankbar für die friedliche Atmosphäre nach der turbulenten Nacht und für die Gelegenheit, Nala in seiner Nähe zu wissen. Ihre Präsenz war ein Trost für ihn, während er seinen gewohnten Rhythmus des Fischens wieder aufnahm. Für Nala war es ein sanfter Übergang von der dunklen, stürmischen Nacht zu einem neuen Tag voller ungewisser Möglichkeiten. Sie lag ruhig im Korb und ließ sich von den sanften Bewegungen des Bootes wiegen, während sie allmählich Vertrauen fasste, dass dieser Mensch, der sie gerettet hatte, für sie sorgen würde. Ravi ließ seine Netze aus und begann geduldig zu fischen, während Nala von ihrem Platz aus neugierig die Umgebung erkundete. Die sanfte Bewegung des Bootes und das Plätschern des Wassers schienen Nala zu beruhigen. Sie schaute gelegentlich aus dem Körbchen und betrachtete neugierig die vorbeiziehenden Fischerdörfer am Ufer. Ravi bemerkte, wie Nala allmählich an Vertrauen gewann, als sie begann, vorsichtig umherzuschnüffeln und sich umzusehen. Ravi sprach leise mit ihr, erzählte ihr von seinem Leben auf hoher See. Nala lauschte aufmerksam, als würde sie ihn verstehen. Während des Sonnenuntergangs, als der Himmel sich in ein leuchtendes Farbenspiel verwandelte und die See ruhiger wurde, spürte Ravi eine Verbindung zu Nala. Er beschloss, dass sie bleiben konnte, wenn sie wollte. Er würde ihr ein Zuhause auf seinem kleinen Boot bieten und sie mitnehmen auf seine täglichen Fischfahrten.

In den folgenden Wochen begleitete Nala Ravi jeden Tag hinaus aufs Meer. Sie genoss die frische Brise, das Spiel der Wellen und die Gesellschaft ihres neuen Freundes. Sie half ihm sogar beim Fischen, indem sie ab und zu neugierig den Fang untersuchte oder am Bug des Bootes Ausschau hielt. Mit der Zeit erholte sich Nala von ihren Verletzungen und gewann an Vertrauen. Sie begann, sich an das Leben auf See zu gewöhnen und fühlte sich sicher an der Seite von Ravi. Ihr Fell glänzte wieder in der Sonne, und ihre Augen strahlten nun vor Freude und Dankbarkeit. Eines sonnigen Morgens beschlossen Ravi und Nala, weiter hinaus aufs Meer zu fahren, um die Ruhe und Weite des Ozeans zu erleben. Der Himmel war klar und blau, nur gelegentlich von kleinen weißen Wolken durchzogen, während die Sonne langsam über dem Horizont aufstieg. Ihr kleines Fischerboot glitt sanft über die ruhigen, fast spiegelglatten Wellen. Ravi saß am Steuer, konzentriert darauf, den Kurs zu halten und gleichzeitig die natürliche Schönheit der Umgebung zu genießen. Er spürte die salzige Brise auf seiner Haut und hörte das leise Plätschern des

Wassers gegen den Bug des Bootes. Nala, loyal an seiner Seite, stand ruhig auf dem Deck, den Wind im Fell und den Blick wachsam auf das weite Meer gerichtet. Ihre Ohren zuckten bei jedem neuen Geräusch, das von der Meeresoberfläche kam, und sie schaute mit einer Mischung aus Neugier und Entspannung auf die sanften Bewegungen des Bootes. Die Geräusche der Natur begleiteten sie auf ihrer Fahrt: das ferne Rufen von Möwen, das gelegentliche Plätschern eines vorbeiziehenden Fisches und das beruhigende Geräusch des Windes, der durch das Segel strich. Ravi fühlte sich lebendig und frei, während er das Boot behutsam durch das Wasser lenkte, auf der Suche nach einem idealen Platz, um die Netze auszuwerfen oder einfach nur zu entspannen. Der Horizont schien endlos, und die unendliche Weite des Meeres eröffnete ihnen eine Welt voller Möglichkeiten und Abenteuer. Für Ravi und Nala war dieser Moment auf dem Meer nicht nur eine einfache Bootsfahrt, sondern ein kostbarer Augenblick der Verbundenheit mit der Natur und der inneren Ruhe, die das Meer ihnen schenkte. Plötzlich bemerkte Ravi eine ungewöhnliche Bewegung auf dem Deck seines Bootes – eine große Möwe war lautlos neben ihnen gelandet. Der Vogel wirkte erschöpft, sein Gefieder strubbelig und ein Flügel hing schlaff herab, offensichtlich verletzt. Die Möwe starrte Ravi mit ihren dunklen Augen an, als suche sie verzweifelt nach Hilfe in ihrer misslichen Lage. Nala, die neben Ravi aufmerksam auf dem Deck saß, hatte die Möwe ebenfalls bemerkt. Sie stupste Ravi sanft mit ihrer Nase an und begann aufgeregt mit dem Schwanz zu wedeln, als wollte sie ihm signalisieren, dass der Vogel dringend Hilfe benötigte. Ihre treuen Augen spiegelten Besorgnis und Mitgefühl wider. Ravi war sofort alarmiert und spürte den Drang, dem verletzten Tier zu helfen, bevor es zu spät sein könnte. Er kniete sich vorsichtig neben die Möwe, um sie näher zu untersuchen. Der Flügel der Möwe schien gebrochen zu sein, und sie wirkte dehydriert und geschwächt von den Strapazen, die sie durchgemacht hatte. Mit ruhigen Bewegungen versuchte Ravi, die Möwe zu beruhigen, während er behutsam den verletzten Flügel stützte. Er holte eine kleine Decke aus dem Boot und legte sie sanft über den Vogel. Nala stand wachsam neben ihm, ihre Augen fest auf die Möwe gerichtet, als verstehe sie die Ernsthaftigkeit der Situation. Es schien, als hätte die Möwe sich beim Sturm verletzt, der in der Nacht zuvor gewütet hatte. Ravi spürte, wie das Herz ihm schwer wurde bei dem Gedanken an das Leiden des Vogels. Nala, die das Geschehen aufmerksam beobachtete, stupste den Vogel sanft mit ihrer Nase an, als wollte sie Trost spenden. Ravi brachte die Möwe unter Deck, wo es ruhiger und geschützter war. Dort untersuchte er noch einmal vorsichtig den verletzten Flügel und überlegte, wie er dem Vogel helfen konnte. Mit ruhiger Hand und einfühlsamen Gesten versuchte Ravi, den Flügel der Möwe zu stabilisieren und ihr etwas Wasser anzubieten. Nala beobachtete ihn die ganze Zeit ruhig und aufmerksam.

Die Tage vergingen, seitdem Ravi und Nala die verletzte Möwe gerettet hatten. Ravi hatte mittlerweile eine kleine Ecke für die Möwe eingerichtet, die Box mit weichen Decken ausgelegt und eine Schüssel mit frischem Wasser in Reichweite bereitgestellt. Nala bewachte die Möwe aufmerksam und blieb die meiste Zeit an ihrer Seite. Sie wedelte sanft mit dem Schwanz und drückte sich gelegentlich an die Box, als wolle sie dem Vogel Trost spenden. Ravi brachte regelmäßig kleine Portionen Fisch, die er beim Fischen gefangen hatte, und legte sie vorsichtig neben die Möwe, um sicherzustellen, dass sie genug Nahrung bekam. Die Tage vergingen ruhig auf dem Meer. Ravi und Nala verbrachten die meiste Zeit in der Nähe der Möwe, beobachteten ihren Zustand und halfen ihr, sich zu erholen. Die Möwe schien sich unter ihrer liebevollen Pflege allmählich zu erholen. Ihr Flügel heilte langsam, und sie begann wieder etwas Interesse an ihrer Umgebung zu zeigen, wenn auch noch zurückhaltend. Nach einiger Zeit entschied Ravi, dass die Möwe stark genug war, um zurück in die Freiheit gelassen zu werden. Die Möwe saß ruhig in ihrer Box, und ihre Augen schienen klar und wachsam zu sein. Ravi und Nala bereiteten sich darauf vor, sie an den Ort zurückzubringen, an dem sie sie gefunden hatten – in der Hoffnung, dass sie wieder in den Himmel aufsteigen und ihre Flügel vollständig heilen würde. Nach dem Morgenspaziergang entlang des Boulevards fuhren sie mit dem Boot wieder hinaus zu der Stelle, an der sie die Möwe aufgenommen hatten. Vorsichtig hob Ravi die Box mit der Möwe und brachte sie auf das Deck. Er setzte die Box sanft auf den Boden und öffnete die Klappe. Die Möwe zögerte einen Moment, schaute dann hinaus auf das weite Meer und breitete schließlich ihre Flügel aus. Mit einem einzigen kräftigen Flügelschlag hob sie ab und flog hoch in den Himmel, weg von Ravi und seiner treuen Gefährtin Nala. Ravi und Nala beobachteten schweigend, wie die Möwe immer kleiner wurde und schließlich in der Weite des Himmels verschwand. Ein Gefühl der Erfüllung und des Stolzes erfüllte sie, als sie sahen, wie die Möwe zu ihrer Freiheit zurückkehrte. Es war ein bewegender Abschied, der die tiefe Verbindung zwischen Mensch, Tier und der unendlichen Schönheit des Ozeans unterstrich.

Nala und Ravi erlebten noch unzählige Abenteuer auf dem Meer. Ravi hatte nicht nur einen verlorenen Hund gerettet, sondern auch einen treuen Begleiter gefunden, der ihm half, die Einsamkeit auf See zu überwinden. So segelten sie gemeinsam durch die Gewässer der Südsee, Seite an Seite, zwei Seelen, die durch das Schicksal miteinander verbunden waren und fanden in ihrer einfachen Existenz auf dem Meer eine neue Form des Glücks und der Geborgenheit.

Roco. Dominikanische Republik.

Rocos Geschichte spielt im Herzen von Santo Domingo, der lebhaften Hauptstadt der Dominikanischen Republik. Diese Stadt, gelegen an der Südküste der Insel Hispaniola, ist nicht nur von ihrer Geschichte geprägt, sondern auch von lebendigen Farben, Rhythmen und den Schicksalen ihrer Menschen. In den Gassen des Kolonialviertels, dem ältesten durchgehend bewohnten europäischen Stadtteil Amerikas und UNESCO-Weltkulturerbe, trifft Geschichte auf Moderne. Roco, ein mittelgroßer Mischlingshund mit kurzem, dunklem Fell und tiefbraunen Augen, streift durch diese Straßen, sein Blick erfüllt von all den großen Abenteuern und Herausforderungen seines bewegten Lebens. Sein Leben begann in den engen Gassen des alten Kolonialviertels, wo er als Welpe in einem Wurf unerwünschter Hunde geboren wurde. Diese Gegend, mit ihren malerischen Kopfsteinpflasterstraßen und historischen Gebäuden, erzählt die Geschichte der spanischen Eroberer und der einheimischen Taíno-Kultur, die die Insel einst bewohnte. Die Dominikanische Republik, die östliche Hälfte der Insel Hispaniola, ist bekannt für ihre atemberaubenden Strände und tropischen Wälder. Roco navigierte Tag für Tag durch das geschäftige Leben der Hauptstadt, vorbei am bunten Treiben der Gesellschaft und des vielen Verkehrs. Die luftige Malecon, eine Uferpromenade, war ein beliebter Ort für Einheimische und Touristen, die das Meer und den Sonnenuntergang genossen. Obwohl sein Leben auf der Straße voller Herausforderungen war, lernte Roco schnell, sich durchzuschlagen. Er kannte die besten Plätze, um sich vor den heißen Sonnenstrahlen zu verstecken, und wusste, wo er Wasser und gelegentliches Futter finden konnte. Die engen Verbindungen, die er mit anderen Straßenhunden und wenigen freundlichen Menschen knüpfte, halfen ihm, in dieser lebhaften Stadt zu überleben. Die Dominikanische Republik mit ihrer vielfältigen Landschaft und reichen Kultur bot Roco einen Schauplatz voller Kontraste. Von den modernen Hochhäusern und Einkaufszentren in der Neustadt bis zu den historischen Plätzen und Kathedralen des Kolonialviertels spiegelt Santo Domingo die Vergangenheit und Gegenwart des Landes wider. Roco hatte keine Erinnerungen an ein behütetes Leben. Schon früh war er auf sich allein gestellt, da seine Mutter eines Tages verschwand und nicht mehr zurückkehrte. In den ersten Wochen hatte sie ihm und seinen Geschwistern das Überleben beigebracht. Sie zeigte ihnen, wie man nach Nahrung suchte, sich vor Gefahren versteckte und lehrte ihnen die grundlegenden Instinkte, die sie brauchten, um in der rauen Welt zurechtzukommen. Ihre wachsame Präsenz war ein Schild gegen die Bedrohungen, die überall lauerten, und ihr warmer Körper bot Schutz und Geborgenheit. Doch eines Tages war sie plötzlich weg. Roco wartete stundenlang an dem Ort an dem er das Licht der Welt erblickte, aber seine Mutter kehrte nicht mehr zurück. Die ersten Tage ohne sie waren besonders hart. Er spürte das Fehlen ihrer beruhigenden Wärme und der Sicherheit, die sie ausstrahlte, jede Minute. Seine Geschwister und er kauerten eng aneinander, um sich gegenseitig Trost zu spenden, doch es war nicht dasselbe. Ihre kleinen Körper zitterten vor Angst und die ständige Unsicherheit nagte an ihnen.

Die Zeit verging und Roco merkte, dass er sich alleine durchschlagen musste. Die Suche nach Futter war mühselig und oft erfolglos. Häufig musste er mit anderen Tieren um die wenigen Reste kämpfen, die er fand. Er lernte schnell, immer wachsam zu sein, denn jede Unachtsamkeit konnte tödlich enden. Der Instinkt, den seine Mutter ihm beigebracht hatte, half ihm zwar zu überleben, aber die Tage waren geprägt von ständiger Anspannung und Hunger. Die Einsamkeit war erdrückend. Ohne die liebevolle Führung und den Schutz seiner Mutter fühlte sich jede Herausforderung überwältigend an. Die ersten Monate seines Lebens waren ein ständiger Kampf ums Überleben, ohne den Komfort und die Sicherheit, die er sich so sehr wünschte. Die Härte und Grausamkeit seiner Umgebung prägten ihn tief und ließen ihn schnell erwachsen werden. Roco lernte, auf sich selbst zu vertrauen, aber das Fehlen seiner Mutter hinterließ eine tiefe Leere in seinem Herzen. Er verbrachte den Tag damit, die Straßen zu durchstreifen. Die belebten und oft chaotischen Straßen von Santo Domingo waren sein Zuhause. Roco wanderte durch die engen Gassen des Kolonialviertels, überquerte die lauten Hauptstraßen und versteckte sich in den schattigen Ecken der alten Gebäude. Er lernte schnell, den Menschenmassen auszuweichen und die besten Zeiten und Orte zu finden, um ungestört nach Nahrung zu suchen. Er war schlau und lernte schnell, wo er nach Nahrung suchen konnte: die Mülltonnen hinter den Restaurants, die oft nach den hektischen Abendstunden mit Essensresten überquollen, waren eine seiner ersten Entdeckungen. Die Gerüche führten ihn immer wieder zu diesen Orten, wo er oft um Abfälle mit anderen hungrigen Tieren wetteiferte. Die Marktstände, wo Händler manchmal Gemüseabfälle fallen ließen, boten ihm eine weitere Nahrungsquelle. Frühmorgens, wenn die Stände noch nicht voll besetzt waren, huschte er zwischen den Beinen der Verkäufer hindurch, auf der Suche nach einem heruntergefallenen Stück Obst oder Gemüse. In den Höfen der Häuser, wo ab und zu jemand eine Tür offen stehen ließ, fand er gelegentlich einen sicheren Unterschlupf. Diese Höfe, oft üppig bepflanzt und ruhig im Vergleich zu den lauten Straßen, boten ihm Schutz vor den Gefahren, die das Leben auf der Straße mit sich brachte. Roco entwickelte ein Gespür dafür, welche Häuser von freundlichen Menschen bewohnt wurden, die ihm vielleicht einen Bissen Brot zuwarfen oder ein Schälchen Wasser hinstellten. Roco lernte auch, auf seine Umgebung zu achten. Er wusste, wann er sich verstecken musste, um Ärger zu vermeiden, und welche Geräusche Gefahr ankündigten. Die hektischen Tage und die ruhigeren Nächte formten seinen Überlebensinstinkt. Die Menschen in Santo Domingo begegneten Straßenhunden meist mit Gleichgültigkeit oder manchmal sogar mit Abneigung. Das hektische Stadtleben ließ wenig Raum für Mitgefühl gegenüber den zahlreichen streunenden Hunden, die durch die Straßen zogen. Viele Menschen sahen sie als Ärgernis, eine Plage, die Schmutz und Krankheiten mit sich brachte. Einige waren sogar feindselig und jagten die Hunde davon. Manchmal gab es Tage, an denen Roco kaum etwas zu essen fand. Trotz seiner Bemühungen, die besten Plätze für Nahrung zu kennen, gab es Zeiten, in denen die Mülltonnen leer waren und die Marktstände keine Abfälle hergaben. An solchen Tagen durchstreifte er stundenlang die Stadt, seine Augen stets auf der Suche nach etwas Essbarem, während sein Magen schmerzte. Diese Tage zehrten an seinen Kräften, aber er ließ sich nicht entmutigen.

Die Nächte konnten besonders hart sein, vor allem in der Regenzeit. In den feuchten, kalten Nächten suchte Roco Schutz unter Vordächern, in verlassenen Gebäuden oder unter dichten Sträuchern. Doch nicht immer fand er einen trockenen Unterschlupf, und manchmal musste er den Regen und die Kälte ertragen, während er sich zusammenrollte und versuchte, etwas Schlaf zu finden. Sein kurzes, dunkles Fell bot wenig Schutz gegen die Elemente und die Nächte schienen endlos lang. Doch Roco hatte Glück, denn in seinem Viertel lebte eine alte Frau namens Doña María, die ein Herz für Tiere hatte.

Doña María, eine Witwe in ihren späten Sechzigern, lebte alleine in einem kleinen, bunt gestrichenen Haus, dessen Fassaden von farbenfrohen Blumen und Pflanzen geschmückt waren. Ihr Haus war eine Oase der Ruhe inmitten der geschäftigen Stadt, ein Ort, an dem man die Wärme und Fürsorge, die sie ausstrahlte, förmlich spüren konnte. Doña María bemerkte den hungrigen jungen Hund, der oft in der Nähe ihrer Haustür herumschlich. Sie hatte ein wachsames Auge für die Tiere in ihrer Umgebung und konnte den Zustand von Roco, der stets hungrig und erschöpft aussah, nicht übersehen. Sie sah in seinen tiefen, braunen Augen eine Seele, die nach Zuneigung und Hilfe suchte. Anfangs beobachtete sie ihn nur, um sein Vertrauen zu gewinnen. Dann begann sie, ihm ab und zu ein Stück Brot oder etwas Reis zu geben, wenn sie ihn vor ihrer Tür sitzen sah. Roco, immer auf der Hut, spürte die freundliche Absicht von Doña María und begann, Vertrauen zu ihr zu fassen. Anfangs war er zögerlich und hielt einen respektvollen Abstand, doch bald siegte seine Dankbarkeit über die Vorsicht. Die regelmäßigen Mahlzeiten, die sie ihm zubereitete, waren für ihn ein kleiner Luxus in einem ansonsten harten Leben. Er kam jeden Tag zurück, um sie zu besuchen. Diese Besuche wurden zu einem festen Bestandteil seines Alltags. Morgens, wenn die Sonne langsam die Stadt erhellte, war Roco einer der ersten, der Doña Marías kleine Veranda betrat. Sie erwartete ihn oft schon mit einer Schale voller Reis und Hühnchenresten, liebevoll für ihn bereitgestellt. Während er fraß, setzte sie sich in ihren Schaukelstuhl und erzählte ihm Geschichten aus ihrer Vergangenheit. Mit der Zeit wurde ihre Beziehung immer enger. Doña María streichelte ihn manchmal zärtlich, und Roco ließ es zu, genoss es sogar. Ihre

Berührungen waren sanft und voller Zuneigung, etwas, das er bis dahin nie erlebt hatte. Er begann, seine Abende in der Nähe ihres Hauses zu verbringen, sich dort sicher und geborgen zu fühlen. Doña María nannte ihn Roco, ein Name, der in ihrer Familie Tradition hatte. Sie konnte Roco nicht bei sich aufnehmen, da ihre finanziellen Mittel begrenzt waren und sie selbst mit den alltäglichen Herausforderungen des Alters zu kämpfen hatte, tat aber dennoch ihr Bestes, um ihm zu helfen. Jeden Morgen stellte sie eine Schale mit frischem Wasser vor ihre Tür, um sicherzustellen, dass Roco in der Hitze der dominikanischen Hauptstadt stets etwas zu trinken hatte. Daneben platzierte sie ein altes, weiches Kissen, das sie aus ihrem Haus geholt hatte. Dieses Kissen, einst Teil ihrer Wohnzimmermöbel, diente nun als bequemer Schlafplatz für Roco. Er war dankbar für diese Geste und machte es sich oft darauf gemütlich, wenn er müde von seinen Streifzügen war. Trotz der kleinen Oase, die Doña María ihm bot, war das Leben auf der Straße hart und voller Herausforderungen. Roco musste sich täglich gegen die Widrigkeiten des Straßenlebens behaupten. Die Konkurrenz unter den Straßenhunden war groß, und es kam nicht selten zu Auseinandersetzungen um Futter und Territorien. In den engen Gassen und Hinterhöfen von Santo Domingo musste Roco ständig auf der Hut sein, um nicht von anderen ausgehungerten Hunden angegriffen zu werden. Seine schlanke, muskulöse Gestalt und seine schnelle Auffassungsgabe halfen ihm, solchen Konflikten oft geschickt aus dem Weg zu gehen oder sich im Notfall zur Wehr zu setzen. Die Gefahren des Straßenverkehrs waren eine weitere ständige Bedrohung. Die Hauptstraßen von Santo Domingo waren belebt und chaotisch, mit Autos,

Motorrädern und Fußgängern, die in einem hektischen Rhythmus ihren Weg fanden. Roco entwickelte einen scharfen Sinn für Timing und Gefahr, lernte, die Straßen nur zu überqueren, wenn es sicher war, und hielt sich meist in den ruhigeren Gassen und abseits der Hauptverkehrsadern auf. Dennoch waren Unfälle eine ständige Gefahr und er musste schnell und aufmerksam sein, um den rasenden Fahrzeugen zu entkommen. Doch Roco war ein Kämpfer, und sein Überlebenswille war stark. Die kleine Oase, die Doña María ihm bot, gab ihm die nötige Kraft und Hoffnung, um weiterzumachen. Ihre liebevollen Gesten und die regelmäßigen Mahlzeiten waren für ihn Lichtblicke in einem ansonsten schweren Alltag. Roco lernte, sich an die Härten des Straßenlebens anzupassen und entwickelte eine bemerkenswerte Resilienz. Die Herausforderungen, denen er begegnete, machten ihn nur stärker und schärften seine Instinkte.

Eines besonders heißen Sommertages, als die Sonne unerbittlich auf die Stadt brannte, war Roco auf der Suche nach Wasser. Die Hitze war drückend und selbst die schattigen Ecken boten kaum Linderung. Roco spürte, wie sein Durst immer größer wurde. Er wusste, dass er dringend Wasser finden musste, um nicht zu dehydrieren. Mit schnellen Schritten und gesenktem Kopf durchstreifte er die Straßen von Santo Domingo, seine Zunge hing aus seinem Maul, er hechelte stark und sein dunkles Fell wirkte stumpf und trocken. Sein erster Anlaufpunkt war die Veranda von Doña María, doch an diesem Tag war der Wassernapf bereits leer. Roco stieß mit der Schnauze gegen den Napf, in der Hoffnung, ein paar Tropfen zu finden, aber es war vergebens. Offensichtlich war er nicht der einzige Straßenhund, der an diesem glühend heißen Tag auf der Suche nach Wasser war. Enttäuscht und erschöpft setzte Roco seine Suche fort. Die Hitze schien ihm jede Energie aus dem Körper zu saugen. Die heißen Pflastersteine unter seinen Pfoten brannten, und er musste immer wieder stoppen, um nach Schatten zu suchen. Doch selbst die schattigen Ecken boten kaum Linderung; die Luft war stickig und die Temperaturen unerträglich hoch. Mit jedem Schritt fühlte sich sein Körper schwerer an. Sein Hals war trocken und jeder Atemzug schien ihn noch mehr zu ermüden. Er lief weiter, vorbei an geschlossenen Läden und Häusern, die alle wie ausgestorben während der Mittagsruhe wirkten. Niemand schien sich bei dieser Hitze nach draußen zu wagen. Die sonst so lebhaften Straßen von Santo Domingo waren wie leergefegt. Roco spürte, wie sein Durst zu einem brennenden Schmerz wurde. Er wusste, dass er nicht aufgeben durfte. Seine Instinkte trieben ihn weiter, auch wenn seine Kräfte langsam schwanden. Er erinnerte sich an einen kleinen Park am anderen Ende der Stadt, wo ein alter, verrosteter Brunnen stand. Dieser Brunnen war selten in Gebrauch, aber manchmal tropfte noch ein wenig Wasser heraus, genug, um seinen Durst zu stillen. Normalerweise versuchte er, sich von den belebten Hauptstraßen fernzuhalten, da die Menschenmengen und der Lärm ihn einschüchterten. Doch die drückende Hitze ließ ihm keine andere Wahl. Mit entschlossenen Schritten schlängelte sich Roco durch die engen, Gassen der Stadt. Die Hitze machte es schwer, klar zu denken, aber der Gedanke an das Wasser trieb ihn voran. Die Schatten der hohen Gebäude boten nur wenig Linderung, und der Asphalt unter seinen Pfoten fühlte sich an, als könnte er jeden Moment Feuer fangen.

Nach einer Weile kam er an eine stark befahrene Kreuzung. Hier musste er besonders vorsichtig sein, denn die Autos rasten oft ohne Rücksicht auf irgendetwas vorbei. Die Kreuzung war ein gefährlicher Ort für einen Straßenhund, und Roco wusste instinktiv, dass ein falscher Schritt fatale Folgen haben könnte. Er versteckte sich zunächst hinter einer alten, umgestürzten Mülltonne und beobachtete den Verkehr. Die Autos schossen in einem scheinbar endlosen Strom an ihm vorbei, ihre Motoren dröhnten laut und die Abgase brannten in seiner Nase. Geduldig wartete er auf einen Moment der Ruhe, in dem er die Straße überqueren konnte.

Doch an diesem Tag spielte ihm das Schicksal einen bösen Streich. Gerade als Roco sich entschloss, die Straße zu überqueren, nahm das Unheil seinen Lauf. Ein Auto, ein alter, rostfleckiger Kleinwagen, dessen Lack von der sengenden Sonne stark verblasst war, tauchte plötzlich am Ende der Straße auf. Der Fahrer, ein Mann mittleren Alters mit sonnenverbrannter Haut und tiefen Falten auf der Stirn, hatte die Sonnenblende heruntergeklappt und trug eine abgenutzte Sonnenbrille, die ihn jedoch kaum vor der grellen Sonne schützte. Die stark blendende Helligkeit liess ihn die Augen zusammenkneifen, Schweissperlen rannen über sein Gesicht und beeinträchtigten seine Sicht weiter. Er hatte es eilig, den verkehrsreichen Abschnitt hinter sich zu bringen, und sein Fuß drückte unbewusst stärker auf das Gaspedal. Der kleine Wagen beschleunigte, der Motor heulte auf, und die Reifen hinterließen quietschend schwarze Spuren auf dem heißen Asphalt. Der Mann war so sehr damit beschäftigt, den Verkehr im Auge zu behalten und gegen das grelle Licht anzukämpfen, dass er Roco, der gerade dabei war, die Straße zu überqueren, nicht bemerkte. Roco, der erschöpft und durstig war, bewegte sich vorsichtig vorwärts, seine Pfoten machten kaum Geräusche auf dem heißen Asphalt. In einem kurzen Moment der Unaufmerksamkeit des Fahrers, der durch die blendende Sonne verursacht wurde, kam der Wagen mit hoher Geschwindigkeit direkt auf Roco zu. Das metallische Glänzen der Stossstange spiegelte das Sonnenlicht wider und blendete zusätzlich, während die Räder des Autos unaufhaltsam näher kamen. Roco, der die drohende Gefahr zu spät bemerkte, versuchte noch zur Seite zu springen, doch die Zeit reichte nicht aus. Das Auto prallte mit einem dumpfen Knall gegen Rocos Hüfte, schleuderte ihn zur Seite und ließ ihn schmerzhaft auf dem heißen Asphalt aufschlagen. Der Fahrer hielt kurz an, sah sich hektisch um, und bevor die Passanten realisieren konnten, was geschehen war, trat er aufs Gaspedal und verschwand in der Ferne. Roco blieb schwer verletzt auf der Straße liegen. Ein stechender Schmerz durchzuckte seinen Körper, und sein Atem ging schnell und flach. Die Passanten liefen vorbei, ihre Schritte schnell und zielgerichtet, als würden sie Roco nicht bemerken. Einige warfen flüchtige Blicke auf den verletzten Hund, aber die meisten gingen weiter, ohne ihm eine weitere Beachtung zu schenken. In einer belebten Stadt wie dieser war es nicht ungewöhnlich, Straßenhunde zu sehen, und für viele schien Rocos Schicksal nichts Neues zu sein. Einige Passanten seufzten oder murmelten leise vor sich hin, während sie eilig ihren Weg fortsetzten. Ein älterer Mann schüttelte den Kopf, als er an Roco vorbeiging, vielleicht voller Trauer über die harte Realität der Straßenhunde. Eine Gruppe von Teenagern lachte und plauderte, ohne einen Blick auf den verletzten Hund zu werfen, ihre Gedanken bei weit weniger ernsten Angelegenheiten. Ein paar Passanten blieben stehen, betrachteten Roco kurz mit einem Ausdruck von Mitleid oder Sorge, aber sie schienen nicht zu wissen, was sie tun sollten. Roco lag auf dem heißen Asphalt, unfähig, sich zu bewegen, und seine Augen waren voller Schmerz und Verwirrung. Die Zeit kroch quälend langsam dahin, jeder Augenblick ein qualvoller Kampf für Roco, dessen Bewusstsein allmählich schwand. Die stechenden Schmerzen durchzuckten seinen Körper, während er reglos auf dem staubigen Boden lag, umgeben von einem hektischen Treiben aus Stimmen und Schritten. Die Menschenmenge um ihn herum wirkte wie ein verschwommener Film, dessen Bedeutung ihm entglitt.

Doch plötzlich drangen vertraute Schritte an Rocós Ohr. Doña María, die zum selben Zeitpunkt einige Besorgungen in der Stadt zu erledigen hatte, hatte noch das Quietschen der Reifen gehört und das ungewöhnliche Durcheinander bemerkt. Ein unbestimmtes Gefühl der Besorgnis schnürte ihr die Kehle zu, als sie näher kam und Roco entdeckte, halb verborgen zwischen den Passanten und vorbeifahrenden Autos, verletzt und ängstlich auf dem heissen Asphalt liegend. Ihre Augen füllten sich mit Tränen, als sie sich neben ihn kniete, seine zerschundene Schnauze in den Händen haltend. „Bleib ruhig, mein Junge, ich bin hier", flüsterte sie mit einer Stimme, die vor Sorge zitterte. Sie wusste, dass Roco dringend ärztliche Hilfe benötigte, doch sie war allein und wusste nicht, wie sie ihn transportieren sollte. Verzweifelt rief sie um Hilfe, ihre Rufe in der geschäftigen Straße verhallten zunächst unbeantwortet. Doch dann hörte Miguel, ein junger Mann mit einer Tierarztpraxis in der Nähe, der gerade dabei war, in der Apotheke noch Medikamente zu besorgen, ihren Hilferuf. Eilig trat er auf Doña María zu. „Ich bin Miguel, ein Tierarzt", sagte er schnell, während er sich Rocos Zustand ansah. Ohne zu zögern, hob er Roco behutsam vom Boden auf und trug ihn sanft auf seinen Armen zu seinem Auto, bereit, ihm die dringend benötigte Hilfe zu geben. Doña María fuhr mit Miguel in dessen Auto zu seiner Praxis, hielt Rocos Kopf in ihrem Schoß und sprach beruhigend auf ihn ein. „Alles wird gut, mein Kleiner, halte durch," wiederholte sie immer wieder, während Tränen über ihre Wangen liefen.

In der Praxis angekommen, wurde Roco sofort in das Behandlungszimmer gebracht. Miguel, der junge Tierarzt, und seine Kollegen reagierten unverzüglich auf die kritische Situation. Mit routinierter Professionalität und ruhiger Dringlichkeit bereiteten sie alles für die Notfallversorgung vor. Roco wurde vorsichtig auf einen Untersuchungstisch gelegt, wo Miguel seine Vitalfunktionen überprüfte und seine Verletzungen begutachtete. Seine Atmung war flach und unregelmäßig, und jede seiner Bewegungen schien ihm große Schmerzen zu bereiten. Das Team arbeitete schnell und effizient, um seine Verletzungen zu behandeln. Sie rasierten das Fell um seine Hüfte, um die Schäden besser zu sehen. Röntgenbilder zeigten deutlich die gebrochene Hüfte und die schweren Prellungen, die er durch den Unfall erlitten hatte. Miguel gab ihm sofort Schmerzmittel, um seine Qualen zu lindern, und bereitete ihn für die notwendige Operation vor. Es war eine komplizierte und riskante Prozedur, da Rocos Zustand kritisch war und jede Verzögerung seine Überlebenschancen verringern konnte. Doña María wartete währenddessen voller Angst und Hoffnung im Wartebereich der Praxis. Sie saß auf einem harten Plastikstuhl, ihre Hände zitterten, und ihr Herz schlug schnell. Die Minuten zogen sich wie Stunden hin, und die Ungewissheit quälte sie. Sie betete leise, sprach Gebete des Trostes und der Hoffnung, während sie auf Nachrichten über Rocos Zustand wartete. In Gedanken ging sie die vielen kleinen glücklichen Momente durch, die sie mit Roco verbracht hatte, und ihre Augen füllten sich immer wieder mit Tränen. Nach mehreren Stunden, die sich wie eine Ewigkeit anfühlten, öffnete sich endlich die Tür des Behandlungsraumes, und Miguel kam heraus. Seine Kleidung war blutverschmiert, aber sein Gesichtsausdruck war beruhigend. „Die Operation war erfolgreich," sagte er mit einem sanften Lächeln. „Roco hat es geschafft, aber die nächsten Wochen werden entscheidend für seine Genesung sein. Er braucht viel Ruhe und Pflege." Doña María brach in Tränen aus, diesmal aus Erleichterung. Sie dankte Miguel und seinem Team überschwänglich. Miguel bot an, Roco bei sich aufzunehmen, bis er wieder gesund war, da er die nötige medizinische Versorgung und Überwachung besser gewährleisten konnte. Doña María stimmte dankbar zu, wohlwissend, dass dies das Beste für Roco war. Sie versprach, ihn jeden Tag zu besuchen, um sicherzustellen, dass er wusste, dass sie bei ihm war.

Die kommenden Wochen waren eine Zeit der Genesung und Erholung für Roco, die er in Miguels geräumiger Wohnung verbrachte. Dort hatte er ein bequemes, weiches Bett, das Miguel speziell für ihn vorbereitet hatte. Es war mit einer weichen Decke ausgelegt, die Roco Wärme und Geborgenheit vermittelte, während er sich von den Strapazen erholte. Miguel kümmerte sich liebevoll um ihn, seine Pflege war umfassend und sorgfältig. Er überwachte Rocos Zustand rund um die Uhr, passte auf, dass er seine Medikamente rechtzeitig bekam, und sorgte dafür, dass seine Wunden sauber blieben und gut verheilten. Doña María kam jeden Tag zu Besuch, um Roco zu sehen. Sie brachte ihm nicht nur kleine Leckerbissen, die sie mit großer Sorgfalt auswählte, sondern verbrachte auch viel Zeit damit, mit ihm zu sprechen und ihn zu beruhigen. Sie saß oft neben seinem Bett, streichelte sanft über sein Fell und hielt seine Pfote, während sie ihm leise Geschichten erzählte. Ihre Anwesenheit war für Roco eine Quelle des Trostes und der Vertrautheit in dieser schwierigen Zeit. Die Wohnung war ruhig und warm, gefüllt mit liebevoller Aufmerksamkeit und der heilenden Präsenz von Doña María und Miguel. Roco begann allmählich zu genesen, seine Wunden heilten langsam und seine Augen strahlten wieder mit zunehmender Lebens-freude. Er zeigte Zeichen von Dankbarkeit, wedelte schwach mit dem Schwanz, wenn Miguel das Zimmer betrat, und genoss die Streicheleinheiten von Doña María. Jeder Tag brachte kleine Fortschritte: sein Appetit kehrte langsam zurück und er begann kurze Spaziergänge zu machen, unterstützt von Miguel. Langsam, aber sicher, kehrte Rocos Stärke und Lebensfreude zurück. Seine Verletzungen heilten, und er begann wieder zu laufen, zunächst vorsichtig und wackelig, aber mit jedem Tag wurde er sicherer. Miguel und Doña María beobachteten seine Fortschritte mit Freude und Erleichterung. Rocos Augen begannen wieder zu leuchten und sein Fell glänzte gesund.

Doña María entschloss sich nach all den Sorgen um Roco, ihn bei sich aufzunehmen. Die unzähligen schlaflosen Nächte, die bangen Stunden des Wartens und die tiefen Gespräche mit Miguel hatten ihr klar gemacht, dass Roco mehr war als nur einer der vielen Staßenhunde – er war zu einem festen Bestandteil ihres Lebens geworden. Die Vorstellung, ihn gehen zu lassen, schmerzte sie zutiefst. Sie konnte sich ein Leben ohne seine treuen Augen und sein dankbares Wesen nicht mehr vorstellen. Als Roco schließlich stark genug war, um Miguels Pflege zu verlassen, kam der Tag, an dem Doña María ihn endlich zu sich nach Hause holen konnte. Sie hatte in ihrem kleinen Haus alles vorbereitet, um dem tapferen Hund ein liebevolles und sicheres Zuhause zu bieten. In einer Ecke des Wohnzimmers hatte sie ein gemütliches Plätzchen für ihn eingerichtet: ein weiches Körbchen, liebevoll ausgestattet und flankiert von bunten Decken und einer Auswahl an Spielzeugen, die darauf warteten, von ihm entdeckt zu werden. Das Haus selbst, ein farbenfrohes Refugium, strahlte nun noch mehr Wärme und Geborgenheit aus. Die Wände waren geschmückt mit historischen Bildern aus der Region. Die Zimmerpflanzen, sorgfältig gepflegt, verliehen dem Raum eine lebendige Frische. Jeder Winkel dieses Hauses spendete Trost und Liebe, eine perfekte Umgebung für einen Hund, der so viel durchgemacht hatte. Gemeinsam begannen Doña María und Roco ein neues Kapitel in ihrem Leben, erfüllt von gegenseitiger Zuneigung und Dankbarkeit. Die Tage waren geprägt von gemeinsamen Spaziergängen durch den nahegelegenen Park, bei denen Roco die Sicherheit genoss. Doña María beobachtete mit Freude, wie er jeden Tag wieder ein Stückchen mehr Vertrauen in sich selbst fasste, wie seine Augen zu leuchten begannen und sein Gang sicherer wurde.

Die Abende verbrachten sie oft zusammen auf der Veranda oder dem Sofa, Roco zusammengerollt an ihrer Seite, während sie ihm Geschichten erzählte oder leise vor sich hin sang. Diese Momente der Ruhe und Nähe waren für beide von unschätzbarem Wert. Roco wusste, dass er endlich ein dauerhaftes Zuhause gefunden hatte, wo er für immer geliebt und beschützt werden würde. Und Doña María, die schon so viele Jahre alleine gelebt hatte, fand in Roco einen treuen Begleiter, der ihr Herz mit unendlicher Freude erfüllte.

Ihre Bindung wurde von Tag zu Tag stärker, und es wurde deutlich, dass sie beide genau das gefunden hatten, was sie suchten: eine tiefe, innige Freundschaft, die auf Vertrauen und Liebe basierte. Roco war mehr als nur ein Haustier geworden – er war ein Freund fürs Leben.

Raja. Indien.

In den lebhaften und überfüllten Straßen von Varanasi, Indien, lebte ein Straßenhund namens Raja. Diese
Stadt, die für ihre spirituelle Bedeutung bekannt ist,
präsentierte ein faszinierendes Bild voller Kontraste.
Am Ufer des heiligen Ganges versammelten sich täglich Hunderte von Gläubigen, die rituelle Waschungen
und Zeremonien abhielten. Der Klang von Gebeten
und der süße Duft von Räucherstäbchen schwebten
durch die Luft und vermischten sich mit dem geschäftigen Treiben der Stadt.

Die Märkte von Varanasi waren ein wahres Fest für die Sinne. Händler boten eine schier endlose Auswahl an Waren an, während die Menschenmengen in den engen Gassen strömten. Farbenfrohe Stoffe, frisches Obst und das geschäftige Geplapper der Verkäufer bestimmten das Bild. Doch hinter dieser lebhaften Kulisse verbarg sich eine andere Realität. Varanasi war stark von Armut geprägt, und viele Tiere kämpften täglich ums Überleben. Die Straßen waren oft mit Müll übersät, der sich zwischen den dicht beieinanderstehenden Häusern und Tempeln ansammelte. Für Straßenhunde wie Raja war das ein ständiger Kampf, um Nahrung und einen sicheren Schlafplatz zu finden. Gleichzeitig musste er den Gefahren des Verkehrs und anderen Straßenhunden ausweichen. Die Menschen in Varanasi hatten gelernt, mit den Herausforderungen des städtischen Lebens umzugehen. Doch die sozialen Ungleichheiten und die sichtbare Armut hinterließen ihre Spuren in der Stadt. In dieser Umgebung existierten Spiritualität und materielle Not oft nebeneinander, manchmal sogar in Konflikt miteinander. Das Schicksal der Straßenhunde wie Raja wurde zu einem stummen Zeugnis für die Komplexität und Widersprüchlichkeit des Lebens in Indien.

Raja war ein mittelgroßer Hund mit hellem, verfilztem, schmutzigen Fell. Seine Haut war von Narben übersät, die von unzähligen Kämpfen und der rauen Umgebung zeugten. Seine Augen waren trüb vor Leid und Kummer, ein Spiegelbild der Härte, die das Leben auf den Straßen Indiens mit sich brachte. Raja hatte keine feste Unterkunft. Seine Nächte verbrachte er oft auf dem kalten, harten Boden, versteckt in den Schatten verfallener Gebäude oder auf den Treppen am Ufer des Ganges. Tagsüber ging Raja auf Wanderschaft, streunerte umher durch die Straßen der Stadt. Die Abfälle der Garküchen und die weggeworfenen Reste auf den Märkten waren seine einzige Nahrungsquelle. Doch selbst diese waren hart umkämpft. Andere Straßenhunde, Ratten und Krähen konkurrierten mit ihm um jedes bisschen Essen. Die Menschen in Varanasi schenkten den Hunden keinerlei Beachtung. Raja war ständig auf der Hut, seine Ohren zuckten bei jedem lauten Geräusch, und er zuckte zusammen, wenn jemand einen Stock oder einen Stein aufhob.

Die Sommer in Varanasi waren besonders hart. Die Temperaturen stiegen oft über 35 Grad Celsius, und die Luft war stickig und schwer. Raja litt unter der unerbittlichen Hitze, und die Suche nach Schatten und Wasser wurde zu einer lebenswichtigen Aufgabe. Die wenigen Pfützen, die er fand, waren oft schmutzig und verseucht, aber er hatte keine andere Wahl, als daraus zu trinken. Seine Pfoten brannten von dem heißen Asphalt, und sein ausgemergelter Körper zitterte vor Erschöpfung. Im Winter hingegen sanken die Temperaturen drastisch, und die Nächte waren bitterkalt. Raja rollte sich dann so eng wie möglich zusammen, versuchte, sich mit seinem dünnen Fell warm zu halten, und suchte Schutz vor dem eisigen Wind. Die wenigen warmen Orte, die es gab, waren oft schon von anderen Tieren besetzt oder lagen in den Gebieten der Menschen, die ihn fortjagten. Trotz all dieser Widrigkeiten hatte Raja einen ungebrochenen Überlebenswillen. Er lernte, sich anzupassen. Sein Instinkt half ihm, in einer Stadt zu überleben, die sowohl gnadenlos als auch voller Wunder war. Raja war einer von unzählig vielen Straßenhunden die täglich in den Straßen von Varanasi um ihr Überleben kämpften. Sein Leben war hart und entbehrungsreich, doch in ihm steckte eine unbezwingbare Kraft, die ihn jeden Tag aufs Neue antrieb.

Eines besonders heißen Sommertages, als die Temperaturen auf unerträgliche Höhen stiegen und die Sonne erbarmungslos vom Himmel brannte, schleppte sich Raja erschöpft durch die staubigen Straßen von Varanasi. Die Luft schien fast zum Greifen dick; sie war gefüllt mit dem Geruch von Abgasen, schwelendem Müll und den Ausdünstungen der überhitzten Stadt. Raja spürte die Hitze durch seine Pfoten brennen, als er über den heißen Asphalt lief, und sein helles Fell klebte schmutzig und verfilzt an seinem ausgemergelten Körper. Seine Zunge hing trocken und schlaff aus dem Maul, während er hechelnd nach Atem rang. Jeder Schritt war eine Qual, seine Muskeln schmerzten, und seine Kehle fühlte sich an, als wäre sie aus Sandpapier. Raja hatte seit Stunden kein Wasser gefunden, und die brütende Hitze trieb ihm die letzten Kräfte aus dem Körper. Seine Augen, einst voll von Lebenskraft, waren jetzt vor Müdigkeit halb geschlossen, und sein Blick wanderte verzweifelt umher, auf der Suche nach einem winzigen Fleckchen Schatten oder einem Hauch von Erleichterung. Endlich, nach endlosen Minuten der Qual, erblickte er eine alte, halb verfallene Brücke am Rande der Stadt. Die Brücke war einst ein stolzes Bauwerk gewesen, doch nun war sie nur noch ein Schatten ihrer selbst, von Rissen durchzogen und von Unkraut überwuchert. Für Raja jedoch war sie ein Hoffnungsschimmer in der Gluthitze. Mit den letzten Kräften schleppte er sich unter die Brückenruine und fand dort einen kleinen, schattigen Platz, der von den Strahlen der gnadenlosen Sonne verschont geblieben war. Er ließ sich schwer auf den kühlen Boden fallen und rollte sich zusammen, sein Körper zitterte vor Erschöpfung. Endlich konnte er der unerbittlichen Hitze entkommen, die seinen Geist und Körper gleichermaßen gequält hatte. Der Schatten der Ruine bot ihm einen kurzen, aber dringend benötigten Moment der Erholung. Raja spürte, wie sich seine Körpertemperatur langsam senkte und seine Atemzüge regelmäßiger wurden. Er schloss die Augen und lauschte den entfernten Geräuschen der Stadt, die durch das stetige Summen der Hitze gedämpft wurden. Unter der zerfallenen Brücke fühlte sich Raja für einen kurzen Augenblick sicher. Er wusste, dass dieser Schutz nur von kurzer Dauer sein würde und dass er bald wieder hinaus in die glühende Hitze auf die endlose Suche nach Wasser und Nahrung zurück-kehren musste. Aber für diesen einen kostbaren Moment konnte er die Augen schließen und der unermüdlichen Sonne entkommen, die das Leben in Varanasi an diesem Tag so unerträglich gemacht hatte.

Doch die scheinbare Ruhe wurde jäh unterbrochen, als sich am späten Nachmittag ein starkes Gewitter über der Stadt entlud. Der Himmel, der kurz zuvor noch klar und blau gewesen war, füllte sich in Windeseile mit dunklen, bedrohlichen Wolken. Sie wälzten sich majestätisch und doch beunruhigend schnell über den Horizont, als ob sie von einer unsichtbaren Kraft vorangetrieben würden. Plötzlich verdunkelte sich das Tageslicht und eine drückende Stille legte sich über die Straßen und Gassen. Die Menschen, die noch vor Kurzem geschäftig ihrem Tagwerk nachgingen, verstummten und blickten besorgt gen Himmel. Ein kalter Wind begann zu wehen, und erste Regentropfen fielen vereinzelt vom

Himmel herab, wie Vorboten eines unvermeidbaren Ereignisses.

Ein ohrenbetäubender Donner grollte plötzlich vom Himmel und dann entlud sich das Gewitter mit brachialer Wucht, als würde der Himmel selbst zerspringen. Der Regen kam zunächst in schweren, großen Tropfen herab, die mit solcher Intensität auf die Erde prasselten, dass sie von den Dächern abprallten und die Straßen in kürzester Zeit in kleine Stromschnellen verwandelten. Ein heftiger Wind begleitete den Regen, der gegen die Hausfassaden an der Uferpromenade peitschte. Blitze zuckten grell und blendend über den Himmel, erhellten die dunklen Wolken und warfen unheilvolle Schatten auf die Stadt. Der Donner folgte unmittelbar, ein tiefes Grollen, das nicht nur die Luft durchdrang, sondern auch die Gebäude erzittern ließ. Die Menschen, von Furcht und Ehrfurcht gleichermaßen ergriffen, suchten Schutz unter Vordächern, in Läden oder einfach unter den überhängenden Dächern ihrer Häuser. Der Regen verstärkte sich rasch zu einem wahren Wolkenbruch. Das Wasser floss in Strömen über die Straßen, füllte die Kanalisationen bis an den Rand und zwang die Bewohner, improvisierte Wege zu suchen, um ihre Besorgungen fortzusetzen oder sich einfach nur vor dem Sturm zu verbergen. Die Natur zeigte sich in all ihrer majestätischen, aber auch erschreckenden Pracht, und die Stadt Varanasi, die sonst so geschäftig und lebendig war, lag nun still und gefangen im Griff von Blitz, Donner und Regen - eine Szene, die zugleich beeindruckend und beängstigend war. Und so verging die Zeit langsam, während das Gewitter über der Stadt wütete. Raja, der bereits vollständig durchnässt war, kauerte noch immer unter der Brücke und hoffte auf etwas Schutz vor der Naturgewalt. Doch dann geschah es – ein lautes Krachen zerriss die Luft, als ein altes Gebäude in der Nähe der Brücke unter der Wucht des Sturms zusammenbrach. Die Erschütterung ließ die Fundamente erzittern und die Brückenruine begann zu wanken, als das Wasser des reißenden Flusses gegen ihre Pfeiler drückte. In panischer Angst sprang Raja auf und rannte durch die sintflutartigen Regenfälle, die seinen Körper umspülten und seine Sicht trübten. Die kalten Tropfen peitschten ihm gegen die Schnauze, und der Schlamm unter seinen Pfoten bot kaum Halt. Er kämpfte verzweifelt darum, nicht von den Fluten mitgerissen zu werden, die die Straßen in reißende Ströme verwandelten. Seine Ohren waren gespitzt auf jedes Geräusch, als er durch die verwüstete Stadt hastete. Plötzlich durchdrang ein schrilles, verzweifeltes Weinen die ohrenbetäubende Geräuschkulisse des tosenden Sturms. Dort, zwischen umgestürzten Kisten, Müll und Trümmerteilen, entdeckte er ein kleines Mädchen – Anaya. Ihre zierliche Gestalt war beinahe von den reißenden Fluten verschluckt, die gnadenlos durch die Gasse strömten. Sie klammerte sich verzweifelt an einen schiefen Pfosten, der nur noch knapp aus dem aufgewühlten Wasser ragte. Ihre Finger waren verkrampft um das Metall gewickelt, die Knöchel weiß vor Anstrengung. Ihr Gesicht, von Regen und Tränen überströmt, spiegelte eine Mischung aus blanker Panik und verzweifelter Entschlossenheit wider. Ihre Augen waren weit aufgerissen, suchten hektisch nach einem Ausweg, während ihre Füße immer wieder von der Strömung mitgerissen wurden. Das Wasser um sie herum war wild und unbarmherzig, riss mit tödlicher Kraft an ihrem kleinen Körper. Jeder Versuch, sich aus ihrer Lage zu befreien, wurde von den Wellen sofort erstickt. Die Strömung trieb Trümmer und Schlamm durch die Gasse, und Anaya musste sich mit all ihrer verbliebenen Kraft festklammern, um nicht fortgespült zu werden. Ihr Atem ging stoßweise, ihre Lippen zitterten vor Kälte und Angst. Jeder Wellenschlag, jede neue Welle der Flut, die über ihr zusammenbrach, drohte sie mitzureißen. Ihr nasses Haar klebte an ihrer Stirn, und die Regentropfen vermischten sich mit den Tränen, die über ihre Wangen liefen. Ihre Augen waren weit aufgerissen, fixiert auf den Pfosten, der ihr einziger Halt in den Wassermassen war. Sie spürte die Kraft des Wassers, das an ihren Beinen zerrte, versuchte, sie fortzuspülen wie ein Blatt im Sturm. Sie atmete schwer, kämpfte gegen die Verzweiflung an, die ihr Herz zu erdrücken schien. Aber sie klammerte sich fest, jeder Muskel in ihrem Körper war angespannt, um den Pfosten nicht loszulassen. Ein weiterer kräftiger Stoß der Strömung traf sie, und sie verlor fast den Griff. Ihre Hände rutschten ein wenig, aber sie presste ihre Finger mit aller Kraft wieder um den Pfosten und kämpfte gegen die Tränen an, die ihr die Sicht verschleierten. Ein Schrei, von Angst und Verzweiflung durchdrungen, entwich ihren Lippen, doch er ging im Tosen des Gewitters unter. Ohne zu zögern und mit einem instinktiven Gefühl der Verantwortung sprang Raja ins Wasser, als wäre er von einem unsichtbaren Ruf getrieben. Der Regen prasselte unaufhörlich auf ihn herab, als er sich durch die trüben Fluten kämpfte, die wie wild tobende Strudel um ihn herum wirbelten. Seine Muskeln spannten sich an, als er sich dem verzweifelt schreienden Mädchen näherte, das zwischen Trümmern und den gefährlich schnell fließenden Wassermassen gefangen war. Mit einer Mischung aus Geschicklichkeit und unermüdlichem

Willen schnappte Raja nach dem Kragen des Mädchens und hielt ihn fest zwischen seinen Zähnen. Er zog sie behutsam aus dem gefährlichen Strudel heraus, um sie nicht zu verletzen. Das Wasser strömte wild um sie herum, aber Raja kämpfte weiter, bis er endlich ein höher gelegenes Gebiet erreichte, wo das Wasser ruhiger und weniger bedrohlich war. Das Mädchen klammerte sich fest an Raja, ihre kleinen Hände umklammerten sein verfilztes Fell, während ihr die Tränen über ihr Gesicht rannen. Sie war voller Dankbarkeit und Angst zugleich, spürte aber auch die unerschütterliche Sicherheit, die von Rajas starker Präsenz ausging. Ihr Herz pochte laut vor Erleichterung, als sie endlich festen Boden unter den Füßen spürte und wusste, dass sie gerettet worden war.

Raja selbst war erschöpft und von der Kraftanstrengung sichtlich gezeichnet, aber sein Blick war erfüllt von der Erleichterung, dass er das Mädchen sicher aus der Gefahr gebracht hatte. In diesem lebensentscheidenden Moment kam ein älterer Mann mit grauen Haaren und tiefer Sorge in seinen Augen auf das Mädchen zugerannt. Er war ihr Großvater, dessen Herz vor Angst und Verzweiflung gepocht hatte, seit das Unwetter über Varanasi hereingebrochen war. Seine Kleidung war durchnässt vom Regen, und Schlamm bedeckte seine Hose bis zu den Knien hinauf, während er sich in wildem Tempo durch die gefluteten Straßen kämpfte, in der Hoffnung, seine geliebte Enkelin unversehrt zu finden. Als er sie endlich in den Armen hielt, brach die gesamte Anspannung von ihm ab, und er umklammerte das Mädchen, drückte es fest an sich, als könnte er sie nie wieder loslassen. Anaya stand zitternd und durchnässt in den Armen ihres Großvaters, ihre kleinen Hände fest in seinem nassen Mantel vergraben. Ihr Gesicht war noch bleich von dem Schrecken, und ihre Augen wirkten groß und voller Emotionen. Zwischen hastigen Atemzügen und dem Zittern ihrer Lippen brachte sie mühsam Worte hervor. „Er... er hat mich gerettet, Großvater," stammelte sie, ihre Stimme leise und brüchig. Sie hielt inne, kämpfte gegen die Tränen an, die sich erneut in ihren Augen sammelten. „Der Hund... er kam einfach... aus dem Nichts. Ich... ich dachte, ich würde..." Ihre Worte brachen ab, und sie schnappte tief nach Luft, als ob die Erinnerung an das reißende Wasser und die verzweifelte Angst sie wieder einholte. „Das Wasser... es war so stark," flüsterte sie, ihre Finger krampften sich noch fester in den Stoff seines Mantels. „Ich konnte mich kaum noch festhalten... aber er kam! Er... er hat mich rausgezogen!" Ihre Stimme überschlug sich beinahe vor Eifer und Dringlichkeit, während sie versuchte, ihrem Großvater die ganze Geschichte zu erzählen. „Der Hund... er war so stark, Großvater! Ohne ihn wäre ich..." Wieder stoppte sie, unfähig, das Schreckliche laut auszusprechen, was ihr fast widerfahren wäre. Sie sah zu ihm auf, ihre Augen füllten sich erneut mit Tränen, aber diesmal mischte sich Dankbarkeit in ihren Blick. „Er hat mich gerettet," wiederholte sie leise, fast ehrfürchtig. Tränen der Erleichterung rannen über die Wangen des Großvaters, während er Raja mit einer tränenerstickten Stimme dankte. Der Hund, erschöpft und durchnässt, blickte ihn nur an, bevor er erschöpft zusammenbrach. Der Großvater, Mohan, ein älterer Mann mit einem Gesicht gezeichnet von Leben und Sorge, konnte nicht zulassen, dass der tapfere Hund, der seiner Enkelin das Leben gerettet hatte, weiterhin auf den unwirtlichen Straßen von Varanasi umherirrte. Er beschloss, trotz des strömenden Regens, mit seiner Enkelin und Raja auszuharren, bis sie sicher zu seinem Haus gelangen konnten. Als sie es endlich wagten loszugehen, tobte der Sturm noch immer. Jeder vorsichtige Schritt durch die engen, verwinkelten Gassen der Stadt war eine Herausforderung. Der Regen peitschte unerbittlich auf sie nieder, während er Raja behutsam neben sich her führte. Das Wasser sammelte sich auch im oberen Teil der Stadt in Pfützen, die sich über die rissigen, unebenen Pflastersteine verteilten. Die feuchten Ziegelmauern der alten Gebäude ragten hoch über ihnen auf, und die schmalen Gassen wirkten wie ein Labyrinth, das sie durchqueren mussten, um sicher nach Hause zu gelangen. Trotz der Dunkelheit, die durch die Wolken und den Regenschleier verstärkt wurde, fanden sie ihren Weg. Schließlich erreichten sie Mohans Haus. Es war klein und bescheiden, aber das Licht der warmen Glut aus dem Ofen, welches aus den kleinen Fenstern drang, verlieh dem Ort eine Aura von Sicherheit und Geborgenheit. Die hölzernen Fensterläden waren teilweise geschlossen, doch durch die Spalten drang ein sanfter Schein nach außen. Als sie die Tür erreichten, drückte Mohan den Türgriff herunter und öffnete sie langsam. Ein Hauch von trockener, warmer Luft empfing sie und bot einen angenehmen Kontrast zur feuchten Kühle draußen. Sie betraten das bescheidene Wohnzimmer, das mit einfachen Möbeln und Bildern an den Wänden gemütlich eingerichtet war. Dort angekommen, trocknete Mohan Anaya mit einem Handtuch ab und wickelte sie in eine warme Decke ein. Dann nahm Mohan sich liebevoll des durchnässten Hundes an. Er wischte behutsam mit einem alten Handtuch das

Wasser von Rajas verfilztem Fell, während der Regen draußen gegen die Fenster prasselte. Raja zitterte vor Kälte und Erschöpfung, doch die ruhige Stimme und die sanften Berührungen des alten Mannes beruhigten ihn. Mohan brachte ihm Wasser und eine Schüssel mit nahrhaftem Essen, das Raja hungrig verschlang. Danach geleitete Mohan Raja behutsam in ein weiches Bett aus alten Decken und Kissen, die nach frischem Lavendel dufteten. Die Decken umhüllten Raja wie eine schützende Umarmung, während er sich langsam in den warmen, duftenden Nest aus Kissen und Stoffen einbettete. Raja war vollkommen erschöpft. Seine Augenlider fielen langsam zu, und sein Atem wurde ruhiger, als er sich in dem gemütlichen Bett niederließ. Mohan betrachtete ihn einen Moment lang liebevoll, bevor er leise das Zimmer verließ und die Tür bis auf einen kleinen Spalt schloss, um Raja nicht zu stören. Im Zimmer war es ruhig geworden, nur das leise Ticken einer alten Uhr und das sanfte Prasseln des Regens gegen das Fenster waren zu hören. Raja schlief tief und fest, umgeben von der beruhigenden Atmosphäre und dem dezenten Geruch nach Lavendel, der sich langsam im Raum verteilte. Für Mohan und seine Enkelin war es ein Moment der Erleichterung und des Friedens, nachdem sie Raja sicher durch das Unwetter gebracht hatten. Sie ließen ihn in Ruhe schlafen, wissend, dass er jetzt sicher und geborgen war, um sich von den Strapazen des Tages zu erholen.

In den nächsten Tagen kümmerte sich Mohan zusammen mit seiner Enkelin Anaya rührend um Raja. Sie fanden eine alte Badewanne im Hof hinter seinem Haus und füllten sie mit warmem Wasser, um Raja gründlich zu waschen und den Schmutz der Straßen aus seinem Fell zu entfernen. Mit geduldigen

Händen lösten sie vorsichtig jeden Knoten und entfernten die Zecken und Flöhe, die sich in seinem dichten Pelz versteckt hatten. Raja genoss die Wärme des Wassers und die liebevolle Fürsorge, die ihm entgegengebracht wurde, und spürte, wie sich sein Körper mit jeder Pflegeeinheit mehr entspannte. Nach dem Bad wurde Raja mit einem weichen Handtuch trockengetupft und in warme Decken gewickelt, um sich zu erholen. Mohan und Anaya setzten sich oft zu ihm, streichelten ihn sanft und sprachen beruhigende Worte mit denen sie sein Vertrauen gewannen. Sie gaben ihm regelmäßig Essen und frisches Wasser, sorgten dafür, dass er langsam wieder zu Kräften kam. Raja fühlte sich in ihrer Gegenwart sicher und geborgen, das erste Mal in seinem Leben umgeben von der Liebe und Fürsorge einer Familie.

Mit der Zeit erholte sich Raja vollständig. Sein einst stumpfes und verfilztes Fell begann unter der Pflege von Mohan und Anaya seinen alten Glanz zurück- zugewinnen. Seine Augen, die einst von Kummer und Verzweiflung gezeichnet waren, begannen wieder zu strahlen, erfüllt von Dankbarkeit und Zuneigung für die Menschen, die ihm eine zweite Chance gegeben hatten. Er wurde schnell ein fester Bestandteil des täglichen Lebens in Mohans Haus, ein treuer Begleiter, der mit seiner warmen und liebevollen Natur das Herz der Familie eroberte. Raja hatte nicht nur ein Zuhause gefunden, sondern auch eine Familie, die ihn bedingungslos liebte und schätzte. Jeden Tag spürte er mehr, wie tief er in das Herz dieser kleinen, aber glücklichen Familie eingewoben war, die ihm Sicherheit und Liebe schenkte – ein Gefühl, das er nie für möglich gehalten hätte, als er noch auf den rauen Straßen von Varanasi umherstreifte.

Mohan, mit seinem warmen Lächeln und seiner tiefen Stimme, erzählte die Geschichte von Rajas Heldentat mit einer Eindringlichkeit, die die Nachbarschaft in ihren Bann zog. Wort für Wort breitete sich die Erzählung von dem Hund aus, der mutig durch die Sturzfluten des Unwetters schwamm, um ein kleines Mädchen zu retten. Die Menschen begannen, Raja mit Respekt und Bewunderung zu betrachten. Er wurde nicht mehr nur als ein weiterer Straßenhund wahrgenommen, sondern als Symbol der Hoffnung und des Mutes in einer Stadt, die oft von Armut und Herausforderungen gezeichnet war. Rajas Geschichte wurde zu einem Gesprächsthema bei den Händlern auf den Märkten, den Pilgern an den heiligen Stätten und den Familien in ihren kleinen Häusern entlang der Gassen. Jeder erinnerte sich an die Bilder des Sturms, an den Hund, der sich durch die Wasser-massen kämpfte, und an das tapfere Mädchen, das gerettet wurde. Raja selbst genoss die ruhige Anerkennung und die freundlichen Streicheleinheiten, die ihm nun von den Menschen in der Nachbarschaft entgegengebracht wurden. Er fühlte sich nicht länger unsichtbar oder allein gelassen. Mohan sorgte weiterhin liebevoll für ihn, gewährte ihm ein warmes Plätzchen in seinem Haus und bot ihm die Sicherheit, die er so lange gesucht hatte.

In den Wochen nach der Rettung begann Rajas Fell wieder zu glänzen und seine Augen strahlten vor Dankbarkeit und Freude. Er hatte einen Platz gefunden, an dem er nicht nur geduldet, sondern geliebt wurde. Die harten Straßen von Varanasi mochten weiterhin hart und unbarmherzig sein, aber für Raja hatte sich etwas Grundlegendes geändert. Er wusste nun, dass er endlich angekommen war, an einem Ort, wo er für immer geliebt werden würde.

Bantu. Afrika.

In den staubigen Straßen eines kleinen Dorfes in der afrikanischen Savanne lebte ein Streuner namens Bantu. Dieser kräftige Hund hatte ein Fell, das so erdig war wie der Boden, auf dem er umherstreifte. Das Dorf, sanft in die Landschaft eingebettet, war geprägt von einfachen Lehmhütten mit Strohdächern, die unregelmäßig entlang gewundener Pfade standen. Diese Pfade, von vielen Füßen plattgetreten, bildeten ein verworrenes Netz und waren von der heißen Sonne in harte, rissige Oberflächen verwandelt worden.

Die Frauen trugen farbenfrohe Kopftücher und lange Gewänder, während sie Wasser aus einem alten, handbetriebenen Brunnen schöpften. Unter dem Schatten eines großen Akazienbaums saßen die Männer zusammen, rauchten und tauschten Neuigkeiten aus. Die Kinder liefen barfuß umher, spielten und lachten, ihre Fröhlichkeit durchdrang die Luft. Vor ihren Lehmhütten boten die Einheimischen frisches Obst, Gemüse und handgefertigte Waren an. Die provisorisch hergerichteten Tische bogen sich unter der Last von Mangos, Bananen und Maiskolben, und der Duft von Gewürzen und frisch gebackenem Brot vermischte sich mit dem erdigen Geruch des Bodens. Am Rande des Dorfes erstreckte sich ein ausgetrocknetes Flussbett, das in der Regenzeit Wasser führte und den Menschen als Lebensader diente. Jetzt war es nur ein schmaler, staubiger Graben, an dessen Ufern vereinzelt Bäume und Büsche wuchsen. Diese boten Bantu und einigen Dorfbewohnern hin und wieder Schatten und Schutz vor der sengenden Sonne. Bantu kannte jeden Winkel dieses Dorfes. Er streifte die Pfade entlang, stets auf der Suche nach Essensresten und einem schattigen Platz zum Ausruhen. Die Dorfbewohner akzeptierten ihn in der Regel, solange er keine Schwierigkeiten bereitete. Doch das Leben hier war hart, und die Menschen hatten oft kaum genug, um sich und ihre Familien zu ernähren.

Die Abende im Dorf waren von einer stillen, fast magischen Atmosphäre geprägt. Wenn die Sonne am Horizont versank und den Himmel in warme Rottöne tauchte, kehrte eine friedliche Ruhe ein. Die Dorfbewohner versammelten sich um kleine Feuerstellen vor ihren Hütten, kochten und erzählten Geschichten aus längst vergangenen Zeiten. Die Geräusche der

Natur – das Zirpen der Grillen und das gelegentliche Brüllen eines fernen Löwen – erfüllten die Nacht. Bantu war oft allein in diesen Momenten. Er beobachtete das Leben im Dorf aus der Ferne und fand Trost in den flackernden Lichtern und den gedämpften Stimmen. Doch er wusste, dass er hier nicht wirklich zu Hause war. Die Menschen duldeten ihn, aber sie akzeptierten ihn nicht. Er hatte Sehnsucht nach der Savanne, die weite, ungezähmte Wildnis, die ihn immer wieder rief. Die Menschen im Dorf hatten Bantu kaum Beachtung geschenkt. Sie nahmen ihn nur oberflächlich wahr und sahen in ihm keinen besonderen Wert oder eine einzigartige Persönlichkeit. Stattdessen war er für sie eine zusätzliche Last, die ihre ohnehin schon begrenzten Ressourcen weiter beanspruchte. Es war ein hartes Leben, und die Einheimischen kämpften selbst ums Überleben. Doch Bantu war ein kluger Hund, und er wusste, wie man sich aus Schwierigkeiten heraushielt.

Eines heißen Nachmittags, als die Sonne gnadenlos auf das Dorf herabbrannte, passierte etwas Unge-wöhnliches. Ein kleiner Junge namens Kofi, der Bantu immer mit einem freundlichen Lächeln begegnete, hatte einen Beutel Maiskörner fallen lassen. Kofi war etwa acht Jahre alt, mit leuchtenden Augen, die vor Neugier funkelten. Sein dunkles Haar war dicht und lockig, oft wirr vom Spielen und Toben mit den anderen Kindern des Dorfes. Seine Haut war tiefbraun, gegerbt von der Sonne, und seine schlanke Gestalt spiegelte die Entbehrungen und Herausforderungen seines jungen Lebens wider. Kofi trug ein einfaches, aber sauberes Baumwollhemd und eine kurze Hose, die durch unzählige Flicken zusammengehalten wurde. Seine Füße waren meist nackt, hart und widerstandsfähig gegen den heißen Boden und die rauen Wege.

Die Beziehung zwischen Kofi und Bantu war eine stille, unausgesprochene Freundschaft, die sich in kleinen Gesten der Fürsorge und des Mitgefühls zeigte. Kofi, der selbst nicht viel besaß, teilte dennoch regelmäßig seine kargen Mahlzeiten mit Bantu, wenn sie sich abseits des Dorfes unter den Akazienbäumen trafen. Oft, wenn niemand hinsah, packte er die Reste seines eigenen Essens ein und brachte sie Bantu. Diese bescheidenen Akte der Großzügigkeit blieben unbemerkt von den anderen Dorfbewohnern, aber für Bantu bedeuteten sie die Welt. In diesen stillen Momenten, ohne Worte, formte sich eine tiefe Verbindung zwischen den beiden. Als Bantu gerade damit beschäftigt war, die verstreuten Maiskörner vom staubigen Boden aufzulecken, wurde er von einer Gruppe Männer entdeckt, die laut redend und zügig näher kamen. Kofi, der das drohende Unglück bemerkte, sprang sofort auf und eilte zu seinem vierbeinigen Freund. Ohne zu zögern stellte er sich schützend vor Bantu, sein Körper angespannt und bereit, alles zu tun, um ihn zu verteidigen. „Lasst ihn in Ruhe! Er hat niemandem etwas getan!", rief Kofi mit einer festen, klaren Stimme, die seine innere Entschlossenheit und seine Sorge um Bantu verriet. Doch die Männer, unbeeindruckt von Kofis Appell, traten bedrohlich näher. Einer von ihnen, ein großer Mann mit grimmigem Gesichtsausdruck, hob einen Stein auf und rief verächtlich: "Fort mit dir, du elender Köter!" Mit einem schnellen Schwung warf er den Stein nach Bantu. Dieser hatte keine Chance auszuweichen und der Stein traf ihn heftig an der Seite. Bantu jaulte laut auf vor Schmerz und stürzte zu Boden. Die anderen Männer stimmten in das Geschrei ein, ihre Stimmen wurden lauter und bedrohlicher. Sie wedelten mit den Armen und machten lärmende Geräusche, um Bantu weiter einzuschüchtern. Bantu, vor Angst zitternd und vor Schmerz wimmernd, kämpfte sich mühsam wieder auf die Beine und rannte, so schnell ihn seine verletzten Beine trugen, aus dem Dorf hinaus. Die Männer folgten ihm noch ein paar Meter, warfen Steine und schrien, bis sie sicher waren, dass er nicht zurückkommen würde. Kofi stand da, sein Herz schwer vor Sorge und Verzweiflung. Sein Blick folgte Bantu, der in der Ferne verschwand, und in seinen Augen spiegelte sich ein hilfloser, sehnsüchtiger Ausdruck wider. Er fühlte sich schuldig, dass er seinen Freund nicht besser hatte schützen können, und die Sorge um Bantu lastete schwer auf ihm. Tränen schossen ihm in die Augen.

Mit gesenktem Kopf trottete Bantu in die endlose Weite der Savanne. Der heiße Wind blies ihm die staubige Erde ins Gesicht, und die sengende Sonne brannte unbarmherzig auf sein zotteliges Fell. Seine Pfoten hinterließen flache Abdrücke im trockenen, rissigen Boden, während er sich langsam vorwärts bewegte, stets wachsam und angespannt. Er wusste, dass das Leben hier draußen noch gefährlicher war als im Dorf doch zurück konnte er nicht. Überall lauerten Raubtiere – Löwen, die lautlos durch das hohe Gras schlichen, Hyänen, die in Rudeln jagten, und Schakale, die auf ihre Chance warteten. Selbst die kleineren Bewohner der Savanne konnten eine Bedrohung darstellen: Schlangen, Skorpione und Insekten, die in der glühenden Hitze gedeihen. Wasserstellen waren rar, und die wenigen, die es gab, wurden oft von größeren Tieren beherrscht, die keinen Eindringling duldeten. Bantu war hungrig und durstig, und sein Körper war von Narben und alten Wunden übersät, die von früheren Kämpfen zeugten. Aber Bantu war ein Kämpfer. In seinen Augen lag ein Funken Entschlossenheit, der trotz seiner Erschöpfung nicht erloschen war. Er erinnerte sich an die wenigen Male, als er auf Streifzügen durch die Savanne Glück gehabt hatte. Er dachte an die Nächte, in denen er im Schutz der Dunkelheit unbemerkt an eine Wasserstelle gelangen konnte, und an die Tage, an denen er eine seltene Beute erlegte – vielleicht ein unvorsichtiger Vogel oder ein kleiner Nager. Trotz der Gefahr, die in jeder Ecke der Savanne lauerte, fühlte Bantu eine seltsame Art von Freiheit. Hier draußen war er unabhängig, nur auf seine Instinkte und seine Fähigkeiten angewiesen. Er hob den Kopf, seine Ohren zuckten bei jedem verdächtigen Geräusch, und seine Nase schnupperte aufmerksam die Luft. Er würde nicht aufgeben.

In den ersten Tagen nach seiner Verbannung fand Bantu nur wenig zu fressen. Hungrig und entkräftet durchstreifte er die unbarmherzige Savanne, seine Augen stets auf der Suche nach etwas Essbarem. Er scharrte verzweifelt nach Wurzeln, die tief unter der ausgedörrten Erdoberfläche verborgen lagen. Oftmals musste er sich mit trockenen, knorrigen Überresten begnügen, die kaum Nährstoffe boten. Wenn er auf alte, sonnengebleichte Knochen stieß, nagte er geduldig daran, in der Hoffnung, noch winzige Überreste von Fleisch oder Mark zu finden. Die Knochen zersplitterten unter seinen kräftigen Zähnen, und die wenigen nahrhaften Partikel, die er fand, reichten kaum aus, um seinen knurrenden Magen zu beruhigen. Die Tage vergingen quälend langsam, und Bantus Kräfte schwanden mit jedem Sonnenaufgang. Doch dann, eines heißen Nachmittags, als die Sonne hoch am Himmel stand und die Luft flimmerte, führte ihn sein feines Näschen zu einer verheißungsvollen Entdeckung. Ein schwacher, aber unverkennbarer Geruch von Feuchtigkeit wehte ihm entgegen. Seine Nasenlöcher blähten sich auf, und sein Herzschlag beschleunigte sich vor Hoffnung. Er folgte der Spur, die ihn zu einem versteckten Ort führte. Verborgen hinter den dichten, ausladenden Ästen eines umgestürzten Baumes, fand er eine kleine Wasserstelle. Das klare, kühle Wasser glänzte in der Sonne, und Bantu stürzte sich gierig darauf. Er trank hastig, seine Zunge schnalzte über die Wasseroberfläche, während die kühle Flüssigkeit seine Kehle hinunter rann und seinen Durst linderte. Doch das Wasser war nicht das einzige, was ihm Erleichterung brachte. Rund um die Wasserstelle tummelten sich Insekten, die vom feuchten Boden und den kleinen Pfützen angezogen wurden. Bantu begann, sie geschickt mit seiner Zunge zu fangen, und spürte, wie die Proteine seinen geschwächten Körper stärkten. In den Schatten des umgestürzten Baumes fand er auch kleine Nagetiere, die sich hier in Sicherheit wähnten. Mit geduldigen, gezielten Bewegungen erlegte er einige von ihnen und verschlang sie mit einem leisen Knurren der Zufriedenheit. An dieser verborgenen Oase konnte Bantu sich für einige Tage ausruhen und seine Kräfte sammeln. Die Kombination aus Wasser, Insekten und kleinen Nagetieren bot ihm genug Nahrung, um seine Energie wiederherzustellen. In diesen Momenten der Ruhe und des Überflusses spürte er eine tiefe Dankbarkeit für die Natur, die ihm in seiner Not Zuflucht bot. Trotz der ständigen Gefahr von Löwen und Hyänen lernte Bantu, sich in der Savanne zu behaupten. Er beobachtete die Tiere um ihn herum und lernte, sich in ihrer Gegenwart zu bewegen, ohne aufzufallen. Seine Sinne wurden schärfer, sein Instinkt stärker.

Eines heißen Nachmittags, als die Sonne gnadenlos vom wolkenlosen Himmel brannte, stand Bantu an seiner vertrauten Wasserstelle. Die kleine Oase, versteckt zwischen hohen, trockenen Gräsern und dornigen Büschen, war ein seltenes Refugium in der ansonsten erbarmungslosen Landschaft. Während er das kühle Wasser gierig in großen Schlucken trank, seine rauen, ausgedörrten Pfoten im sandigen Ufer vergraben, bemerkte er in der Ferne eine Bewegung. Bantu hob den Kopf, seine Ohren spitzten sich aufmerksam. Am Horizont, verschwommen durch die flirrende Hitze, erkannte er eine Herde Zebras, die gemächlich in Richtung Wasserstelle zog. Bantu wusste aus Erfahrung, dass dort, wo Zebras weideten, oft auch Nahrung für ihn zu finden war. Seine scharfen Augen suchten die Umgebung der Herde ab, während er sich langsam und vorsichtig näherte. Sein Herz schlug schneller, denn er wusste, dass er nicht auffallen durfte. Jede unbedachte Bewegung konnte die Zebras aufschrecken und zur Flucht veranlassen, und schlimmer noch, sie könnten größere Raubtiere anlocken. In geduckter Haltung schlich Bantu voran, seine Schritte waren nahezu geräuschlos, als er sich den riesigen Tieren näherte. Der Wind stand günstig, trug seinen Geruch fort von der Herde, was ihm einen zusätzlichen Vorteil verschaffte. Als er nahe genug war, konnte er die Zebras deutlich sehen. Ihre gestreiften Körper standen im scharfen Kontrast zur goldenen Savanne, und das rhythmische Kauen des

Grases war das einzige Geräusch, das die Stille durchbrach. Am Rand der Herde entdeckte Bantu schließlich, wonach er gesucht hatte. Da lagen die Überreste eines kürzlich getöteten Zebras, wahrscheinlich von einem Löwen oder einer Gruppe Hyänen gerissen und nur halb aufgefressen zurückgelassen. Das Fleisch war schon etwas zäh, und der scharfe Geruch von Blut hing in der Luft, aber für Bantu bedeutete es eine seltene Chance, seinen knurrenden Magen zu füllen. Er näherte sich vorsichtig dem Kadaver, immer noch darauf bedacht, keine Aufmerksamkeit zu erregen. Mit schnellen, geübten Bewegungen riss er einige Fleischfetzen von den Knochen. Die Nahrung war knapp bemessen, aber es war genug, um seinen Hunger für die nächsten Tage zu stillen. Während er fraß, hielt Bantu die Umgebung stets im Auge. Er wusste, dass die Gefahr nie weit entfernt war, und er musste jederzeit bereit sein, zu fliehen. Doch in diesem Moment war er dankbar für das unerwartete Glück, das ihm diese Mahlzeit beschert hatte. Als er sich schließlich satt gefressen hatte, zog sich Bantu in die Sicherheit des nahen Dickichts zurück. Dort, geschützt vor den Blicken der größeren Raubtiere, legte er sich nieder und ließ sich von der warmen Nachmittagssonne bescheinen. Er wusste, dass das Überleben in der Savanne oft von solchen kleinen Glücksmomenten abhing. Für heute hatte er genug, und das reichte, um ihm neue Kraft zu geben.

Mit der Zeit wurde Bantu zu einem echten Bewohner der Savanne. Die trockenen Ebenen, die weiten Grasflächen und die dichten, schattigen Büsche waren ihm nicht mehr fremd. Er kannte die Geräusche der Nacht, das entfernte Brüllen der Löwen, das heisere

Lachen der Hyänen und das sanfte Rauschen des Windes, der durch das hohe Gras strich. Bantu war kein Eindringling mehr in dieser wilden Landschaft; er war ein Teil des großen Kreislaufs des Lebens geworden, ein weiterer Jäger, der sich seinen Platz in der Hierarchie der Savanne erkämpft hatte.

Die Einheimischen im nahegelegenen Dorf hatten ihn längst vergessen. Er war einst ein namenloser Streuner, der auf den staubigen Pfaden umher schlich und nach Abfällen suchte. Doch die Erinnerungen an jene Zeit verblassten, als Bantu sich immer weiter in die Savanne wagte. Die Menschen im Dorf hatten ihre eigenen Sorgen und Herausforderungen, und Bantu war nur eine von vielen Geschichten, die in den Wirren des Alltags untergingen. Doch Bantu hatte einen Weg gefunden, ohne sie zu überleben. Er lernte, welche Pflanzen essbar waren und welche ihm gefährlich werden konnten. Er entwickelte ein feines Gespür dafür, welche Wasserstellen sicher waren und welche von größeren Raubtieren frequentiert wurden. Seine Sinne wurden noch schärfer, seine Instinkte präziser. Bantu wurde zum Meister der Tarnung und des lautlosen Anschleichens. Jede Bewegung, jeder Schritt war durchdacht, um keine Aufmerksamkeit zu erregen und sich nicht zur Beute zu machen. Bantu war ein stolzer Streuner, ein Überlebenskünstler, der gelernt hatte, dass die Wildnis ihm genauso ein Zuhause sein konnte wie die staubigen Straßen des Dorfes. Er war ein Nomade geworden, wanderte durch das weite Land, immer auf der Suche nach Nahrung und Wasser, immer auf der Hut vor Gefahren. In der Savanne fand er Freiheit und Unabhängigkeit. Er musste sich keinem Menschen unterordnen, keine Befehle befolgen. Er war der Herr seines eigenen

Schicksals. Die Tiere der Savanne respektierten ihn, erkannten ihn als einen von ihnen an. Er freundete sich mit anderen streunenden Hunden an und bildete manchmal lose Allianzen mit ihnen, wenn es darum ging, größere Beutestücke zu verteidigen oder sich gegen Bedrohungen zu wappnen. Doch meistens war er allein unterwegs, wie ein einsamer Wolf, der in der Einsamkeit seine Stärke fand. Die Sonne, die über der Savanne auf- und unterging, die Sterne, die nachts funkelten, die heftigen Regenfälle, die die trockene Erde erfrischten – all das wurde Teil von Bantus Leben. Er akzeptierte die Härte und die Schönheit dieser Welt gleichermaßen. Er lernte, dass jede Jahreszeit ihre eigenen Herausforderungen und Geschenke mit sich brachte. In der Regenzeit gab es reichlich Wasser und grüne Weiden, in der Trockenzeit musste er weiter wandern, um das Nötigste zu finden. Bantu war kein Hund, der an die Menschen gebunden war. Er war ein Geschöpf der Savanne, wild und frei, ein wahrer Bewohner dieser rauen, unbarmherzigen Landschaft. Er hatte sich an die harschen Bedingungen der Wildnis angepasst und war darin aufgegangen. Sein Fell war nun dicht und widerstandsfähig geworden, schützend gegen die sengende Sonne und die kalten Nächte. Seine Muskeln waren stark und geschmeidig, entwickelt durch endlose Wanderungen und die ständige Notwendigkeit, um sein Überleben zu kämpfen. Die Narben, die seine Haut zierten, waren stille Zeugen zahlreicher Kämpfe – sowohl mit anderen Tieren als auch mit den Elementen der Natur. Jede Narbe erzählte eine Geschichte von Mut, Entschlossenheit und Über- lebenswillen, der ihn durch die schwierigsten Zeiten getragen hatte.

Doch eines Nachts, als Bantu unter einem majestätischen Baobab-Baum schlief, der mit seinen massiven Ästen wie ein Beschützer über ihm thronte, wurde er plötzlich von einem ohrenbetäubenden Gebrüll aus seinem Schlummer gerissen. Sein Herz begann wild zu pochen, als er erkannte, dass dieses Gebrüll nur von einem Raubtier stammen konnte, das in der Nähe war. Sekunden später hörte er das diabolische Lachen von Hyänen, ein unheilvolles Geräusch, das die Stille der Nacht zerschnitt und einen Schauer durch seinen Körper jagte. Bantu sprang auf, seine Muskeln angespannt und bereit zur Flucht. Die Hyänen hatten seine Fährte aufgenommen, ihre leuchtenden Augen funkelten im Mondlicht, als sie sich durch das hohe Gras bewegten. Ihr Lachen hallte durch die Nacht, eine makabre Symphonie, die das Blut in seinen Adern gefrieren ließ. Er konnte die Dunkelheit kaum durchdringen, doch er wusste, dass er keine Sekunde zu verlieren hatte. Die Hyänen waren hungrig und unerbittlich, und sie jagten in Rudeln, eine tödliche Bedrohung für jedes alleinstehende Tier. Bantu hetzte durch die Savanne, seine Pfoten schlugen hart auf den trockenen Boden, und die scharfen Gräser schnitten an seinen Beinen. Seine Lunge brannte vor Anstrengung, jeder Atemzug wurde zu einem verzweifelten Keuchen. Seine Beine fühlten sich schwer an, als ob sie aus Blei wären, doch er wusste, dass er nicht langsamer werden durfte. Die Hyänen waren ihm dicht auf den Fersen, böse und hungrig, und sie kamen immer näher. Verzweiflung griff nach Bantus Herz, als er plötzlich vor einem steilen Abhang stand. Die Erde brach abrupt ab, und unter ihm erstreckte sich ein schmaler Fluss, der träge und dunkel dahin floss. Das Wasser glitzerte im Mondlicht, eine trügerische Verheißung von Sicherheit.

Für einen Moment schien die Zeit stillzustehen. Die Hyänen rückten näher, ihre Silhouetten zeichneten sich bedrohlich gegen den Nachthimmel ab. Bantu wusste, dass er keine Wahl hatte. Ohne weiter nachzudenken, spannte er seine Muskeln und sprang. Die Sekunden, die er in der Luft schwebte, fühlten sich endlos an. Der Wind rauschte in seinen Ohren, und dann traf er hart auf die Wasseroberfläche. Der Aufprall riss ihm den Atem aus den Lungen, und das kalte Wasser umfing ihn sofort mit einer eisigen Umarmung. Panik drohte ihn zu überwältigen, als er untertauchte und von der Strömung mitgerissen wurde. Oben am Rand des Abhangs blieben die Hyänen stehen, sie jaulten vor Wut und Enttäuschung, unfähig, ihm zu folgen. Ihre Augen glitzerten vor Gier, doch sie wagten es nicht, den gefährlichen Sprung zu machen. Bantu, der nun unter ihnen im Wasser trieb, hörte ihre wütenden Schreie, während er sich mühsam an die Oberfläche kämpfte. Mit kräftigen Zügen paddelte er, ließ sich von der Strömung mitreißen und versuchte, nicht zu viel Wasser zu schlucken. Das Wasser war kalt und die Strömung reissend, aber es bedeutete Leben. Doch Bantus Erschöpfung war überwältigend. Jeder Muskel in seinem Körper schrie vor Schmerz, und langsam, aber sicher, verließen ihn die Kräfte. Er konnte sich kaum noch über Wasser halten, seine Bewegungen wurden zunehmend schwächer und unkoordinierter. Schließlich konnte er nicht mehr und ließ sich einfach treiben, sein Bewusstsein schwand, als die Dunkelheit ihn umfing. Die Strömung trug Bantu weiter, durch die endlose Weite der nächtlichen Savanne. Das Wasser rauschte um ihn herum, manchmal sanft, manchmal reißend, doch stets unaufhaltsam. Er war den Kräften der Natur ausgeliefert, sein Körper erschöpft und kraftlos. Die Sterne funkelten über ihm wie stille Zeugen seines verzweifelten Kampfes, und das Mondlicht warf silberne Reflexionen auf die Wasseroberfläche. Jeder Atemzug, den er nahm, wurde schwerer, seine Glieder fühlten sich unendlich schwer an. Stunden vergingen, und langsam wich die Dunkelheit dem zarten Licht des anbrechenden Tages. Der erste Schimmer der Morgendämmerung tauchte den Himmel in sanfte Pastelltöne – ein zartes Rosa mischte sich mit dem hellen Blau und schuf einen friedlichen Kontrast zur rauen Wildnis der Savanne. Der Fluss, der zuvor so bedrohlich und unnachgiebig schien, verlor an Kraft und trug Bantu schließlich an ein schlammiges Ufer. Mit einem leisen Plätschern wurde sein regloser Körper an Land gespült. Bantu lag da, seine erschöpften Glieder ausgestreckt im nassen Schlamm, die einst kräftigen Muskeln nun schlaff und ausgelaugt. Sein Fell war verklebt und verschmutzt, kleine Zweige und Blätter hatten sich darin verfangen. Der kalte Schauer der Nacht haftete noch an ihm, und seine Atmung war flach und unregelmäßig, jeder Atemzug ein Ringen um sein Leben. Er war hilflos und vollkommen erschöpft, unfähig, sich zu bewegen oder auch nur die Augen zu öffnen. Seine Ohren nahmen die sanften Geräusche der erwachenden Savanne wahr – das Zwitschern der Vögel, das Rascheln der Blätter im leichten Morgenwind, und das entfernte Brüllen eines Löwen, der den neuen Tag begrüßte. Doch all diese Klänge erschienen ihm wie aus einer anderen Welt, fern und unerreichbar. Bantu lag still, sein Körper angeschlagen und müde von der erbarmungslosen Jagd und der langen Flucht. Die Wärme der ersten Sonnenstrahlen begann, die Kälte aus seinen Gliedern zu vertreiben, aber seine Erschöpfung war so tief, dass er sie kaum wahrnahm.

Die Erde unter ihm war weich und nachgiebig, der Schlamm bildete eine feuchte, aber dennoch tröstliche Unterlage. Während die Sonne langsam höher stieg und die Farben der Morgendämmerung kräftiger wurden, blieb Bantu dort liegen, ein lebloses, erschöpftes Geschöpf inmitten der unendlichen Wildnis.

Zur selben Zeit war Mosi, ein älterer Afrikaner aus einem nahegelegenen Dorf, bereits auf den Beinen. Die ersten Sonnenstrahlen brachen über den Horizont, und Mosi wusste, dass der Tag in der Savanne früh beginnt. Sein Weg führte ihn entlang des Flusses, dessen Wasser eine lebenswichtige Quelle für die Dorfbewohner und ihre Tiere darstellte. Mosi trug einen traditionellen Krug, selbstgefertigt aus Ton, über der Schulter, bereit, frisches Wasser zu schöpfen. Seine Augen, tief und weise, scannten routiniert die Umgebung, als er plötzlich etwas Ungewöhnliches am Ufer entdeckte. Dort lag ein langer, schlamm-verkrusteter Körper, kaum erkennbar zwischen dem Schilf und den Steinen. Mosi blieb stehen, seine erfahrenen Hände ruhten auf dem Krug, während er näher trat. Sein Herz schlug schneller, als er erkannte, dass es sich um einen Hund handelte. Die Jahre hatten ihn gelehrt, dass die Savanne sowohl grausam als auch gnädig sein kann, und in diesem Moment war er fest entschlossen, der gnädige Teil zu sein. Er kniete sich sofort hin, seine Bewegungen vorsichtig und bedacht. Seine Hände, die von seinem langen Leben in der Wildnis geprägt waren, tasteten behutsam nach Anzeichen von Leben. Er legte zwei Finger sanft auf Bantus Brust und fühlte, wie sie sich schwach hob und senkte. Ein leises Aufatmen entfuhr ihm. "Oh, du armer Kerl," murmelte Mosi besorgt, seine Stimme voll warmer Mitgefühl. Er beschloss, dem erschöpften Streuner zu helfen. Mit einer sanften, aber festen Bewegung hob er Bantu behutsam auf. Mosi spürte die Erschöpfung und den Schmerz in jedem zitternden Muskel. Vorsichtig trug er Bantu den Fluss entlang, den vertrauten Weg zurück zu seinem Dorf, während die Sonne immer höher stieg und die Welt um sie herum in goldenes Licht tauchte.

Im Dorf angekommen, brachte Mosi Bantu in seine bescheidene Lehmhütte. Der Raum war einfach, aber warm und einladend, erfüllt von dem Duft getrockneter Kräuter und dem leisen Knistern des Feuers. Mosi legte Bantu behutsam auf ein Leinentuch und holte frisches Wasser. Er benetzte einen sauberen Lappen und begann, die Schlammkrusten und den Dreck von Bantus Fell zu waschen, wobei er besonders vorsichtig bei den Wunden war. Jede Bewegung war geprägt von Zärtlichkeit und Respekt. Während er Bantu pflegte, sprach Mosi leise zu ihm. Seine Stimme war sanft und beruhigend. Die Worte wirkten fast wie ein heilender Zauber, und Bantu begann sich langsam zu entspannen, seine Atmung ging regelmäßig. Die Wärme der Hütte und die Fürsorge des alten Mannes gaben ihm ein Gefühl von Sicherheit, das er schon lange nicht mehr gespürt hatte. Mosi nahm sich die Zeit, jede Wunde sorgfältig zu reinigen und zu verbinden. Er wusste, dass der Weg zur Genesung lang sein würde, aber er war entschlossen, Bantu zu helfen. Mit jeder sanften Berührung und jedem beruhigenden Wort baute er eine Brücke des Vertrauens zwischen sich und dem tapferen Streuner. Stunden vergingen, und langsam, aber sicher, kehrte das Leben in Bantus Körper zurück. Der alte Afrikaner saß geduldig an seiner Seite, sein Gesicht voller

Mitgefühl. Als Bantu vorsichtig die Augen öffnete, sah er das freundliche Gesicht von Mosi über sich, das von den sanften Strahlen der Sonne durch das offene Fenster beleuchtet wurde. Ein Hauch von Erleichterung durchströmte Bantu, als er das kleine Stück Fleisch sah, das Mosi ihm anbot. Seine Kehle fühlte sich trocken und rau an, aber er war dankbar für diese Geste der Fürsorge. Mit langsamer und geschwächter Haltung nahm er das Fleisch, das ihm neuen Lebensmut gab. Jeder Bissen war ein kleiner Akt der Erlösung, der ihm half, die Dunkelheit der vergangenen Nacht zu überwinden. Mosi beobachtete ihn aufmerksam. Er kannte die harte Realität des Lebens in der Wildnis und wusste, dass jeder Tag ein Geschenk war. Als Bantu das Fleisch verzehrte, spürte er die wachsende Verbindung zwischen ihnen. Er konnte Bantus Dankbarkeit förmlich spüren, trotz der verbalen Sprachlosigkeit zwischen Mensch und Tier.

In den kommenden Tagen erholte sich Bantu allmählich. Mosi kümmerte sich liebevoll um ihn, reinigte weiterhin seine Wunden und sorgte dafür, dass er genug zu essen hatte. Die einfache Hütte wurde zu einem Zufluchtsort für den Streuner, der langsam begann zu begreifen, dass er großes Glück gehabt hatte. Die Angst vor den Hyänen und den Schrecken der Nacht verblasste allmählich zu einer entfernten Erinnerung, während Bantu sich in der warmen Fürsorge und Geborgenheit von Mosis Hütte immer sicherer fühlte. Jeder Tag brachte neue Fortschritte. Bantus Muskeln gewannen an Stärke zurück, und sein Fell begann wieder zu glänzen. Mosi sprach oft leise zu ihm, erzählte Geschichten von Mut und Überlebenskraft, die Bantu halfen, seine Vergangenheit zu überwinden. Die Tage vergingen in einer ruhigen Routine aus Pflege und wachsender Freundschaft zwischen Mensch und Hund. Als Bantu sich schließlich vollständig von seinen Verletzungen erholt hatte, nahm Mosi ihn mit zur Jagd. Bantu hatte nicht nur seine körperliche Stärke zurückerlangt, sondern auch seine Aufmerksamkeit und Wachsamkeit geschärft. Als sie durch das dichte Unterholz streiften, bewies Bantu sich als ein ausgezeichneter Wachhund. Seine Sinne waren scharf wie nie zuvor, und er reagierte auf das kleinste Geräusch oder eine Bewegung in der Umgebung. Während Mosi seine Fähigkeiten als Jäger demonstrierte, unterstützte Bantu ihn als treuer Begleiter. Seine Augen waren stets aufmerksam auf die Umgebung gerichtet, und seine Ohren lauschten auf jedes Zeichen von Gefahr oder Beute. Die Bindung zwischen Mosi und Bantu vertiefte sich durch diese gemeinsamen Jagdausflüge weiter, und Bantu entwickelte sich zu einem unentbehrlichen Partner in ihrem täglichen Überlebenskampf in der wilden Natur. Mosi hatte selbst nicht viel Besitz, doch er erkannte in Bantu eine Quelle der Bereicherung. Die einfache, treue Anwesenheit von Bantu erwärmte sein Herz und gab ihm Trost in der Einsamkeit. Sie teilten Momente der Ruhe und der gegenseitigen Fürsorge, die ihre Bindung vertieften. In ihrer Partnerschaft zeigte sich ihre Stärke besonders deutlich. Mosi und Bantu durchstreiften gemeinsam die Umgebung, suchten nach Nahrung und verteidigten sich gegen die Gefahren der Wildnis. Bantus Wachsamkeit und Treue ergänzten Mosis Fähigkeiten als Jäger und Überlebenskünstler. Die Zusammenarbeit zwischen Mensch und Hund war eine Quelle der Kraft und der Hoffnung für beide, ein Bündnis, das durch Vertrauen und Respekt gefestigt war. So wurden Mosi und Bantu zu einer unzertrennlichen Einheit, die sich gegenseitig stärkte und unterstützte, egal wie herausfordernd ihr Leben auch sein mochte.

Eines Abends, als die Sonne über der Savanne unterging und die Sterne den Himmel erhellten, wusste Bantu, dass er eine neue Chance im Leben erhalten hatte. Er hatte überlebt, nicht nur durch Instinkt und Glück, sondern auch durch die selbstlose Güte eines Mannes, der ihn aufgenommen hatte. In Mosis Hütte fand Bantu nicht nur Schutz vor den Gefahren der Wildnis, sondern auch die Akzeptanz eines treuen Freundes.

Kiba. Ungarn.

Kiba, eine mittelgroße, schwarz-weiße Mischlings-
hündin, wurde in einem abgelegenen Dorf in der
ländlichen Region Ungarns geboren. Das Dorf war
kaum auf der Karte zu finden, umgeben von weiten
Feldern und dichten Wäldern, fernab von jeglichem
städtischen Komfort und tierärztlicher Versorgung.
Kiba kam in einer baufälligen Scheune zur Welt, die
eher einem Schrottplatz als einem Zuhause glich. Die
Scheune, einst Teil eines alten Bauernhofs, war längst
dem Verfall erlegen. Die Dachbalken waren morsch
und vom Zahn der Zeit gezeichnet, mehrere Löcher in

der Decke ließen Regen und Schnee ungehindert eindringen. Der Boden war ein Gemisch aus festgetretenem Dreck, Stroh und Müll, der sich über die Jahre angesammelt hatte. Alte, rostige Werkzeuge und kaputte Maschinen lagen herum, wahllos verteilt zwischen zerbrochenen Kisten und verdorbenem Heu. Der muffige Geruch von Verwesung und Schimmel lag in der Luft und wurde von der Feuchtigkeit noch verstärkt. Inmitten dieses Chaos brachte Kibas Mutter ihre Welpen zur Welt. Die Umstände waren alles andere als ideal: Kein weiches Bett aus frischem Stroh, keine saubere Ecke, um die Neugeborenen sicher unterzubringen. Stattdessen lag sie auf einem schmutzigen Haufen alter Decken und Lumpen, die notdürftig in einer Ecke der Scheune zusammengeworfen worden waren. Die Wände der Scheune waren von Spinnweben und Dreck bedeckt, und das Licht, das durch die Ritzen und Löcher fiel, war düster und kalt.

Ihre ersten Lebenswochen verbrachte Kiba zusammen mit ihren Geschwistern auf dem harten, kalten Boden der Scheune, ohne ausreichende Wärme oder Pflege. Ihre Mutter war unterernährt und erschöpft, sie konnte ihre Welpen kaum mit der nötigen Milch versorgen. Schon in diesen frühen Tagen lernte Kiba, dass das Leben hart und unbarmherzig sein konnte. Die ersten Geräusche, die Kiba hörte, waren das Heulen des Windes, der durch die Ritzen der alten Holzwände pfiff, und das gelegentliche Knarren und Ächzen der alten Struktur, die bei jedem Wetterumschwung bedrohlich klang. Ihre Mutter tat ihr Bestes, um ihre Welpen zu versorgen, doch die Ressourcen waren knapp. Die Schüssel mit Wasser war oft leer, und das Futter, wenn es überhaupt welches gab, war von schlechter Qualität und unzureichend. Jeder Tag in dieser Umgebung war ein Kampf ums Überleben. Kiba musste früh lernen achtsam zu sein. Die alten, rostigen Nägel, die aus den Wänden ragten, die scharfen Kanten der kaputten Werkzeuge und die allgegenwärtige Gefahr von Infektionen und Krankheiten in dieser unsauberen Umgebung. Wärme war ein Luxus, den Kiba kaum kannte; die kalten Nächte in der Scheune waren besonders hart, und oft drängten sich die Welpen eng aneinander, um sich gegenseitig ein wenig Wärme zu spenden. Im Laufe der Wochen wurden die Welpen abgeholt, einer nach dem anderen. Der Besitzer verscherbelte sie an Interessenten aus der Region. Kiba's Mutter gab er ebenfalls weg, war sie nun zu alt um noch einen Wurf mit ihr zu planen um dann noch einmal Profit mit den Welpen zu machen. Nur Kiba wurde von den Interessenten weder gesehen noch beachtet, niemand zeigte Interesse an ihr und so kam es, dass sie allein zurück blieb.

Kiba lernte auf eigenen Beinen zu stehen und doch änderte sich ihr Leben nicht zum Besseren. Der Besitzer von Kiba war ein Mann in den Vierzigern, mit einem harten, unerbittlichen Gesichtsausdruck, der von Jahren der Härte und Gleichgültigkeit gezeichnet war. Sein Blick war kalt und distanziert, und seine Stimme klang grob und unnachgiebig. Seine Haltung gegenüber Kiba war geprägt von einer rauen Unempfindlichkeit und wenig Geduld. Er war selten zu sehen, außer wenn er seine Pflichten erfüllte, die hauptsächlich darin bestanden, Kiba mit dem Nötigsten zu versorgen, wie Futter und Wasser. Doch selbst dabei zeigte er keine Spur von Zuneigung oder Interesse an ihrem Wohl. Das Einzige was er sah war der Profit den er in Zukunft mit Kiba und ihrem ersten Wurf plante. Kiba war für ihn weniger ein Haustier als vielmehr eine Last, die er ertragen musste. Seine Interaktionen mit Kiba waren geprägt von Ignoranz und Vernachlässigung. Er schenkte ihr kaum Aufmerksamkeit und reagierte meist nur gereizt auf ihre Anwesenheit. Wenn Kiba aus seiner Sicht etwas falsch machte, war seine Reaktion übertrieben und ungerecht, oft sogar mit körperlicher Strafe verbunden, die Kiba ängstigte und traumatisierte. Seine grobe Art und seine fehlende Empathie hatten tiefe Auswirkungen auf Kiba. Sie wurde zunehmend ängstlich und zurückgezogen, misstrauisch gegenüber jedem, der sich ihr näherte. Ihr Vertrauen war gebrochen, und sie fühlte sich in seiner Gegenwart nie sicher oder geborgen. In der Gemeinschaft wurde er als ein strenger Mann wahrgenommen, der wenig Verständnis für die Bedürfnisse und Gefühle anderer zeigte. Seine emotionale Kälte und seine harte Hand hinterließen nicht nur bei Kiba Spuren, sondern auch in der Wahrnehmung seiner Mitmenschen. Ihr Besitzer sah in Kiba keine treue Gefährtin, sondern nur eine Last.

Kiba wurde von der alten Scheune in einen winzigen, düsteren Verschlag verbannt, der kaum Schutz vor den Elementen bot. Der Verschlag war eine primitive, baufällige Konstruktion aus verrottetem Holz, dessen Wände feucht und mit Schimmel bedeckt waren. Das Dach war undicht und verwandelte den Boden in einen schlammigen Morast. Der Gestank von Schimmel und Fäulnis lag schwer in der Luft, vermischt mit dem beißenden Geruch von Urin und Exkrementen, die sich über die Zeit angesammelt hatten und nie entfernt wurden. Der Verschlag war ein trostloser, kalter Ort ohne Licht und ohne Wärme. Es gab keine Decke, keinen weichen Platz zum Liegen und keine Spielsachen, die Kiba ablenken oder ihr Trost spenden könnten. Stattdessen musste sie auf dem feuchten, kalten Boden schlafen, oft in einer Ecke zusammengerollt, um wenigstens ein bisschen Schutz vor dem eisigen Wind zu finden, der durch die Ritzen und Löcher pfiff. Oft vergingen Tage, ohne dass Kiba etwas zu fressen bekam, und das wenige Futter, das ihr gegeben wurde, war von schlechter Qualität, alt und teilweise verschimmelt. Die Wasserschüssel war meist leer oder das Wasser darin war schmutzig und ungenießbar. Der ständige Hunger nagte an ihr, und die Dehydrierung schwächte sie zusehends. Kibas Körper war abgemagert, ihre Rippen und Knochen deutlich sichtbar unter dem dünnen Fell. Die Tage in dem Verschlag vergingen quälend langsam. Kiba war allein, isoliert von jeglicher Gesellschaft oder Zuneigung. Der einzige Kontakt zu Menschen war der ihres Besitzers, der sie oft mit Schreien und Schlägen traktierte. Jeder Versuch, sich zu wehren oder zu fliehen, endete in noch brutaleren Misshandlungen. Diese ständige Angst und der Schmerz ließen Kiba in einem Zustand permanenter Furcht und Alarmbereitschaft verharren. Jedes Geräusch ließ sie zusammenzucken, jeder Schatten versetzte sie in Panik. Kiba fristete ihr Dasein ohne Hoffnung auf Besserung, ohne die Wärme einer liebevollen Hand und ohne das Gefühl von Sicherheit und Geborgenheit. Sie hatte gelernt, dass die Welt ein harter, unbarmherziger Ort war, und dass von Menschen keine Gnade zu erwarten war.

Doch eines Tages, als das Leben in dieser trostlosen Umgebung unerträglich schien, änderte sich Kibas

Schicksal. Der Winter hatte das Dorf in eine eisige Stille gehüllt, und die Nächte waren besonders kalt und dunkel. Die karge Umgebung des Verschlags wurde noch bedrückender, und Kibas zitternder Körper war am Ende seiner Kräfte. Sie hatte kaum noch die Energie, um aufzustehen, und die ständige Kälte zehrte an ihr. Es schien, als ob jeder Tag schlimmer wurde, und die Hoffnung auf Rettung verblasste.

Ein Grundstück weiter lebte eine Nachbarin namens Wanda, die das Leiden des Hundes nicht länger mitansehen und anhören konnte. Wanda, die schließlich den Mut fand, Kibas Leid zu beenden, lebte selbst in sehr ärmlichen Verhältnissen. Sie lebte schon seit vielen Jahren in diesem kleinen Dorf und hatte über Wochen hinweg die verzweifelten Schreie und das herzzerreißende Winseln aus dem Verschlag gehört. Ihr Herz zog sich jedes Mal zusammen, wenn sie die Laute des leidenden Hundes vernahm, die durch die kargen Wände ihres eigenen Hauses drangen. Wanda war eine zierliche Frau mittleren Alters, deren schmaler Körper von einem Leben der Entbehrungen und der Armut gezeichnet war. Ihr Gesicht war von tiefen Linien durchzogen, aber in ihren Augen lag eine Sanftheit und ein starkes Mitgefühl. Sie lebte allein in einem kleinen, bescheidenen Haus. Ihr Heim war einfach, aber sauber und ordentlich, trotz der begrenzten Mittel, die ihr zur Verfügung standen. Ihr grober Nachbar, der Besitzer von Kiba, war bekannt für seine harte und unfreundliche Art. Er hatte einen bedrohlichen Ruf, und die meisten Dorfbewohner hielten sich lieber von ihm fern. Wanda selbst hatte oft genug die rüden Worte und das laute Geschrei ihres Nachbarn gehört, und sie wusste, dass er nicht davor zurückschreckte, Gewalt anzuwenden. Diese Angst hielt sie jedoch nicht länger davon ab, das Leid der Hündin ignorieren zu können.

Eines Abends, als die Schreie besonders herzzerreißend und verzweifelt waren, konnte Wanda es nicht länger ertragen. Sie saß in ihrer kleinen Küche, das spärliche Abendessen vor sich, doch der Kloß in ihrem Hals machte es ihr unmöglich, einen Bissen hinunterzuschlucken. Die Schreie durchdrangen die Stille der Nacht und hallten in ihrem Kopf wider, ließen ihr keine Ruhe. Mit zitternden Händen legte sie ihr Besteck nieder, stand auf und griff nach ihrem alten, abgetragenen Mantel. Ihre Schritte waren entschlossen, aber ihr Herz schlug wild vor Angst und Aufregung. Sie wusste, dass sie etwas tun musste, selbst wenn es bedeutete, sich dem Zorn ihres Nachbarn auszusetzen. In dem kleinen Dorf gab es nur einen einzigen öffentlichen Telefonanschluss, der in einem kleinen Unterstand bei der Bushaltestelle am Dorfplatz installiert war. Wanda stapfte durch den tiefen Schnee, der unter ihren Schritten knirschte, während die kalte Nachtluft ihr Gesicht gefrieren liess.

Als sie den Unterstand erreichte, griff sie nach dem Hörer und wählte die Nummer der lokalen Tierschutzorganisation, die sie auf einem Flyer zwischen ihren alten Zeitungen entdeckt hatte. Ihre Hände zitterten vor Kälte und Anspannung, als sie wartete, dass jemand abnahm. Endlich, nach scheinbar endlosen Sekunden, meldete sich eine freundliche Stimme am anderen Ende der Leitung. Mit einer Stimme, die vor Sorge und Erschöpfung bebte, schilderte Wanda den Tierschützern die schrecklichen Bedingungen, unter denen Kiba lebte. Sie beschrieb den winzigen, düsteren Verschlag auf dem Grundstück des Nachbarn, aus dem die klagenden Rufe der Hündin kamen. Sie erzählte auch von der Vernachlässigung, welche die Kiba erdulden musste, und bat inständig um sofortige Hilfe. Ihre Worte kamen schnell und hektisch, getrieben von der Angst, dass ihr Nachbar jeden Moment auftauchen könnte und ihren verzweifelten Hilferuf unterbrechen würde. Die Tierschützer versprachen, sofort zu kommen. Wanda legte den Hörer auf, eine Mischung aus Erleichterung und Nervosität durchströmte sie. Sie wusste, dass sie nun auf die Hilfe der Organisation angewiesen war und dass sie alles getan hatte, was in ihrer Macht stand. Zügig machte sie sich auf den Heimweg, ihre Schritte wieder schwerer, doch in ihrem Herzen trug sie die Hoffnung, dass Kiba bald aus ihrem Leid befreit würde.

Noch in derselben Nacht trafen die Tierschützer ein, angeführt von den Hinweisen, die Wanda ihnen gegeben hatte. Wanda stand in der Dunkelheit ihrer Wohnung am Fenster und beobachtete unauffällig das Geschehen. Die Tierschützer gingen festen Schrittes auf das Haus des Nachbars zu, das Licht der Taschenlampen durchbrach die düstere Stille, als sie näher traten. Hinter der verfallenen Tür des Nachbarn war bereits Bewegung zu erkennen, und ein dumpfes Knurren drang nach außen, das lauter wurde, als der Mann, der Kiba all die Qualen angetan hatte, in den Türrahmen trat. Mit hasserfülltem Blick verschränkte er die Arme vor der Brust, als die Tierschützer sich ihm näherten. „Was wollt ihr hier?" zischte er, seine Stimme vor Zorn bebend. Die Anspannung knisterte in der Luft, als die beiden Männer der Tierschutzorganisation sich ihm gegenüberstellten, bereit, notfalls mit Gewalt vorzugehen. Eine hitzige Auseinandersetzung entbrannte. Worte flogen hin und her, drohende Blicke wurden gewechselt, und es schien, als stünden sie kurz vor einem gefährlichen Konflikt. Der Mann wollte Kiba nicht freigeben, klammerte sich an seinen Machtanspruch, als wäre es das Einzige, was er noch hatte. Doch die Tierschützer, entschlossen und vorbereitet, machten klar, dass sie nicht ohne Kiba gehen würden. Schließlich, nach endlosen Momenten angespannten Schweigens und einer stummen Konfrontation, gab der Mann nach. Widerwillig, mit finsterem Blick und zusammengebissenen Zähnen, ließ er die Tür hinter sich aufschwingen und zog sich zurück. „Nehmt sie... und verschwindet!" knurrte er, die Niederlage deutlich in seiner Stimme. Kiba, stark geschwächt und unterernährt, wurde vorsichtig von den Rettern aus ihrem qualvollen Gefängnis befreit. Ihre Augen, voller Angst und Furcht, trafen auf die ihrer Befreier, und obwohl sie noch zitterte und ihre Kräfte am Ende waren, spürte sie instinktiv, dass die Tierschützer mit guten Absichten handelten. Wanda beobachtete die Rettung aus sicherer Entfernung, ihr Herz voller Hoffnung und Sorge, als die Tierschützer die zitternde Hündin endlich in die Hundebox in den Transporter setzen. Dieser mutige Schritt markierte den Anfang vom Ende von Kibas Leiden und den Beginn ihrer Heilung, ermöglicht durch die Entschlossenheit und das Mitgefühl einer zierlichen Frau, die trotz ihrer eigenen Schwierigkeiten den Mut fand, zu handeln.

Die Fahrt zum Tierheim war ruhig, aber für Kiba dennoch eine bedrückende Erfahrung. Eingewickelt in eine weiche Decke, lag sie in der Box, ihre Augen weit aufgerissen vor Angst und Unsicherheit, ihr Körper am zittern. Die vertrauten, wenn auch schrecklichen Umgebungsgeräusche des Verschlags waren durch das sanfte Brummen des Motors und die leisen Gespräche der Tierschützer ersetzt worden. Kiba zitterte unaufhörlich, ihr Körper war angespannt, und jeder Versuch der Retter, sie zu beruhigen, wurde von einem panischen Blick quittiert. Nach einer langen Fahrt, die sich für Kiba wie eine Ewigkeit anfühlte, erreichten sie endlich das Tierheim. Dieses befand sich am Rande der nächsten Kleinstadt. Das Gebäude war alt und einfach gehalten, weit entfernt von den modernen Einrichtungen, die man sich vielleicht wünschen würde. Die kahlen Wände und die spärlichen Ausstattungen spiegelten die bescheidenen Mittel wider, die dem Tierheim zur Verfügung standen. Kiba wurde vorsichtig aus dem Transporter gehoben und in den Empfangsbereich des Tierheims gebracht. Der Empfangsbereich war klein und schlicht, mit einem abgenutzten Schreibtisch und einigen Stühlen. Die Luft war erfüllt von den Gerüchen vieler Tiere und den Geräuschen von Bellen, Miauen und gelegentlichen Schreien. Kibas Körper war steif vor Angst, ihre Angst schien überwältigend. Sie führten Kiba in einen der hinteren Bereiche des Tierheims, wo die Zwinger waren. Diese Zwinger waren einfach und funktional, aber weit entfernt von einem behaglichen Heim. Jeder Zwinger war mit einem Gitter verschlossen und bot nur spärlich Platz zum Bewegen. Die Böden waren aus Beton, mit einer dünnen Schicht Stroh bedeckt, um etwas Komfort zu bieten. Ein kleiner Wassernapf und ein Futternapf standen in der Ecke, aber beides blieb von Kiba zunächst unbeachtet. Als sie Kiba in den Zwinger setzten, drückte sie sich sofort in die hinterste Ecke, ihr Körper zitterte vor Angst. Sie presste sich gegen die Gitterstäbe, ihre Augen weit aufgerissen und voller Panik. Die neuen, unbekannten Geräusche und Gerüche verstärkten ihre Unsicherheit. Jede Bewegung, jedes Geräusch ließ sie zusammenzucken und sich noch enger an das Gitter pressen. Die Mitarbeiter des Tierheims beobachteten Kiba mit sorgenvollen Blicken. Sie kannten solche Fälle und wussten, dass es viel Zeit und Geduld brauchen würde, um das Vertrauen eines so traumatisierten Tieres zu gewinnen. Sie legten eine weiche Decke in den Zwinger, in der Hoffnung, ihr etwas Komfort zu bieten, und stellten sicher, dass sie Zugang zu frischem Wasser und Futter hatte. Die ersten Tage im Tierheim waren für Kiba eine Zeit des Rückzugs und der ständigen Angst. Sie rührte weder das Futter noch das Wasser an und reagierte auf jede Annäherung der Mitarbeiter mit panischem Zittern und starrem Blick. Ihr Körper war in ständiger Anspannung, als ob sie jederzeit mit einer weiteren Misshandlung rechnete. Die Mitarbeiter des Tierheims ließen Kiba jedoch nicht allein. Sie setzten sich regelmäßig in die Nähe ihres Zwingers, sprachen leise und beruhigend auf sie ein, ohne sie zu bedrängen. Sie brachten ihr kleine Leckereien und versuchten, durch ihre Anwesenheit und Geduld ihr Vertrauen zu gewinnen. Es war ein langsamer Prozess über mehrere Wochen, aber sie wussten, dass es der einzige Weg war, um Kiba aus ihrem emotionalen Gefängnis zu befreien.

Mit der Zeit begann Kiba kleine Fortschritte zu machen. Sie wagte es, ihr Futter zu fressen, wenn die Menschen nicht in der Nähe waren, und trank etwas Wasser. Ihr Zittern ließ langsam nach, und die Panik in ihren Augen wurde allmählich durch eine vorsichtige Neugier ersetzt. Die geduldigen Be-mühungen der Tierheimmitarbeiter begannen Früchte zu tragen, und Kiba zeigte nach Monaten die ersten Anzeichen dafür, dass sie bereit war, ihre Angst hinter sich zu lassen und den ersten Schritt auf dem Weg zur Heilung zu gehen.

Es würde ein langer Weg sein, aber in der Sicherheit des Tierheims, umgeben von Menschen, die sich wirklich um ihr Wohlergehen kümmerten, hatte Kiba endlich die Chance, die schrecklichen Erinnerungen an ihre Vergangenheit hinter sich zu lassen. Die Pfleger wussten jedoch auch, dass das Tierheim nicht der ideale Ort für eine traumatisierte Hündin wie Kiba war. Die ständige Geräuschkulisse und das hektische Treiben waren kontraproduktiv für ihre Heilung. Kiba brauchte viel Ruhe und Zeit, um das Trauma der Misshandlungen zu verarbeiten. Der Stress und die Angst, die sie in ihrem bisherigen Leben erlebt hatte, hatten tiefe Wunden in ihrer Seele hinterlassen, die nicht in einer Umgebung heilen konnten, die von Unruhe und Lärm geprägt war. Mit diesem Wissen beschlossen die Tierheimmitarbeiter, alles in ihrer Macht Stehende zu tun, um Kiba zu helfen. Sie starteten einen dringenden Aufruf im Internet, in dem sie explizit erfahrene Hundehalter um Unterstützung baten. Sie beschrieben Kibas Geschichte, ihre schlimmen Erfahrungen und den aktuellen Zustand, in dem sie sich befand. Sie betonten, dass Kiba eine Pflegestelle oder, noch besser, ein Zuhause für immer benötigte – einen Ort, der ihr die nötige Sicherheit, Ruhe und Liebe bieten konnte, die sie so dringend brauchte. Kiba würde im kargen Tierheim eingehen, umgeben von anderen traumatisierten Hunden, die alle ebenfalls Aufmerksamkeit und Heilung brauchten. Der Aufruf wurde in den sozialen Medien und auf verschiedenen Tierschutzplattformen verbreitet. Die

Pfleger hofften inständig, dass sich jemand mit dem nötigen Einfühlungsvermögen und der Geduld finden würde, um Kiba die Chance auf ein neues Leben zu geben. Die Resonanz war zunächst verhalten. Viele Menschen hatten Mitleid mit Kiba, aber die Verantwortung, einen traumatisierten Hund aufzunehmen, schreckte viele ab.

Es vergingen Wochen. Kiba saß noch immer die meiste Zeit im hinteren Eck ihres Zwingers. Ihre Fortschritte waren minimal, und jede Begegnung mit Fremden war ein Rückschritt. Wenn Besucher ins Tierheim kamen, drückte sie sich noch enger an die Wand, ihr Körper begann heftig zu zittern, und ihre Augen weiteten sich vor lauter Angst. Die Erinnerung an die Misshandlungen schien in solchen Momenten überwältigend zurückzukehren, und Kiba verfiel in alte Muster, als ob sie keinen Funken Hoffnung mehr hatte. Die Mitarbeiter des Tierheims beobachteten diesen Zustand mit größter Sorge. Sie wussten, dass Kiba so nicht weiterleben konnte. Es brach ihnen das Herz, zu sehen, wie sehr die Hündin litt, unfähig, das Trauma hinter sich zu lassen. Sie intensivierten ihre Bemühungen, sie zu beruhigen, setzten sich noch öfter zu ihr und versuchten, ihr durch ihre Anwesenheit ein Gefühl der Sicherheit zu geben. Doch es war klar, dass dies nur ein Tropfen auf den heißen Stein war.

Dann, eines Tages, geschah etwas, das Kibas Schicksal verändern sollte. Eine Frau namens Lena aus Österreich, eine erfahrene Hundetrainerin und selbst Besitzerin mehrerer Hunde aus dem Ausland mit schwierigen Vergangenheiten, stieß auf den Aufruf des Tierheims. Lena war eine Frau von mittlerer

Statur, mit einer ruhigen Ausstrahlung und einem warmherzigen Lächeln. Sie hatte glattes, dunkelbraunes Haar, das sie oft zu einem lockeren Zopf geflochten hatte oder einfach offen trug. Ihre Augen waren von einer sanften blaugrauen Farbe, die in Momenten der Konzentration oder des Mitgefühls besonders intensiv leuchteten. Einige Sommersprossen zierten ihre Wangen, was ihrem Gesicht einen natürlichen, freundlichen Ausdruck verlieh. Lena hatte ein Herz für Tiere, die das Schlimmste durchgemacht hatten, und sie hatte bereits vielen Hunden geholfen, ihre Ängste zu überwinden und ein glückliches Leben zu führen. Als sie von Kiba erfuhr, zögerte sie nicht lange. Lena entschied sich, drei Wochen Urlaub zu nehmen, um nach Ungarn zu reisen und eine Bindung zu Kiba aufzubauen, bevor sie die Hündin nach Österreich holen würde. Als Lena das Tierheim kontaktierte und mitteilte, dass sie Kiba gerne kennenlernen möchte, waren die Pfleger überwältigt vor Erleichterung und Freude darüber, dass es doch einen Interessenten für Kiba gab. Umgehend legten sie einen Termin für ein erstes Treffen fest, bei dem Lena Kiba persönlich kennenlernen sollte. Lena machte sich Gedanken und bereitete sich auf das erste Treffen vor. Nur wenige Wochen später reiste Lena nach Ungarn um Kiba kennenzulernen.

Das erste Aufeinandertreffen war von Spannung und Vorsicht geprägt. Lena wusste, dass sie eine traumatisierte Hündin vor sich hatte, deren Vertrauen in Menschen zerstört war. Mit größter Behutsamkeit und tiefem Einfühlungsvermögen näherte sie sich ihr. Lena sprach in sanften, beruhigenden Tönen und bewegte sich langsam und vorsichtig, um Kiba nicht weiter zu verängstigen. Kiba hingegen war ein Schatten ihrer selbst, ihr Körper zitterte vor Angst, und ihre Augen waren weit aufgerissen. Anfangs hielt sie großen Abstand zu Lena und fletschte die Zähne zur Abwehr, wenn sie ihr zu nahe kam. Lena gab ihr den Raum, den sie brauchte, und wartete geduldig ab. Sie wusste, dass es Zeit und viel Mühe kosten würde, ihr Vertrauen zu gewinnen. Mit jedem Tag, den sie in Ungarn verbrachte, setzte Lena alles daran, Kiba zu zeigen, dass sie in ihrer Nähe sicher war. Sie verbrachte unzählige Stunden still neben ihr, redete sanft auf sie ein und war immer wieder bemüht, ihr kleine Zeichen der Zuneigung zu geben. An manchen Tagen schien es, als würde Kiba nie aus ihrer Angst herausfinden, doch Lena gab nicht auf. Nach vielen Tagen der Geduld und Beharrlichkeit wagte Kiba schließlich einen kleinen, aber bedeutenden Schritt. Lena hatte sich an diesem Tag wie immer ruhig und geduldig neben Kiba gesetzt. Ihre Hand lag ausgestreckt auf dem Boden des offenen Zwingers, um Kiba die Möglichkeit zu geben, auf eigene Initiative Kontakt aufzunehmen. Stundenlang saß Lena still da und wartete ab. Kiba beobachtete Lena, ihr Körper angespannt und ihre Augen wachsam. Doch an diesem besonderen Tag war etwas anders. Langsam und zögernd begann Kiba, sich Lena zu nähern, voller Misstrauen, aber sie hielt nicht inne. Zentimeter um Zentimeter schob sich Kiba vorwärts, bis ihre Nase schließlich Lenas Hand erreichte. Mit angehaltenem Atem und vor Aufregung klopfendem Herzen blieb Lena absolut ruhig. Kiba schnüffelte vorsichtig an Lenas Hand, ihre Nase berührte sanft die Haut. Für Lena war dies ein enormer Vertrauensbeweis, ein erster Schritt, um die Mauer der Angst und des Misstrauens zu durchbrechen. Lena spürte, wie ihre

Augen sich mit Tränen der Erleichterung und Freude füllten. Dieser Moment war von immenser Bedeutung. Er markierte den Beginn eines langen und herausfordernden Weges der Heilung. Es war ein winziger Funken Vertrauen, der jedoch das Potenzial hatte, Kiba in eine bessere Zukunft zu führen. Lena wusste, dass dieser Augenblick ein Durchbruch war, ein erster Lichtstrahl in der dunklen Welt der traumatisierten Hündin.

In den folgenden Tagen wiederholte sich dieses Ritual. Kiba wurde mutiger, wagte sich öfter und näher an Lena heran. Jede kleine Annäherung, jeder zarte Kontakt war ein weiterer Schritt auf dem Weg zur Heilung. Lenas unermüdliches Engagement und ihre liebevolle Geduld zeigten allmählich Wirkung. Die Reise zur Heilung hatte begonnen, und mit jedem Tag wurde die Bindung zwischen Lena und Kiba stärker. Lena wusste, dass noch viele Herausforderungen vor ihnen lagen, aber dieser kleine, bedeutende Schritt gab ihr die Hoffnung und Zuversicht, dass Kiba eines Tages ihre Ängste überwinden und ein glückliches Leben führen könnte.

Nach drei intensiven Wochen war es schließlich soweit: Lena musste zurück nach Österreich. Diese Wochen waren voller Herausforderungen und kleiner Fort-schritte gewesen. Trotz all ihrer Bemühungen war Kiba noch immer ängstlich und traumatisiert, aber eine deutliche Veränderung war zu erkennen – Lena war die einzige Person, zu der Kiba mittlerweile Nähe zuließ. Die Mitarbeiter des Tierheims hatten Lenas tägliches Engagement und die daraus resultierenden Fortschritte bei Kiba genau beobachtet. Kiba, die anfangs jeden menschlichen Kontakt mit panischer

Angst begegnet war, begann in Lenas Gegenwart etwas Vertrauen zu entwickeln. Sie ließ sich von ihr streicheln, suchte manchmal sogar aktiv ihre Nähe und schien sich in ihrer Gegenwart sicherer zu fühlen.

Als der Tag von Lenas Abreise näher rückte, war die Sorge groß, dass Kiba ohne Lena wieder einen Rückschritt machen würde. Die Tierpfleger wussten, dass Kiba noch einen langen Weg der Heilung vor sich hatte, und sie sahen die Gefahr, die in einem abrupten Abschied von Lena lag. Kiba hatte begonnen, sich emotional an Lena zu binden, und ihre Abreise ohne Kiba wäre eine verheerende Enttäuschung für die Hündin gewesen. Der Verlust des einzigen Menschen, dem sie annähernd vertraute, hätte Kiba wieder in einen Zustand tiefer Verzweiflung und Angst zurückversetzen können. Nach reiflicher Überlegung und zahlreichen Gesprächen kamen die Tierpfleger zu dem Schluss, dass es im besten Interesse von Kiba wäre, jetzt schon mit Lena nach Österreich zu gehen. Sie sahen, wie Kiba auf Lena reagierte, und erkannten die besondere Verbindung, die sich zwischen den beiden entwickelt hatte. Die Fortschritte, die Kiba in den letzten drei Wochen gemacht hatte, waren zu wertvoll, um sie durch einen erneuten Bruch zu riskieren. Mit schweren Herzen, aber voller Hoffnung und Erleichterung stimmten die Tierpfleger zu, dass Lena Kiba mitnehmen konnte. Die Entscheidung wurde von der Überzeugung getragen, dass Lena die beste Chance für Kiba bot, ein glückliches und angstfreies Leben zu führen.

Am Tag der Abreise bereitete Lena alles vor, um Kiba sicher und komfortabel nach Österreich zu bringen. Es war eine emotionale Abschiedsszene im Tierheim, aber es war auch ein Moment der Hoffnung. Die Pfleger verabschiedeten Kiba mit den besten Wünschen und mit der Gewissheit, dass sie in Lena jemanden gefunden hatte, der ihr die nötige Liebe und Geduld schenken würde. Als Lena schließlich mit Kiba das Tierheim verließ, verspürte sie eine Mischung aus Traurigkeit und Erleichterung. Sie wusste, dass der Weg zur vollständigen Heilung lang und beschwerlich sein würde, aber sie war fest entschlossen, diesen Weg gemeinsam mit Kiba zu gehen. Die Entscheidung, Kiba mit nach Österreich zu nehmen, war der Beginn eines neuen Kapitels in ihrem Leben – eines, das von Hoffnung und Vertrauen geprägt war. Lena war bereit, alles zu tun, um Kiba die Liebe, Sicherheit und Stabilität zu bieten, die sie so dringend benötigte.

Kiba brauchte eine lange Zeit, bis sie sich bei Lena eingelebt hatte. Lenas Rudel, bestehend aus anderen Tierschutzhunden, spielte eine entscheidende Rolle dabei, Kiba wieder Vertrauen in Menschen und andere Tiere zu geben. In den ersten Monaten war Kiba sehr ängstlich und traumatisiert. Sie versteckte sich oft unter dem Bett und traute sich nur selten hervor. Der Fortschritt, den Kiba machte, war langsam aber stetig. Mit der Zeit begann sie, die Sicherheit und die Fürsorge von Lena und ihrem Rudel anzunehmen. Die anderen Tierschutzhunde zeigten Kiba, dass es in Ordnung war, Vertrauen zu fassen und sich zu öffnen.

Nach vielen Monaten der Geduld und Liebe begann Kiba allmählich, ihre Ängste abzulegen. Sie wagte es öfter, unter dem Bett hervorzukommen, und näherte sich vorsichtig Lena und den anderen Hunden im Rudel. Jeder kleine Fortschritt wurde von Lena mit ruhiger Freude und Ermutigung belohnt, was Kiba half, sich sicherer zu fühlen. Mit der Zeit entwickelte Kiba eine enge Bindung zu Lena und den anderen Hunden. Lena investierte viel Zeit und Geduld, um Kiba dabei zu unterstützen, ihre traumatischen Erfahrungen zu überwinden und ein normales Hundeleben zu führen.

Heute, einige Jahre später, lebt Kiba ein glückliches Leben an der Seite von Lena und ihrem Rudel. Kiba genießt es, draußen zu sein, neue Dinge zu erkunden und sich in der Sicherheit und Geborgenheit ihres Zuhauses zu entspannen. Ihre Geschichte ist ein berührendes Beispiel dafür, wie Liebe, Geduld und Fürsorge einen Hund von den schlimmsten Umständen zu einem erfüllten Leben führen können.

Pacho. Chile.

Chile ist ein beeindruckendes Land an der Westküste Südamerikas, das mit seiner unglaublichen Vielfalt begeistert. Im Norden breitet sich die Atacama-Wüste aus, die trockenste Wüste der Welt. Wenn man dann nach Süden reist, entdeckt man majestätische Gletscher und raue Fjorde, die die Landschaft prägen. Diese extremen Gegensätze machen Chile so einzigartig – hier treffen unterschiedliche Ökosysteme und Kulturen aufeinander. Entlang der Küste findet man charmante Städte, die voller maritimer Geschichte stecken. Straßenhunde sind in vielen städtischen Gebieten ein Teil des Alltags und spiegeln die Herausforderungen und die Mensch-Tier-Beziehung des Landes wider. In Valparaíso, einer Hafenstadt aus lebhaften Gebäuden mit leuchtenden Farben und steilen Straßen, lebte ein Straßenhund namens Pacho. Er war ein großer Hund mit hellem Fell und kannte sich bestens aus in der lebendigen Küstenstadt Valparaíso. Er kannte jede schattige Nische und jede versteckte Ecke. Von den belebten Geschäften bis hin zu den einsamen Hafendocks, wo nur das leise Plätschern der Wellen und das Kreischen der Vögel zu hören war, streifte er unermüdlich umher. Auf den Wegen der Stadt war er ein vertrauter Anblick, ein einsamer Wanderer. Jeder Tag war ein neuer Überlebenskampf, doch in seinen Augen lag eine Entschlossenheit, die durch die tägliche Härte nicht gebrochen werden konnte. Pacho bewegte sich geschickt durch die vielen verwinkelten Gassen der Altstadt, wo er jedes geheimnisvolle Versteck kannte, als wären sie Teil seiner eigenen Geschichte. Sein Überlebensinstinkt war geschärft wie ein Messer, bereit, jede noch so kleine Gelegenheit zu ergreifen, die ihm das Leben bot.

Es war ein kalter, windiger Tag, als die Geschichte von Pacho ihren Anfang nahm. Der Himmel war von schweren, grauen Wolken verhangen, und die steifen Brisen vom Pazifik zerrten an allem, was nicht fest verankert war. Inmitten dieser unwirtlichen Szenerie tauchte ein kleiner Welpe auf, kaum alt genug, um auf seinen wackeligen Beinen zu stehen. Auf den staubigen Straßen von Valparaíso ausgesetzt, war er ein Bild der Hilflosigkeit. Seine Mutter war nirgendwo zu finden, und so war er von Anfang an auf sich allein gestellt. Die ersten Tage seines Lebens waren besonders hart für Pacho. Er verstand die raue Welt um ihn herum nicht und musste schmerzhaft lernen, wie er überleben konnte. Mit seinem winzigen, knurrenden Magen durchkämmte er die Straßen auf der Suche nach Essensresten, die freundliche Hände vielleicht für ihn fallen ließen. Oft fand er nur Abfall, manchmal aber auch kleine, längst vergessene Köstlichkeiten, die ihm wie ein Festmahl erschienen. Jede Entdeckung war ein kleiner Sieg in seinem erbitterten Kampf ums Überleben. Zu Beginn seiner Welpenzeit war die Suche nach Nahrung eine ständige Herausforderung. Seine Nase, noch unerfahren, musste lernen, den Geruch von essbaren Dingen inmitten des allgegenwärtigen Gestanks der Stadt zu erkennen. Pacho schnüffelte in Abfallhaufen und unter den Marktständen, hoffte auf Brotkrumen oder kleine Fleischstücke, die vom Tisch gefallen waren. Manchmal schaffte er es, in einer unbeobachteten Sekunde einen Bissen zu erhaschen, bevor die Verkäufer ihn verjagten. Doch nicht nur der Hunger machte ihm zu schaffen. Größere Hunde, die das Straßenleben gewohnt waren und ihn als Eindringling in ihrem Revier betrachteten, jagten ihn oft davon. Diese Begegnungen waren für den kleinen Welpen besonders furchterregend. Ihre Blicke waren hart und unbarmherzig, und ihre Zähne funkelten bedrohlich. Pacho lernte schnell, dass er in solchen Momenten rennen musste, so schnell seine kleinen Beine ihn tragen konnten, um nicht verletzt zu werden. Seine Pfoten waren ständig auf der Flucht, immer auf der Hut vor den schnellen Füßen der Menschen, die ihn mit Steinen bewarfen oder ihn mit einem misstrauischen Blick verjagten, wenn er ihnen zu nah kam. Die Hektik der belebten Straßen war überwältigend für den kleinen Welpen. Die Menschenmengen, die rücksichtslos an ihm vorbei drängten, die lauten Rufe der Händler und das Dröhnen der Fahrzeuge waren eine permanente Bedrohung. Doch Pacho lernte schnell, sich in dieser Umgebung zu bewegen, sich zu ducken und zu verbergen, wenn Gefahr drohte. Mit der Zeit begann er, die gefährlichen Straßen von Valparaíso wie seine eigenen Pfoten zu kennen. Jede dunkle Gasse, jeder geschützte Winkel wurde in seinem Gedächtnis verankert, Orte, die ihm für einen flüchtigen Moment Sicherheit vor den Unwägbarkeiten des Lebens boten. Er wusste, wo die freundlichen Seelen lebten, die ihm ab und zu etwas zu essen hinwarfen, und er wusste, welche Ecken er meiden musste, weil dort Gefahr lauerte. Sein Überlebensinstinkt schärfte sich mit jedem Tag, und obwohl er weiterhin auf der Suche nach Nahrung und einem sicheren Schlafplatz war, wuchs in ihm eine gewisse Zuversicht, dass er es irgendwie schaffen würde.

Es war ein besonders kalter und regnerischer Tag in Valparaíso, als Pacho endlich etwas Zuflucht unter einem alten Holzsteg fand, der sich nahe dem geschäftigen Hafen erstreckte. Die Holzbretter knarzten leise unter seinem Gewicht, als er sich unter das marode Bauwerk duckte. Der Wind heulte durch die Spalten, und der Regen prasselte unaufhörlich auf die Straße nieder, durchtränkte Pachos bereits durchnässtes Fell und hinterließ schlammige Spuren auf seiner grauen Schnauze. Pacho drückte sich eng an die verwitterte Wand des Stegs, sein kleiner Körper zitterte leicht vor Kälte, und er versuchte, sich so gut wie möglich vor der Feuchtigkeit zu schützen. Die Bretter des Stegs waren morsch und rissig, boten aber gerade genug Schutz vor dem direkten Regen.

Dennoch drang das kalte Wasser in feinen Rinnsalen durch die Ritzen, suchte sich unbarmherzig seinen Weg und hinterließ Pfützen, die sich unter Pachos Pfoten sammelten. Jedes Mal, wenn der Wind durch die maroden Holzbretter pfiff, zuckte er zusammen, und eine Gänsehaut jagte über seinen Rücken. Der eisige Wind schnitt durch seine nassen Haare und ließ ihn unaufhörlich zittern. Seine Pfoten fühlten sich schwer an und waren nass vom Regen, der unaufhörlich auf die Straße prasselte und die Luft mit einer kalten, feuchten Schwere erfüllte. Pacho zog seine Pfoten eng an seinen Körper, versuchte, etwas von seiner eigenen Körperwärme zu bewahren. Sein Blick war auf die Straße gerichtet, wo die Menschen hastig unter Regenschirmen umherliefen, kaum Notiz von dem kleinen Welpen nehmend, der unter dem Steg Schutz suchte. Ab und zu rollte ein lautes Fahrzeug vorbei, spritzte Wasser auf die Bordsteine und ließ ihn noch tiefer in seinen Unterschlupf kriechen. Die Geräusche der Stadt, die sonst so lebendig waren, schienen an diesem Tag gedämpft, als ob der Regen alle Töne verschluckte und nur ein konstantes, monotones Rauschen hinterließ. Pacho konnte den salzigen Geruch des Hafens in der Luft riechen, vermischt mit dem muffigen Duft des nassen Holzes und dem scharfen Aroma von Fischabfällen, die irgendwo in der Nähe verfaulten. In diesem Moment der Einsamkeit und Kälte, eingehüllt in die unbarmherzige Umarmung des Wetters, war Pacho allein mit seinen Gedanken und Instinkten. Er spürte die Erschöpfung in jedem Muskel seines kleinen Körpers, doch sein Überlebenswille brannte ungebrochen. Er wusste, dass er durchhalten musste, dass er diesen Sturm überstehen würde, wie er schon so viele andere überstanden hatte. Pacho schmiegte sich noch enger an die verwitterte Wand des Stegs, suchte verzweifelt nach etwas Wärme und Trost. Seine Augen, groß und wachsam, suchten in der Ferne nach einem Zeichen von Hoffnung, einem Funken von Freundlichkeit in dieser rauen Welt. Der Hunger plagte ihn, sein Magen knurrte laut, denn es war schon eine Weile her, dass er etwas Essbares gefunden hatte. Dennoch wagte er es nicht, weiterzugehen. Draußen tobte der Sturm, und die Straßen von Valparaíso waren fast menschenleer. Pacho lauschte den Regenschauern, die auf das Holzdach trommelten, und hoffte auf einen Moment der Ruhe Ina diesem unerbittlichen Tag. Doch plötzlich, zwischen dem rhythmischen Trommeln des Regens auf den Holzbrettern, hörte Pacho ein leises, schwaches Wimmern. Das Geräusch war kaum mehr als ein Hauchen, vom Regen gedämpft und fast unhörbar. Pacho spitzte die Ohren, versuchte das Wimmern gegen das unablässige Prasseln des Regens auf dem maroden Steg zu unterscheiden. Es war ein klagender Ton, der von Schmerz oder Angst zeugte, und er kam irgendwo aus der Nähe. Pacho hob vorsichtig den Kopf und blickte um sich. Die Umgebung war düster, der Regen fiel in dichten Schleiern und erschwerte die Sicht. Doch das Wimmern wiederholte sich, ein zaghaftes Geräusch, das sein Herz schneller schlagen ließ. Mit zitternden Pfoten stand er auf, seine Muskeln schmerzten von der Kälte und der Nässe, doch er zwang sich, dem Geräusch nachzugehen. Langsam kroch er unter dem Steg hervor, seine Pfoten sanken in den aufgeweichten Boden. Der Wind peitschte ihm ins Gesicht, und der Regen prasselte unbarmherzig auf ihn herab. Doch Pacho folgte unbeirrt dem schwachen Wimmern, das jetzt etwas klarer und verzweifelter klang. Er kämpfte sich durch die Pfützen und den Schlamm, immer wieder schüttelte er den Kopf, um das Wasser aus seinen Augen zu bekommen. Schließlich erreichte er die Quelle des Geräuschs. Hinter einem Holzstapel, der noch dichter am Hafen lag, entdeckte er einen winzigen, zitternden Welpen. Das kleine Geschöpf war sicher erst einige Wochen alt, mit dünnem, nassen Fell, das am Körper klebte. Seine Augen waren halb geschlossen, und er wimmerte leise vor sich hin, zu schwach, um aufzustehen. Der Welpe namens Filou trug ein leicht abgenutztes Halsband, das fast zu groß für seinen zarten Hals schien. Sein Fell war weich, seine Augen groß und voller Unsicherheit. Mit nur wenigen Wochen auf dieser Welt schien er schon viel durchgemacht zu haben. Die Umstände seiner Entdeckung ließen vermuten, dass er einfach ausgesetzt worden war, vielleicht ein ungewollter Wurf, dem niemand Aufmerksamkeit schenkte, oder es fand sich kein Interessent für den kleinen, schüchternen Welpen. Sein Fell von Nässe durchdrungen, sein zitternder Körper von Furcht gezeichnet. Pacho näherte sich vorsichtig, schnüffelte an dem kleinen Welpen und stupste ihn sanft mit der Nase an. Das schwache Wimmern verstummte kurz, dann öffnete der kleine Welpe seine Augen ein wenig weiter und blickte Pacho mit einem Ausdruck von Hoffnung und Verzweiflung an. Pacho spürte, wie sein eigenes Herz vor Mitgefühl und Entschlossenheit schneller schlug. Ohne zu zögern, drängte sich Pacho neben den kleinen Welpen und leckte ihm sanft über das Gesicht, um ihn zu beruhigen. Der Kontakt schien dem kleinen Wesen etwas Trost zu spenden, denn das Wimmern wurde leiser. Pacho legte sich eng neben ihn, versuchte, seinen eigenen Körper als Schutzschild gegen den Wind und Regen zu nutzen. Pacho spürte die Kälte, die Filou durchdrang, und versuchte instinktiv, Wärme und Trost zu spenden. Sein eigenes durchnässtes Fell übertrug nur ein wenig seiner Körperwärme auf den Welpen, während er ihn sanft umrahmte, als wolle er ihm sagen: "Es wird alles gut." Filou zitterte weiterhin heftig, doch er schien sich langsam zu beruhigen. Er spürte, dass Pacho ihm Gutes wollte, dass dieser fremde Hund ihm Schutz und Geborgenheit in einer Welt bot, die sonst nur Kälte und Einsamkeit kannte. Ihre Verbindung verstärkte sich mit jedem Moment, den sie gemeinsam im Regen verbrachten, fernab von den ungemütlichen Augen und der Härte der Straße. Pacho wusste, dass er nicht viel zu bieten hatte, außer seiner eigenen Gesellschaft und der Hoffnung auf eine bessere Zukunft. Dennoch entschied er sich, bei Filou zu bleiben.

Die Nacht brach über Valparaíso herein, und der Regen, der den ganzen Tag über unablässig niederging, schien sich nun noch zu verstärken. Pacho, der selbst mit durchnässtem Fell und klammen Pfoten kämpfte, beschloss, den kleinen Welpen unter seine Obhut zu nehmen. Er spürte den instinktiven Drang, das hilflose Wesen zu beschützen, vielleicht weil er selbst einmal in ähnlicher Verzweiflung gewesen war. Pacho und Filou harrten eine Weile aus, bis der Regen einigermaßen nachließ. Dann machten sie sich auf den Weg. Pacho trottete voraus, immer mit einem Blick auf Filou der ihm tapsig folgte. Sie schritten langsam und erschöpft durch die verwinkelten Gassen der Stadt, die von leuchtend bunten Häusern gesäumt waren. Die Fassaden strahlten in verschiedenen Farben und reflektierten das spärliche Licht der Straßenlaternen, das in der Dunkelheit flackerte. Die Gassen, normalerweise voller

Leben, waren nun still und leer. Der Regen hatte den Staub der Straßen fort gespült und hinterließ einen frischen, sauberen Geruch, der die Luft erfüllte. Pacho und Filou konnten das Wasser noch von den Dachrinnen tropfen hören, während sie vorsichtig ihren Weg durch die Pfützen suchten, die sich auf den unebenen Pflastersteinen gebildet hatten. Während sie weitergingen, wurde die Stadt um sie herum lebendig mit den subtilen Geräuschen der Nacht. Das ferne Summen eines Schiffshorns am Hafen, das leise Plätschern des Wassers in den Abflussrinnen, und das gelegentliche Rascheln von Blättern im Wind schufen eine melancholische Symphonie, die die beiden Hunde begleitete. Überall roch es nach Regen, der nicht nur den Staub, sondern auch die Hitze des Tages weggewaschen hatte, und eine kühle, angenehme Feuchtigkeit in der Luft hinterließ. Die frischen Düfte der nassen Erde und der aufgewühlten Blätter vermischten sich mit dem allgegenwärtigen salzigen Geruch des Meeres, der von der Nähe des Hafens herrührte. Pacho und Filou bewegten sich weiter, für Filou waren die unzähligen Eindrücke neu. Die beiden Hunde suchten nach einem geeigneten Platz für die Nacht, einem Ort, der ihnen Schutz und Ruhe bieten würde. Ihre Pfoten, müde und schmutzig vom langen Tag, bewegten sich im Gleichklang, während sie ihre Reise durch die nächtlichen Straßen fortsetzten. Pacho war vorsichtig, den Welpen von den neugierigen Blicken fernzuhalten, die sich auf sie richteten. Einige Menschen warfen ihnen misstrauische Blicke zu, während andere einfach nur Mitleid in ihren Augen hatten, als sie den ungewöhnlichen Anblick eines Straßenhundes und eines verlorenen Welpen bemerkten. Nach einer Weile erreichten sie das verlassene Gebäude am Rande der Stadt. Die Mauern waren mit Graffiti übersät, und der Putz bröckelte an vielen Stellen ab. Die Fensterläden hingen schief in ihren Rahmen, und das Dach wies zahlreiche Löcher auf, durch die der Regen tropfte. Pacho führte Filou durch eine schmale Öffnung in der Mauer, die er gut kannte. Im Inneren war es düster und still, nur das leise Tropfen des Regens war zu hören, das auf den Boden und die Wände prasselte. Der Geruch von feuchtem Beton und Staub lag schwer in der Luft. Pacho suchte einen geschützten Bereich im hinteren Teil des Gebäudes, wo das Dach zwar undicht war, aber zumindest etwas Schutz vor dem Regen bot. Dort angekommen, legte sich Pacho neben Filou. Er drückte ihn sanft mit seiner Schnauze an sich, um ihm Wärme zu spenden und Trost zu geben. Der kleine Welpe zitterte immer noch vor Kälte und Angst, aber er schien zu spüren, dass Pacho ihm helfen wollte. Gemeinsam warteten sie auf das Ende des Sturms.

In den nächsten Tagen und Wochen kümmerte sich Pacho liebevoll um Filou. Er streifte durch die Straßen von Valparaíso, suchte nach Essensresten in den Mülltonnen oder bettelte bei freundlicheren Menschen um etwas Futter. Manchmal fand er sogar ein Stück trockenes Brot oder etwas Fleisch, das großzügige Passanten fallen gelassen hatten. Es war nicht viel, aber es reichte, um ihre knurrenden Mägen zu füllen und Filou zu stärken. Die Tage verbrachten sie oft in ihrem Zufluchtsort in dem verlassenen Gebäude. Pacho hatte eine Art Routine entwickelt, die ihnen beiden Halt und Struktur in ihrem unbeständigen Leben gab. Morgens, sobald die ersten Sonnenstrahlen durch die schmutzigen Fenster fielen, begann er mit seiner täglichen Erkundung. Er verließ das Gebäude für kurze Zeit, um nach Essensresten zu suchen oder die Umgebung auf mögliche Gefahren hin zu überprüfen, während Filou in ihrem sicheren Unterschlupf blieb. Pacho bewachte Filou, spielte sanft mit ihm und sorgte dafür, dass er sich sicher fühlte. Er rollte alte, halb verrottete Bälle zu ihm oder zerrte an Stücken von Stoff, die sie im Gebäude gefunden hatten, um Filou bei Laune zu halten und ihm die notwendige Bewegung zu ermöglichen. Pacho achtete darauf, Filou auch das spielerische Jagen beizubringen, damit der junge Welpe wichtige Fähigkeiten entwickelte, die er später zum Überleben brauchen würde.

Die Nächte waren besonders hart. Wenn die Dunkelheit hereinbrach und die Temperaturen sanken, wurde ihr Zufluchtsort zu einer kalten, ungemütlichen Unterkunft. Der kalte Wind pfiff durch die undichten Stellen im Dach und die geborstenen Fenster, ließ das alte Gebäude ächzen und stöhnen. Der Regen prasselte unaufhörlich auf das marode Gemäuer, und das Geräusch der Tropfen, die durch die Ritzen drangen, hallte durch die leeren Räume. Pacho hatte gelernt, wie man sich dort halbwegs trocken hielt. Er hatte eine Ecke gefunden, in der das Dach noch einigermaßen intakt war, und dort schob er einige der alten Segeltücher und Decken zusammen, die sie gefunden hatten. Diese boten ihnen ein wenig Schutz vor der Feuchtigkeit und dem kalten Boden. Pacho legte sich dicht an Filou und bildete mit seinem eigenen Körper eine Barriere gegen die Zugluft. Er wachte über Filou, um sicherzustellen, dass er nicht fror. Oft legte Pacho seinen Kopf schützend über den kleinen Körper des Welpen und leckte ihm sanft über das Fell, um ihn zu beruhigen und warm zu halten.

Pacho blieb die ganze Nacht wachsam, sein Instinkt als Beschützer stets präsent. Jede Bewegung, jedes Geräusch ließ seine Ohren zucken und seine Muskeln anspannen, bereit, auf jede Bedrohung sofort zu reagieren. Es gab viele Augenblicke der Freude und tiefen Verbundenheit zwischen den beiden. Pacho war oft verblüfft über die Geschwindigkeit, mit der Filou lernte, und darüber, wie stark ihre Beziehung wuchs. Er zeigte dem jungen Welpen, wie man geschickt und unauffällig um Menschen herumschlich, wie man Nahrung aufspürte und wie man den gefährlichen Straßenhunden aus dem Weg ging, die wenig Interesse an einem kleinen Welpen hatten. Hin und wieder saßen sie einfach nur da – Pacho mit seiner stillen Gelassenheit und Filou mit seinen großen, neugierigen Augen – und beobachteten das geschäftige Treiben der Stadt. In diesen Momenten spürten sie eine besondere Art von Frieden und Zusammenhalt, während sie die bunten Straßen von Valparaíso mit all ihren Geräuschen und Gerüchen auf sich wirken ließen.

Trotz der Herausforderungen des Straßenlebens fand Pacho einen Sinn in der Fürsorge für Filou. Es war, als hätte das Schicksal ihn zu diesem Zweck geführt, um einem unschuldigen Wesen zu helfen, das genauso verloren und verlassen war wie er es einst war. Jeder Tag brachte neue kleine Siege: ein gutes Essen, ein sicherer Schlafplatz, ein Moment der Wärme und Nähe zwischen den beiden. Pacho wusste, dass sie vielleicht keine einfache Zukunft hatten, aber solange sie zusammen waren, würden sie irgendwie durchkommen. Pacho und Filou verbrachten ihre Tage gemeinsam damit, Vögel zu jagen und durch die Gassen zu spazieren. Filou, voller Energie und stets neugierig, hielt Pacho ständig auf Trab. Sie jagten die

Vögel, die in den Straßengräben pickten, und erkundeten die engen Gassen der Stadt. Pacho führte Filou sicher durch die Stadt und zeigte ihm die besten Plätze, um Nahrung und Schutz zu finden. Abends, wenn die Sonne langsam hinter den Hügeln versank und die Lichter der Stadt langsam zum Leben erwachten, begaben sich Pacho und Filou häufig zu ihrem Lieblingsplatz. Es war ein abgelegener Fleck auf einem Hügel, von dem aus sie einen atemberaubenden Blick auf die Stadt und ihre funkelnden Lichter hatten. Die Stadt schien wie ein Meer aus glitzernden Juwelen unter dem nächtlichen Himmel, während sich der Wind sanft um sie herum schmiegte. Filou lehnte sich oft gegen Pacho, und beide genossen die Ruhe und den Frieden dieses besonderen Moments, weit weg von den täglichen Herausforderungen des Straßenlebens.

Doch eines Tages, als sie wieder durch die Straßen gingen, um Nahrung zu finden, nahm ihr Ausflug eine bedrohliche Wendung. Sie durchstreiften gerade eine enge Gasse, in der die Schatten der herannahenden Dämmerung bereits lange und dunkel lagen. Die Geräusche der Stadt wurden von einem beunruhigenden Knurren übertönt. Pacho und Filou blieben stehen, die Ohren gespitzt, die Sinne geschärft. Plötzlich tauchte ein Rudel anderer Straßenhunde vor ihnen auf. Die fremden Hunde waren ausgehungert, ihre Augen funkelten in der schwindenden Helligkeit. Es waren fünf oder sechs von ihnen, ihre Fellfarben mischten sich zu einem bewegten Mosaik in den Schatten. Ihre Rippen zeichneten sich unter dem dünnen Fell ab, und die gierigen Blicke verrieten, dass sie schon länger nichts mehr gefressen hatten. Filou, der noch jung und unerfahren war, spürte die Gefahr sofort. Sein Herz schlug schneller, und die Angst kroch wie eine kalte Hand seinen Rücken hinauf. Er duckte sich ängstlich hinter Pacho, suchte Schutz und Halt bei seinem älteren Freund. Pacho, der die Bedrohung ebenfalls sofort erkannt hatte, richtete sich auf und stellte sich schützend vor Filou. Seine Muskeln spannten sich unter dem struppigen Fell an, und ein tiefes, drohendes Knurren entwich seiner Kehle. Die anderen Hunde kamen näher, ihre Bewegungen waren langsam und lauernd, wie die von Raubtieren, die ihre Beute umkreisen. Ihre Augen funkelten im schwindenden Licht, und leises Knurren erfüllte die Luft. Einer der fremden Hunde, ein großer, schwarzer Rüde mit Narben im Gesicht, trat vor und fixierte Pacho mit stechendem Blick. Das Rudel begann, Pacho und Filou einzukreisen, ihre Körper bewegten sich synchron, wie Schatten, die sich um ihre Opfer legten. Die Spannung in der Luft wurde fast unerträglich, die Atmosphäre schien elektrisch aufgeladen. Filou drückte sich noch dichter an Pacho, seine Augen weit aufgerissen vor Angst. Er konnte die Wärme und das Zittern von Pachos Körper spüren, doch sein Freund blieb standhaft. Pacho fletschte die Zähne. Ein tiefes, drohendes Knurren entwich seiner Kehle, ein klares Signal an die Angreifer, dass er bereit war, für Filou zu kämpfen. Der große schwarze Rüde mit den Narben zögerte nicht lange. Mit einem lauten Bellen machte er einen Satz nach vorne und attackierte Pacho. Seine Bewegungen waren schnell und brutal, sein Ziel klar: Er wollte Pacho niederstrecken, um die Beute für sich und sein Rudel zu sichern. Die anderen Hunde bellten laut und ermutigend, bereit, sich in den Kampf zu stürzen. Pacho wich geschickt aus. Er setzte all seine Kraft ein, um den Angriff abzuwehren. Mit einer blitzschnellen Bewegung sprang er zur Seite und riss den Kopf herum, um die Zähne des schwarzen Rüden zu meiden. Der Angriff ging knapp an ihm vorbei, doch der schwarze Rüde war schnell wieder auf den Beinen, bereit für den nächsten Angriff. Filou, von Panik ergriffen, sah zu, wie sein Freund kämpfte. Pacho war in der Defensive, doch er zeigte keine Angst. Seine Augen waren fest auf den Angreifer gerichtet, sein Knurren wurde lauter, tiefer und entschlossener. Der schwarze Rüde sprang erneut vor, seine Zähne blitzten in der Dunkelheit, aber Pacho war vorbereitet. Mit einem schnellen Biss schnappte Pacho nach der Schulter des Angreifers und brachte ihn aus dem Gleichgewicht. Der schwarze Rüde jaulte vor Schmerz und zog sich für einen Moment zurück, seine Augen voller Wut und Schmerz. Die anderen Hunde, die den Kampf beobachteten, zögerten nun. Sie hatten nicht erwartet, dass Pacho so hartnäckig und mutig sein würde. Ein unentschlossener Blick huschte durch ihre Reihen. Der schwarze Rüde, immer noch knurrend und wütend, schüttelte sich und trat erneut vor, doch er schien unsicherer als zuvor. Pacho nutzte die Gelegenheit, um Filou einen beruhigenden Blick zuzuwerfen. Filou, der vor Angst zitterte, spürte eine Welle von Mut und Entschlossenheit durch sich hindurchgehen. Er konnte nicht zulassen, dass Pacho alleine kämpfte. Mit einem tapferen Bellen stellte er sich an Pachos Seite, sein kleines, aber entschlossenes Knurren mischte sich mit dem von Pacho. Der schwarze Rüde zögerte erneut. Die Anwesenheit von zwei Hunden, die bereit waren, sich bis zum Letzten zu verteidigen, ließ ihn innehalten. Die anderen Hunde begannen, nervös zu wirken, ihre Schritte rückten unsicherer. Der Anführer des Rudels schaute seine Gefährten an, als ob er eine Entscheidung treffen müsste. Nach einer angespannten Stille, in der nur das leise Knurren und das schwere Atmen der Hunde zu hören war, gab der schwarze Rüde ein kurzes, scharfes Bellen von sich. Die anderen Hunde schienen erleichtert und begannen sich zurückzuziehen. Der schwarze Rüde warf Pacho noch einen letzten, drohenden Blick zu, bevor er sich ebenfalls umdrehte und mit seinem Rudel in die Dunkelheit verschwand. Pacho und Filou blieben noch einen Moment reglos stehen, bis die Gefahr vollständig vorüber war. Pacho ließ das Knurren allmählich verstummen und entspannte seine Haltung. Filou, immer noch zitternd, wandte sich langsam zu Pacho um und sah in seinen Augen den Ausdruck von Erleichterung und Zuneigung. Filou, tief beeindruckt und dankbar, leckte Pachos Gesicht und drückte sich fest an ihn. Von diesem Tag an wurde ihre Bindung noch stärker. Filou wusste, dass Pacho alles für ihn tun würde, und er verspürte eine tiefe Bewunderung und Liebe für seinen älteren Freund. Die beiden verbrachten weiterhin ihre Tage gemeinsam, jagten Vögel und erkundeten die Stadt, doch Filou war nun wachsamer und sorgte dafür, dass Pacho sich nicht überanstrengte. Ihre gemeinsame Zeit wurde kostbarer, und jeder Abend auf ihrem Hügel wurde zu einem besonderen Moment der Freundschaft und des Zusammenhalts.

Einige Zeit später, nach zahlreichen weiteren Kämpfen und Entbehrungen, entschieden sich Pacho und Filou, die Stadt zu verlassen und zogen hinauf in die umliegenden Hügel. Die Hügellandschaft Chiles ist ein atemberaubendes Mosaik aus natürlichen Schönheiten, das sich von den saftigen Tälern bis hin zu den felsigen Höhen erstreckt. Die Entscheidung war nicht leicht, doch Pacho spürte, dass sie in der Natur eine bessere Chance auf ein friedlicheres Leben hatten. Der ständige Lärm und die Gefahren der Stadt hatten sie müde gemacht, und die Verlockung der freien Wildnis bot die Hoffnung auf eine ruhigere Existenz. Der Weg in die Hügel war beschwerlich und lang, aber Pacho führte Filou geduldig und entschlossen durch die unbekannten Pfade. Die ersten Tage waren eine Herausforderung, da sie sich an die neue Umgebung gewöhnen mussten. Doch die Hügel boten eine Vielzahl von Verstecken und Nahrungsquellen, die ihnen halfen, sich schnell anzupassen. Die weite, offene Landschaft war ein befreiender Kontrast zu den engen, geschäftigen Straßen von Valparaíso. Pacho und Filou entdeckten schnell die Schönheiten der Natur. Die Hügel waren bedeckt mit üppigem Gras, bunten Wildblumen und dichten Wäldern. Kleine Bäche schlängelten sich durch das Gelände, und die klare, frische Luft war eine willkommene Abwechslung zu den Abgasen der Stadt. Pacho zeigte Filou, wie man die Pfade der Wildtiere erkannte und ihnen folgte, um Wasserstellen und essbare Pflanzen zu finden. Die beiden Hunde entwickelten eine neue Routine, die von den Rhythmen der Natur bestimmt wurde. Morgens, wenn der Tau noch auf den Blättern glitzerte und die Sonne gerade begann, über die Hügel zu steigen, machten sie sich auf die Suche nach Nahrung. Pacho führte Filou durch die Wiesen, wo sie essbare Wurzeln ausgruben und nach Beeren suchten. Er lehrte Filou, welche Pflanzen sicher zu fressen waren und welche man meiden sollte. Ab und zu fanden sie die Überreste eines Tierkadavers, der ihnen eine nahrhafte Mahlzeit bot. Filou lernte schnell, wie man sich in der neuen Umgebung zurechtfand. Er beobachtete Pacho genau, lernte von seinen Bewegungen und Handlungen und entwickelte seine eigenen Fähigkeiten. Filou wurde immer geschickter darin, kleine Nagetiere zu jagen und sich vor größeren Raubtieren zu verstecken. Die Freiheit und der Platz, den die Natur bot, gaben ihm Raum, seine Energie zu entfalten und seine Sinne zu schärfen. Die Nächte in den Hügeln waren ruhig und friedlich, aber auch kühl. Pacho und Filou suchten sich geschützte Plätze, um zu schlafen – unter Felsen, in dichten Gebüschen oder in kleinen Höhlen, die sie entdeckten. Pacho baute aus Zweigen und Blättern behelfsmäßige Nester, die ihnen Schutz vor der Kälte und den nächtlichen Winden boten. Trotz der Herausforderungen der Wildnis fanden sie hier eine neue Art von Zuhause. Mit der Zeit lernten sie die Landschaft immer besser kennen und entdeckten die besten Plätze, um Nahrung und Wasser zu finden. Sie erlebten die Jahreszeiten hautnah und fanden Freude an den einfachen Dingen – den warmen Strahlen der Morgensonne, dem Duft der wilden Blumen im Frühling und dem beruhigenden Rauschen der Bäche.

Eines Tages, während sie einen besonders schönen Platz am Rand eines Baches erkundeten, stießen Pacho und Filou auf eine kleine Hütte, die von einem alten Mann bewohnt wurde. Don Roberto, wie er sich vorstellte, war ein freundlicher und weiser Mann, der sein Leben der Natur gewidmet hatte. Don Roberto war ein Mann von ruhiger Ausstrahlung und tiefer Verbundenheit zur Natur. Sein Gesicht war von Falten gezeichnet, die Zeugnis von vielen Jahren tiefer Gedanken waren. Seine Augen strahlten eine ruhige Weisheit aus, und sein graues Haar wurde von der Sonne gebleicht. Er hatte eine robuste Gestalt, die von einem Leben im Freien geprägt war, und seine Hände waren gezeichnet von der Arbeit im Garten und in der

Natur. Die kleine Hütte, die er bewohnte, spiegelte seine Liebe zur Einfachheit und zur Natur wider. Sie war aus Holz gebaut, mit einem strohgedeckten Dach und einem gemütlichen Innenraum, der mit einfachen Möbeln und Erinnerungsstücken aus seinem Leben gefüllt war. Überall hingen Bilder von Landschaften, die er gemalt hatte, und von Tieren, die er über die Jahre beobachtet hatte. Don Roberto hatte eine tiefe Verbindung zu den Tieren und Pflanzen um ihn herum. Er kannte die Namen der Vögel, die in den Bäumen nisteten, und wusste, welche Kräuter medizinische Eigenschaften hatten. Die Hütte war umgeben von einem liebevoll gepflegten Garten, in dem Gemüse und Kräuter wuchsen. Der Duft von frischen Kräutern und Blumen lag in der Luft und verlieh dem Ort eine einladende Atmosphäre. Don Roberto bemerkte sofort die besondere Bindung zwischen Pacho und Filou, als er sie am Rand des Baches traf. Seine Augen, erfahren und warm, nahmen die Art und Weise wahr, wie die beiden Hunde miteinander umgingen – die sanften Berührungen und die verständnisvollen Blicke. Es war, als würden sie eine Sprache sprechen, die nur sie verstehen konnten. Mit einem freundlichen Lächeln lud Don Roberto sie ein, näher zu kommen. Er sprach sanft und ruhig mit den Hunden, als er Wasser und Nahrung anbot. Pacho und Filou, die durch viele Entbehrungen und harte Tage geprägt waren, zögerten zunächst. Doch die Wärme in Don Robertos Augen und die ruhige Gelassenheit in seiner Stimme ließen ihre Ängste langsam schwinden. In den nächsten Tagen blieben Pacho und Filou in der Nähe der Hütte. Sie fanden Trost und Sicherheit in der Gegenwart des alten Mannes, der jeden Tag einen Napf mit frischem Wasser vor die Tür stellte. Don Roberto war geduldig und respektierte ihre Freiheit, ließ ihnen Raum, um sich an seine Anwesenheit zu gewöhnen. Er ermunterte sie mit liebevollen Worten, näherte sich langsam, ohne sie zu bedrängen. Während Pacho und Filou die Umgebung erkundeten, begannen sie allmählich zu verstehen, dass sie einen Ort gefunden hatten, an dem sie willkommen waren. Die Hütte wurde zu einem Zufluchtsort, einer Oase der Ruhe und des Verständnisses. Die Hütte war klein, aber gemütlich, und die Umgebung war ein Paradies für die beiden Hunde. Sie halfen Don Roberto im Garten, begleiteten ihn bei seinen Spaziergängen durch die Hügellandschaft und genossen die einfache Freude des Zusammenlebens. Filou wuchs heran, stark und mutig, immer an der Seite von Pacho. Die beiden Hunde wurden zu unzertrennlichen Gefährten, die jede Herausforderung gemeinsam meisterten. Ihre Tage waren erfüllt von Abenteuern und ihre Nächte von friedlichem Schlaf in der Sicherheit der Hütte.

Die Jahre vergingen, und Pacho, inzwischen ein weiser und erfahrener Hund, sah zufrieden zu, wie Filou zu einem starken, selbstbewussten Hund heranwuchs. Sie hatten ihr Happy End gefunden – nicht in der Hektik der Stadt, sondern in der friedlichen Schönheit der chilenischen Hügel, wo sie ein Leben voller Liebe, Abenteuer und Harmonie führten. Don Roberto, Pacho und Filou lebten viele glückliche Jahre zusammen. Sie waren eine Familie geworden, verbunden durch ihre gemeinsamen Erlebnisse und die tiefe Zuneigung zueinander. Die Hügellandschaft, einst eine unbekannte Wildnis, war nun ihr Zuhause, ein Ort, der ihnen Sicherheit, Freude und Frieden schenkte.

Leonid. Russland.

In einer russischen Kleinstadt, im Nordwesten des Landes, lebte der streunende Hund Leonid. Sein zotteliges, verfilztes braunes Fell wirkte in der frostigen Luft besonders trostlos, und seine großen, traurigen Augen schienen die Kälte und Einsamkeit der Umgebung widerzuspiegeln. Das Leben hatte Leonid gezeichnet, geprägt von ständigen Entbehrungen und der gnadenlosen Kälte, die in die Knochen kroch. Russland, besonders im Winter, kann eine düstere und erdrückende Stimmung ausstrahlen, die das Land wie eine kalte, graue Decke umhüllt. In den langen Wintermonaten wirkt die Landschaft oft trostlos und unbarmherzig. Die unendlichen Weiten, die sich bis zum Horizont erstrecken, sind von einer schweren Schicht aus Schnee und Eis bedeckt, die selbst das kleinste bisschen Farbe verschluckt. Der Himmel hängt oft bleiern und tiefgrau über dem Land, ohne einen Anflug von Sonne, die monatelang kaum zu sehen ist. Alles scheint in einen ständigen Zustand des Zwielichts gehüllt, als ob die Welt in einem endlosen Dämmerzustand verharren würde.

In den Städten ist die Atmosphäre nicht weniger beklemmend. Die Plattenbauten aus der Sowjetzeit, die überall das Stadtbild prägen, sind monumentale graue Blöcke, die wie stumme Zeugen einer vergangenen Ära in den Himmel ragen. Diese massiven, gesichtslosen Gebäude, die einst Hoffnung auf eine bessere Zukunft versprachen, wirken nun verwittert und trostlos. Die Fassaden sind von Ruß und Zeit dunkel gefärbt, und der bröckelnde Putz verleiht den Bauten einen verfallenen Eindruck. Die Straßen sind oft leer, von der Kälte wie ausgestorben. Selten sieht man Menschen auf den Bürgersteigen, und wenn doch, dann sind sie in dicke Schichten eingehüllt, die kaum mehr als ihre Augen freilassen, die müde und gefühllos in die Ferne starren. Der eisige Wind weht gnadenlos durch die endlosen Weiten. Er fegt durch die schmalen Gassen und über die weiten Straßen, treibt den Schnee in dicken Wolken vor sich her und dringt durch jede Ritze. Selbst in den Wohnungen und Häusern, die oft schlecht isoliert sind, spürt man die Kälte. Die Luft ist feucht und schwer, und die Kälte scheint sich bis in die Knochen hineinzufressen. Das Leben in Russland während dieser Zeit ist ein ständiger Kampf gegen die Kälte und die Trostlosigkeit. Leonid streifte durch die verlassenen Straßen seiner Kleinstadt, die von maroden Häusern gesäumt waren, die wie stumme Zeugen vergangener Tage in der frostigen Stille standen. Unermüdlich durchsuchte Leonid die Gassen nach etwas Essbarem, während die eisigen Winde durch die leeren Straßen pfiffen und die Kälte selbst die wärmsten Herzen abwehrte. Nur selten wagten sich einige der Bewohner nach draußen, und wenn sie ihm begegneten, ignorierten sie ihn meist oder verscheuchten ihn mit einem verärgerten Schrei. Leonid war ein Schatten in dieser frostigen Welt, ein Überlebender in einem Land, das ihm keine Gnade zeigte.

Die Tage waren lang, und die Nächte waren besonders grausam, wenn die Temperaturen weiter fielen und er sich in den schmalen Spalten zwischen den alten, verwitterten Gebäuden zusammenrollte, um etwas Wärme zu finden. Oft knurrte sein Magen vor Hunger, während er von den wenigen Essensresten träumte, die er manchmal in den Mülltonnen fand. Einmal, als er in der Dämmerung umherstreifte, roch er etwas Verlockendes – der Duft von frisch gebackenem Brot, der durch die Luft wehte. Leonid folgte dem Aroma, seine Nase führte ihn zu einer kleinen Bäckerei, die noch offen war. Durch das beschlagene Fenster sah er eine Frau, die mit einem Laib Brot hantierte. Sein Herz schlug schneller vor Hoffnung. Vielleicht könnte er einen Bissen erhaschen. Doch als er sich vorsichtig näherte, bemerkte die Frau ihn. Anstatt ihm zu helfen, schrie sie und wedelte mit einem Besen, um ihn zu vertreiben. Leonid zog sich hastig zurück, der Schmerz der Zurückweisung traf ihn tief.

Mit den Jahren wurden die Straßen für Leonid zu einem vertrauten, aber auch tristen Ort. Er beobachtete, wie die Jahreszeiten wechselten, wie der Sommer kurz war und der Herbst die Welt in eine melancholische

Palette von Grau und Braun tauchte. Im Winter wurde die Landschaft von einer dichten, weißen Decke überzogen, die die Stadt in eine gespenstische Stille hüllte. Während andere Hunde in den warmen Ställen der Menschen lebten, war er allein, ein Schatten in der frostigen Welt. Mit der Zeit lernte Leonid, sich anzupassen. Er entwickelte Strategien, um den Gefahren zu entkommen. Er kannte die besten Verstecke, die sichersten Wege und die Zeiten, zu denen die Straßen am leersten waren. Er wurde zum Meister der Tarnung, manchmal mit einem leichten Schimmer von Freude, wenn er eine noch so kleine Beute erhaschte. Auch wenn das Leben hart war, gab es immer wieder kleine Momente des Glücks – das warme Sonnenlicht, das auf seinen Rücken fiel, das gelegentliche Lächeln eines vorbeigehenden Kindes oder das Gefühl des schmelzenden Schnees unter seinen Pfoten im frühen Frühling.

Eines kalten Morgens, als die ersten Sonnenstrahlen mühsam den grauen Himmel durchdrangen und das Licht wie ein schwaches Versprechen durch die Wolken schimmerte, machte Leonid sich auf den Weg, um nach etwas Essbarem zu suchen. Die kalte Morgenluft war frisch und schneidend, und der Frost hing wie ein dünner, glitzernder Schleier über den verwaisten Straßen. Leonids Magen knurrte vor Hunger. Während er vorsichtig durch die leeren Gassen schlich, bemerkte er, dass etwas anders war. Ein ungewöhnlicher Lärm durchbrach die morgendliche Stille – das dröhnende Geräusch von Motoren, das knatternde Brummen eines alten Wagens und das laute Bellen anderer Hunde. Ein mulmiges Gefühl machte sich in seinem Magen breit, und instinktiv spürte er, dass Gefahr in der Luft lag. Leonid senkte den Kopf, seine Ohren zuckten nervös, und er begann sich langsam zurückzuziehen. In der Stille der Gassen wollte er nicht auffallen, also schlich er im Schatten der verfallenen Häuser die Wege entlang. Doch als er um eine Ecke bog, stieß er plötzlich auf eine Gruppe von Männern, die hektisch ein Netz ausbreiteten und sich auf die Suche nach streunenden Hunden vorbereiteten. Der Anblick der Männer, mit ihren schmutzigen Jacken und den entschlossenen Gesichtern, ließ Leonids Herz schneller schlagen. Er wusste instinktiv, dass diese Männer für viele Hunde ein Albtraum waren. Mit einem Satz drehte er sich um und wollte fliehen, aber das Adrenalin hatte ihn übermannt und die Panik lähmte ihn für einen Moment. Die Hundefänger waren schneller. Ein grimmiger Mann mit einem vernarbten Gesicht und einem groben Lächeln bemerkte Leonid und gab ein lautes Kommando. Mit einem geschickten Wurf packte er Leonid mit einer Schlaufe um seinen Hals und zerrte ihn näher zu sich. Leonid spürte wie sich die Schlaufe zu zog und wehrte sich verzweifelt. Seine Krallen gruben sich in den gefrorenen Boden, und er versuchte, sich zu befreien, doch die Schlaufe sass fest und die Männer waren zahlreich. Der Mann lachte höhnisch, während Leonid kämpfte. „Diese Hunde sind eine Plage", rief er seinen Kameraden zu. In diesem Moment fühlte Leonid, wie die Hoffnung ihm entglitt. Mit jedem Atemzug zog sich die Schlaufe enger um seinen Hals zu, und er konnte nicht anders, als die düstere Realität zu akzeptieren, die vor ihm lag. Er war nicht mehr der Herr über sein Schicksal. Mit einem letzten verzweifelten Versuch wandte Leonid seinen Kopf und versuchte, den Mann zu beißen, aber der Hundefänger schüttelte ihn einfach ab und zog ihn weiter in Richtung des Wagens. Leonid fühlte sich ohnmächtig, und die Verzweiflung stieg in ihm auf.

Was würde mit ihm geschehen? Der kalte Schweiß lief ihm über das Fell, und er spürte, wie die Furcht ihn überwältigte. Die Welt um ihn herum verschwamm, während er in den Käfig gestopft wurde, der im Laderaum des Wagens wartete. Das Geräusch von bellenden Hunden und die rüden Stimmen der Männer verblassten, als Leonid sich in seinem neuen, beengten Gefängnis zusammenrollte. Plötzlich war die Freiheit, die er so sehr gekannt hatte, nur noch ein ferner Traum, und die Kälte der Realität umschloss ihn wie eine schwere Decke.

Der Wagen holperte über unebene Straßen, und Leonid spürte, wie die Angst in ihm zu einer drückenden Last wurde. Er war in einen kleinen Käfig gepfercht, umgeben von anderen Hunden, die ebenfalls gefangen waren. Ihre Augen waren voller Schrecken und Unverständnis, und die verschiedenen Laute – das Heulen, Bellen und Jaulen – vermischten sich zu einem herzzerreißenden Konzert der Verzweiflung. Als der Wagen schließlich zum Stillstand kam, spürte Leonid ein weiteres Mal das Prickeln der Panik. Die Männer stiegen aus, und die kühle, frostige Luft schnitt ihm ins Gesicht. Einer der Hundefänger öffnete die Tür und zog Leonid aus dem Käfig. Er hatte das Gefühl, dass die Welt um ihn herum in einem dichten Nebel verschwamm, als er die kalten, grauen Wände der Tötungsstation erblickte. Der Raum, in den er gebracht wurde, war trostlos und bedrückend. Die Wände waren schmutzig, und der Geruch von Angst und Verzweiflung hing wie ein schwerer Schleier in der Luft. Leonid hörte das Geschrei von Hunden, die in benachbarten Käfigen eingesperrt waren. Die scharfen Klänge ließen ihm das Blut in den Adern stocken. Hier gab es keine Wärme, keine Sicherheit – nur die ständige Angst vor dem Unbekannten, das auf ihn wartete. Die Hundefänger führten ihn durch einen langen, düsteren Gang, den flackernde Neonlichter nur spärlich erhellten. Leonid versuchte, seinen Blick zu heben, aber das Grauen der Umgebung ließen ihn sinken. In jedem Käfig sah er Hunde, die ihm ähnlich waren, einige zitterten vor Angst, andere schauten mit leeren Augen ins Nichts. Sie waren alle gefangen in einer unerbittlichen Realität, aus der es kein Entkommen zu geben schien. Als sie an einem Käfig anhielten, drängte der Hundefänger Leonid hinein. „Hier bleibst du erst mal", sagte er mit einer Mischung aus Gleichgültigkeit und Überheblichkeit, während er das Tor zuschloss. Leonid wollte protestieren, wollte sich wehren, aber die Kälte der Metallschlösser und der Gefangenschaft übermannte ihn. Er war allein in diesem kleinen Raum, und die Gedanken wirbelten in seinem Kopf. Wie lange würde er hier bleiben? Was würde mit ihm geschehen? Leonid konnte die Angst der anderen Hunde spüren, die in der Dunkelheit winselten.

Die Tage vergingen in einem schmerzhaften Nebel. Es gab kaum Futter, und das Wasser war schmutzig. Der Hunger nagte an seinem Magen, und die Kälte kroch unbarmherzig in seine Knochen. Jedes Mal, wenn die Tür des Raumes aufging, zuckten die Hunde zusammen und schauten hoffnungsvoll, nur um zu erkennen, dass ihre Hoffnungen vergeblich waren. Leonid beobachtete, wie einige Hunde abgeholt wurden, ihre Augen voller Furcht und Ungewissheit, und die Schreie der anderen Hunde hallten ihm in den Ohren. Doch trotz all der Verzweiflung war Leonids Geist nicht gebrochen. Er erinnerte sich an die Straßen, an das Gefühl des Windes in seinem Fell, an die Freiheit, die er gekannt hatte. Diese Erinnerungen wurden zu seinem Licht in der Dunkelheit. In den tiefsten Momenten der Angst hielt er sich an dem Gedanken fest, dass er nicht aufgeben konnte. Eines Nachts, als die Dunkelheit die Tötungsstation in einen erdrückenden Mantel hüllte, hörte Leonid ein leises Heulen, das durch die Wände drang. Es klang wie ein Ruf nach Hilfe, ein verzweifelter Aufschrei nach Erlösung. Diese Klänge verbanden sich mit seiner eigenen Traurigkeit, und er fühlte einen Drang, für die anderen Hunde stark zu sein. Er begann, leise zu bellen, um ihnen zu zeigen, dass sie nicht allein waren. Vielleicht gab es noch Hoffnung, vielleicht würde jemand kommen, um sie zu retten. In der Nacht, die folgte, träumte Leonid von der Freiheit. Er lief durch grüne Wiesen, die Sonne wärmte sein Fell, und die Freude über das Leben war um ihn herum. Diese Träume waren sein Ort der Zuflucht, ein Platz, an dem er die Grauen der Tötungsstation hinter sich lassen konnte. Doch mit dem Morgengrauen kehrte die Realität zurück und brachte die Kälte und die Angst zurück. Leonid wusste, dass er einen Weg finden musste, um zu überleben. Egal, was es kosten würde. In seinem Herzen brannte die Flamme der Hoffnung, und obwohl die Dunkelheit ihn umschloss, war er entschlossen, nicht aufzugeben.

In der Tötungsstation war das Leben für die Hunde ein ständiger Kreislauf aus Angst und Ungewissheit. Jedes Tier hatte theoretisch eine Frist von 14 Tagen, bis zu der es entweder gerettet oder getötet werden konnte. Diese Frist war jedoch ein grausamer Scherz, denn in der Realität war es oft so, dass viele Hunde nicht einmal diese kurze Zeitspanne überlebten. Tag für Tag erlebten die Tiere das gleiche traurige Szenario. Die Wände der Station waren von unzähligen Klauen und Zähnen zerkratzt, die Geschichten von Hoffnung und

Verzweiflung in ihre Oberfläche eingraviert. An einem Tag hörte man noch das Heulen und Bellen der Hunde, die um ihr Leben kämpften, und am nächsten schien es so, als ob die Station ein Stück weiter ins Schweigen fiel.

Jeden Morgen, als der Lichtstrahl der Morgensonne durch die schmutzigen Fenster fiel, bemerkte Leonid die Veränderung. Neue Hunde trafen ein, mit schüchternen, ängstlichen Blicken und dem erdrückenden Gewicht der Verzweiflung auf ihren Schultern. Sie kamen von den Straßen, oft verängstigt und desorientiert, und wurden in die Käfige gesperrt, wo sie die gleichen Schrecken erlebten wie die, die bereits dort waren. Die Luft war erfüllt von der drückenden Angst und dem Geruch von Verzweiflung, und Leonid konnte die Seelen der neuen Gefangenen spüren, die in seinen Käfig strömten, selbst wenn sie noch nie zuvor aufeinandergetroffen waren. Jeden Abend, wenn die Dämmerung hereinbrach und die Schatten sich über die Käfige legten, hörte man die Schreie und das Bellen der Hunde, die verschwanden. Die unaufhaltsame Realität war, dass die Hoffnung auf Rettung schwand.

Die Tage in der Tötungsstation zogen sich wie ein endloser, kalter Albtraum. Leonid fristete sein Dasein in einem kleinen Käfig, der viel zu eng war für seinen zotteligen Körper. Zu Beginn hatte er noch einen Funken Hoffnung, doch die Zeit in diesem tristen Ort fraß daran wie ein hungriger Schatten. Die Wände um ihn herum schienen immer näher zu rücken, und die Metallgitter, die ihn gefangen hielten, wurden zu einer ständigen Erinnerung an seine Ausweglosigkeit. Leonids körperlicher Zustand verschlechterte sich von Tag zu Tag. Der Mangel an frischem Wasser und nahrhaftem Futter machte sich allmählich bemerkbar. Die Portionen, die er erhielt, waren klein und oft von minderwertiger Qualität – alte Reste, die in einer schmutzigen Schüssel serviert wurden. Sein Fell, einst ein zotteliger, aber lebendiger Braunton, begann zu verfilzen und abzufallen. Die kühle, feuchte Luft in der Station ließ seine Haut jucken, und die Parasiten, die sich in seinem Fell eingenistet hatten, sorgten für weiteren Unbehagen. Mit jedem Tag wurde er schwächer und lethargischer. Die spielerische Energie, die er einmal hatte, war einer anhaltenden Erschöpfung gewichen, und oft kauerte er in einer Ecke seines Käfigs, als wolle er sich selbst vor der grausamen Realität schützen. Mit der Zeit begannen sich weitere Symptome zu zeigen. Leonid bekam Durchfall, was ihn noch schwächer machte und dazu führte, dass er selbst in den kältesten Ecken des Käfigs zitterte. Er war ständig durstig, aber das Wasser, das ihm manchmal gegeben wurde, war schmutzig und stank. Seine Augen, die einmal lebhaft gewesen waren, trübten sich und verloren ihren Glanz. In der Dunkelheit seines Käfigs fühlte er sich oft, als würde er in ein tiefes Loch fallen, aus dem es kein Entkommen gab. Leonids Zustand war eine Tragödie, die sich versteckt vor den Augen der Welt abspielte, und trotz seines Kampfes ums Überleben spürte er, wie die Dunkelheit ihn allmählich einhüllte. In seinen letzten Gedanken hoffte er nur auf einen Funken von Mitgefühl – vielleicht ein freundliches Wort, ein warmes Lächeln oder die Berührung einer Hand, die ihn aus diesem Alptraum befreien könnte. Doch in der kalten, harten Realität der Tötungsstation war das Licht der Hoffnung immer weiter entfernt, und die Schatten, die ihn umgaben, wurden nur noch erdrückender.

Eines Tages nahmt sein Schicksal jedoch eine ungeahnte aber so sehr erhoffte Wendung. Leonid hörte plötzlich das Geräusch von Stimmen – laute, fröhliche Stimmen, die den düsteren Raum durchdrangen. Leonid blinzelte und versuchte, seine trüben Augen zu öffnen. Hatte er sich das nur eingebildet? Die Tür zur Tötungsstation öffnete sich mit einem knarrenden Geräusch, und zwei Frauen traten ein, beide in dicken Jacken gehüllt, mit warmen Mützen auf den Köpfen. Leonid spürte, wie sein Herz ein wenig schneller schlug. Diese Frauen hatten ein Lächeln auf den Lippen und strahlten eine Energie aus, die er lange nicht mehr gespürt hatte. „Wir sind hier, um zu helfen!", rief Larissa, während sie sich entschlossen den Männern zuwandte, die drohend in der Tötungsstation standen. Ihre Kollegin Dunja stand an ihrer Seite, und Leonid spürte, wie die Spannung in der Luft zunahm. Er wagte kaum zu atmen. Die Hundefänger musterten die Frauen skeptisch. „Was wollt ihr hier?", fragte einer von ihnen mit einem harten Unterton. „Das hier ist kein Ort für euch!" „Wir wissen, was hier passiert", erwiderte Dunja, ihre Stimme fest und bestimmt. „Wir sind von einer Tierschutzorganisation, und wir sind hier, um die Hunde zu retten. Wir wissen, dass ihr viele von ihnen ohne Zögern tötet. Wir sind bereit, für die Hunde zu bezahlen!" Die Männer schauten sich kurz an, überrascht von der dreisten Konfrontation. „Bezahlen? Für diese Hunde?", fragte der erste Mann spöttisch. „Die sind nichts wert. Ihr könnt nicht einfach Geld anbieten, um hier reinzukommen!" „Aber wir können", entgegnete Larissa schnell und zückte ein gefaltetes Blatt Papier aus ihrer Tasche. „Wir haben das Geld. Ihr könnt jeden Hund, den wir nehmen wollen, für einen fairen Preis abgeben. Und ihr müsst euch nicht mehr um sie kümmern."

Die Männer waren einen Moment lang still, während sie die Frauen musterten. „Wie viel?" fragte der zweite Hundefänger, sein Interesse geweckt. Larissa zögerte kurz, dann nannte sie eine Summe, die für die Hunde mehr als angemessen war. „Das ist das, was wir anbieten können. Und wir sind bereit, sofort zu zahlen. Denkt an das, was ihr hier tut. Ihr habt die Möglichkeit, die Hunde zu befreien, statt sie in den Tod zu schicken." Die Hundefänger schauten sich erneut an. „Ihr denkt, ihr könnt einfach so reinkommen und uns kaufen? Ihr habt keine Ahnung, wie das hier läuft!" „Wir wissen mehr, als ihr denkt", entgegnete Dunja mit fester Stimme. „Wir haben bereits Unterstützung von der Gemeinde und anderen Tierschutzorganisationen. Glaubt nicht, dass ihr damit davonkommt. Wenn ihr uns nicht helft, werden wir die Polizei informieren. Die Welt wird erfahren, was hier geschieht." Die Männer schienen ins Grübeln zu kommen. Schließlich nickte der erste Hundefänger, als ob er einen Plan schmiedete. „Okay, wir reden über den Preis. Aber vergesst nicht, dass ihr in unserem Revier seid. Ihr müsst euch an die Regeln halten." „Das haben wir im Kopf", antwortete Larissa und zog ein Bündel Geldscheine aus ihrer Tasche. „Hier ist die Anzahlung. Wenn ihr uns die Hunde gebt, werden wir den Rest sofort übergeben." Mit einem misstrauischen Blick näherte sich der Mann, nahm das Geld und warf einen Blick auf die Käfige, in denen die Hunde, darunter auch Leonid, eingeschlossen waren. „Ihr habt fünf Minuten. Dann müssen wir entscheiden, ob wir den Deal machen."

Die Frauen begannen, die Käfigtüren zu öffnen. Leonid sah, wie sie mitfühlend und entschlossen zu den anderen Hunden gingen, die ebenfalls in der gleichen misslichen Lage waren. Es war ein Wirbelwind der Aktivitäten, der in der tristen Station viel Licht und Hoffnung verbreitete. Leonid spürte, wie sich sein Herz mit einem Gefühl füllte, das er lange verloren geglaubt hatte. Schließlich erreichten die Frauen Leonids Käfig. Eine der Frauen kniete sich vor ihn und lächelte sanft. „Hey, kleiner Mann. Wir sind hier, um dich zu retten. Du bist nicht mehr allein", flüsterte sie, während sie langsam den Käfig öffnete. Leonid zögerte für einen kurzen Moment, aber die sanften Worte und der liebevolle Blick der Frau motivierten ihn, den ersten Schritt in die Freiheit zu wagen. Mit einem zitternden Körper trat er aus dem Käfig und spürte die kalte Luft auf seinem verfilzten Fell. Doch dieser kalte Wind war nichts im Vergleich zu der erdrückenden Kälte, die er in der Tötungsstation erlitten hatte. Er war gerettet! Die anderen Hunde bellten vor Freude, und es war, als ob das ganze Gebäude aufatmete. Larissa und Dunja nahmen einen Hund nach dem anderen und brachten sie nach draussen in ihren Transporter, der mit sauberen Transportboxen ausgestattet war. Frisches Wasser und etwas Futter stand in jeder dieser Boxen bereit. Diese Menschen waren die Rettung, die sie alle so verzweifelt gebraucht hatten. Auf dem Weg zu dem Transporter schnüffelte Leonid neugierig, während er die Freiheit und die frischen Düfte der Welt um sich herum inhalierte. Plötzlich wurde ihm bewusst, dass er nicht nur gerettet wurde, sondern auch die Möglichkeit hatte, ein neues Leben zu beginnen.

Auf der Fahrt zur Unterkunft der Tierschutzorganisation fühlte sich Leonid wie in einem Traum, aus dem er nicht erwachen wollte. Der Geruch von frischer Luft drang durch das offene Fenster des Transporters, und das Rumpeln der Reifen auf dem Asphalt wirkte wie eine sanfte Melodie, die ihn in einen Zustand der Ruhe versetzte. Larissa und Dunja sprachen mit den Hunden, ihre Stimmen waren beruhigend und sanft. Obwohl Leonid anfangs unsicher war und seine Ohren nervös zuckten, spürte er allmählich, dass er in guten Händen war. Diese Menschen wollten ihm helfen und ihn in ein neues Zuhause bringen – einen Ort, an dem er umsorgt werden würde. Als sie schließlich an ihrem Ziel ankamen, wurden Leonid und die anderen Hunde von dem gesamten Team der Tierschutzorganisation begrüsst. Jeder Hund wurde einzeln aus dem Transporter geholt und in einen warmen Raum geführt, wo sie vom Tierarzt gründlich untersucht wurden. Leonid war zunächst nervös, doch die sanften Hände des Tierarztes beruhigten ihn schnell. Die Untersuchung begann mit einem gründlichen Check-up – Leonids Fell, das durch die Zeit auf der Straße und in der Tötungsstation verfilzt und schmutzig war, wurde behutsam gesäubert. Knoten und Dreck, die sich über Monate angesammelt hatten, wurden vorsichtig herausgeschnitten. Danach bekam er die notwendigen Impfungen und Medikamente gegen Parasiten. Seine abgemagerten Muskeln und die Wunden an seinen Pfoten wurden genau untersucht und behandelt. Obwohl die Prozedur für Leonid neu und ungewohnt war, spürte er, dass diese Menschen ihm helfen wollten. Nach der Fellpflege fühlte er sich deutlich besser, als ob die Last der letzten Jahre Stück für Stück von ihm abfiel. Zum ersten Mal seit langer Zeit fühlte er sich sauber und gepflegt – ein Gefühl, das er längst vergessen hatte. Jeder Hund in der Station durchlief dieselbe Behandlung. Sie wurden gefüttert, gebadet und erhielten die Aufmerksamkeit, die sie so lange entbehrt hatten. Stück für Stück kehrte bei den Hunden etwas Leben und Hoffnung zurück, als sie spürten, dass sie endlich in Sicherheit waren.

Die Zeit in der Tötungsstation war schmerzhaft und unvergesslich, voller Angst, Schmerz und Verzweiflung. Doch nun, da Leonid sicher in den Händen der Tierschutzorganisation war, spürte er vor allem eines: Erleichterung. Seine Muskeln, die ständig angespannt gewesen waren, lockerten sich, und zum ersten Mal wagte er, seine Umgebung ohne Misstrauen zu erkunden. Jeder Schritt, den er nun tat, fühlte sich leichter an. Er war der Hölle entkommen, und auch wenn die Narben der Vergangenheit tief saßen, war er einfach nur froh, diesen Ort des Schreckens hinter sich gelassen zu haben.

In den ersten Tagen in der neuen Umgebung war Leonid etwas zurückhaltend. Er erkundete die neuen Räume vorsichtig, ließ seine Schnauze über die Böden gleiten und schnüffelte an den Wänden. Doch mit jedem Tag, der verging, blühte er mehr auf. Die liebevollen Berührungen der Freiwilligen, die ihn fütterten und streichelten, waren eine willkommene Abwechslung zu den harten Erfahrungen der Vergangenheit. Das ständige Lächeln der Menschen um ihn herum ließ ihn mehr und mehr Vertrauen fassen. Es waren die kleinen Dinge, die ihm halfen, seine Ängste zu überwinden: die ersten Sonnenstrahlen, die sanft auf sein Fell fielen, und die köstlichen Mahlzeiten, die ihm serviert wurden. Plötzlich musste er nicht mehr um das Überleben kämpfen – er konnte einfach genießen. Die neue Umgebung war voller frischer Gerüche und Geräusche, die ihm Freude bereiteten.

Die Tierschutzorganisation war ein Ort der Hoffnung und Heilung. Hier traf er auf andere Hunde, die ähnliche Geschichten wie seine eigene hatten, und schnell entwickelte sich eine ungezwungene Gemeinschaft. Mit jedem neuen Tag erlebte Leonid, wie schön das Leben sein konnte, wenn man geliebt und umsorgt wird. Es war ein langer Weg zur Heilung, und manchmal spürte er noch die Schatten seiner Vergangenheit. Doch die Geduld und Zuneigung der Menschen um ihn herum halfen ihm, Stück für Stück wieder zu sich selbst zu finden. Leonids Geschichte in der Tötungsstation war ein Albtraum gewesen, aber seine Rettung war der Anfang eines neuen Kapitels in seinem Leben. Er war nicht mehr der verlorene Hund, der durch die kalten Straßen geschlichen war, sondern ein hoffnungsvoller Leonid, der das neue Leben dankend annahm.

Die Tierschutzorganisation war bekannt für ihren engagierten Einsatz, Hunde aus den Tötungsstationen zu befreien und ihnen eine zweite Chance auf ein neues Leben zu geben. Sie arbeiteten nicht nur lokal, sondern vermittelten Hunde in die ganze Welt. Mithilfe von sozialen Medien und speziellen Internetplattformen teilten sie die Geschichten der Hunde, die noch ein Zuhause suchten. Jeder Hund hatte ein eigenes Profil, das Fotos, eine Beschreibung der Persönlichkeit und die herzzerreißenden Details ihrer Rettung enthielt. Leonid, der tapfere Mischling mit den großen traurigen Augen, hatte ebenfalls sein Profil. Die Tierschützer hatten mehrere Fotos von ihm gemacht – eines, das ihn in seiner stillen, nachdenklichen Art zeigte, und eines, auf dem er zaghaft mit anderen Hunden spielte. Es war klar, dass Leonid etwas ganz Besonderes war, und so hofften sie, dass jemand auf der Welt ihm ein Zuhause geben würde, wo er endgültig ankommen konnte.

In einer anderen Ecke der Welt, tief im Herzen eines kleinen, malerischen Dorfes in Deutschland, verbrachten John und Sina, ein junges, naturverbundenes Paar, einen kühlen Herbstabend gemeinsam auf der Couch. Während sie durch die Webseite einer internationalen Tierschutzorganisation scrollten, die sich auf die Rettung und Vermittlung von Hunden spezialisiert hatte, suchten sie nach einem Hund, dem sie ein neues, liebevolles Zuhause geben konnten. Sie hatten schon lange darüber gesprochen, einem Hund aus schwierigen Verhältnissen zu helfen, einem Tier, das dringend Schutz und Zuwendung brauchte. Sina, die ihre Finger über das Touchpad gleiten ließ, hielt plötzlich inne. Auf dem Bildschirm erschien ein Bild von Leonid, einem mittelgroßen Mischling mit zerzaustem, braunem Fell und großen, traurigen Augen. Sein Blick ging unter die Haut – ruhig, fast resigniert, aber mit einem Funken von Hoffnung, der sich tief in ihre Herzen bohrte. Leonid saß in einem Zwinger, und die Beschreibung neben dem Bild erzählte von seinem Leid in der Tötungsstation in Russland, wie er nur knapp dem Tod entkommen war. „Schau dir diesen hier an,“ sagte Sina mit sanfter Stimme und zeigte auf das Bild. John beugte sich vor, und auch er spürte sofort eine Verbindung zu dem Hund, dessen Leben von Schmerz und Einsamkeit geprägt war. Sie lasen gemeinsam weiter, über seine Rettung, seine Ängste und die Hoffnung, die die Tierschützer ihm geschenkt hatten. „Ich habe das Gefühl, das ist er,“ flüsterte Sina schließlich mit einem sehnsüchtigen Blick. Ihre Augen waren feucht, gerührt von der Geschichte dieses stillen Kämpfers. John nickte langsam, berührt von dem

Leid, das dieser Hund durchgestanden hatte, und zugleich hoffnungsvoll, dass sie ihm eine bessere Zukunft bieten konnten. Ohne lange zu zögern, füllten sie die Anfrage zur Adoption aus. Beide hatten Erfahrung mit Hunden und wussten, dass sie einem so traumatisierten Tier wie Leonid das ruhige, sichere und liebevolle Zuhause bieten konnten, das er so dringend brauchte.

Schon nach wenigen Tagen meldete sich die Tierschutzorganisation zurück. Sie wollten mehr über John und Sina erfahren, über ihr Zuhause, ihre Lebensweise und wie sie sicherstellen würden, dass Leonid sich bei ihnen sicher und wohl fühlen könnte. In vielen Gesprächen erklärten John und Sina, wie sehr sie sich darauf freuten, einem Hund wie Leonid ein neues Leben zu schenken. Sie sprachen über die ruhige Umgebung ihres Dorfes, die weiten Felder und Wälder, die sie umgaben, und über die Geduld und Liebe, die sie bereit waren, ihm zu geben. Nach einem intensiven Austausch und einer genauen Überprüfung ihrer Eignung war es schließlich soweit: John und Sina wurden als die neuen Adoptiveltern von Leonid bestätigt. Die Aufregung im Haus des Paares stieg von Tag zu Tag. Sie kauften ein weiches, kuscheliges Bett für Leonid, bereiteten alles für seine Ankunft vor – vom Spielzeug bis zum richtigen Futter – und konnten es kaum erwarten, ihn endlich in den Armen zu halten.

Der Tag seiner Ankunft war voller Vorfreude und Nervosität. Leonid sollte mit einer Gruppe anderer geretteter Hunde zusammen nach Deutschland fliegen, ein langer und sicher anstrengender Flug. Die Organisation hatte sich um alle Papiere gekümmert, und der Transport verlief unter der Aufsicht erfahrener Tierschützer. Am Flughafen angekommen, warteten John und Sina ungeduldig am Ankunftsterminal. Sie hatten Schmetterlinge im Bauch, denn dieser Moment würde das Leben von Leonid – und auch ihr eigenes – für immer verändern. Als die Tür sich schließlich öffnete und die Hunde einer nach dem anderen in ihren Transportboxen hereingebracht wurden, stockte ihnen der Atem. Dann sahen sie ihn. Leonid, in einer Transportbox, unsicher, aber aufmerksam. Sein Blick war nach wie vor voller Vorsicht, doch als Sina sich ihm vorsichtig näherte und leise seinen Namen flüsterte, hob er langsam den Kopf. Ihre Hand streckte sich sanft in seine Richtung, und für einen Moment schien die Welt stillzustehen. Zögernd trat Leonid einen Schritt nach vorne, schnupperte an ihrer Hand und blickte ihr in die Augen. Es war, als hätte er verstanden, dass er nun endlich in Sicherheit war.

„Willkommen zu Hause, Leonid," flüsterte Sina mit einem Lächeln, während John ihm sanft den Rücken streichelte. Leonid spürte zum ersten Mal seit langer Zeit, dass er wirklich angekommen war. Die langen Jahre des Leidens waren vorbei, und ein neues Leben voller Liebe und Geborgenheit lag vor ihm.

Dank der Tierschutzorganisation, die unermüdlich Hunde wie Leonid rettete, war es möglich, dass diese Verbindung über tausende Kilometer hinweg entstehen konnte. Leonid hatte nicht nur ein neues Zuhause gefunden, sondern auch die Liebe und Fürsorge, die er so sehr verdient hatte. Ein neues Kapitel begann – für ihn, für John und Sina – und es war der Beginn eines glücklichen Lebens, das Leonid sich nie hätte erträumen können.

Tito. Spanien.

In den sonnenverwöhnten Straßen von Cádiz, einer Stadt im südlichen Andalusien, lebte Tito, ein mittelgroßer Mischling mit einem Fell, das in den Farben der Erde schimmerte - von warmen Brauntönen bis zu sanften Cremefarben. Seine großen, ausdrucksstarken Augen und spitzen Ohren verliehen ihm ein markantes Aussehen. Titos Leben auf den Straßen von Cádiz war geprägt von Herausforderungen, die er jedoch mit einer bemerkenswerten Anpassungsfähigkeit meisterte. Cádiz, eine der ältesten Städte Westeuropas, liegt an der Südwestküste Spaniens und ist eine wahre Perle der Geschichte und Kultur. Die Stadt ist auf einer Landzunge erbaut, die in den Atlantischen Ozean hineinragt, umgeben von Wasser auf drei Seiten. Dies gibt Cádiz nicht nur eine malerische Lage, sondern prägt auch ihr einzigartiges Stadtbild. Tito kannte jede Ecke der Stadt. Die ruhigen, verwinkelten Gassen der Altstadt boten ihm Zuflucht vor der Hitze des Tages und waren ein Rückzugsort vor neugierigen Blicken oder unfreundlichen Hunden. Jeden Tag war Tito auf der Suche nach Nahrung, nach einem versteckten Platz zum Ausruhen und nach menschlicher Güte, die ihm manchmal in Form eines freundlichen Lächelns oder eines gestreichelten Kopfes entgegengebracht wurde. Sein Instinkt und seine Erfahrung halfen ihm, die unsichtbaren Regeln des Überlebens auf den Straßen zu verstehen - wann er sich zurückziehen musste, wann er die Nähe zu Menschen suchen konnte. Die Sonne über Cádiz war nicht nur eine Wärmequelle, sondern auch ein treuer Begleiter in Titos Leben. Sie begleitete ihn auf seinen Streifzügen durch die Stadt, ließ sein Fell im warmen Glanz erstrahlen und spendete Trost nach kalten Nächten. Tito war ein Teil der pulsierenden Energie von Cádiz, ein stiller Beobachter des täglichen Lebens.

Titos Geschichte nahm ihren Anfang in einem kleinen, malerischen Dorf, das sich in den sanften Hügeln vor den Toren Cádiz' ausbreitete. Die staubigen Wege schlängelten sich zwischen den weiß getünchten Häusern hindurch, die typisch für die andalusische Landschaft waren. Die Sonne schien heiß und gnadenlos auf die terrakottafarbenen Dächer und die üppigen Gärten mit blühenden Bougainvillea und duftenden Orangenbäumen. Die Straßen des Dorfes waren schmal und von alten Steinmauern gesäumt, die Geschichten vergangener Jahrhunderte zu erzählen schienen. Es gab kleine Plätze, auf denen sich die Bewohner versammelten, um unter schattigen Bäumen zu plaudern oder traditionelle Feste zu feiern. Der Klang von Gitarrenmusik und Flamenco-Gesang drang oft aus den offenen Fenstern der Häuser, während der Duft von frisch gebrühtem Kaffee die Luft erfüllte. Um das Dorf herum erstreckten sich sanfte Hügel, die mit Olivenhainen und Weinreben bedeckt waren. Hier und da konnte man die Ruinen alter Windmühlen oder Kapellen entdecken, die Zeugnis von vergangenen Zeiten ablegten. Der Blick von den Hügeln aus bot eine spektakuläre Aussicht auf das glitzernde Mittelmeer in der Ferne und die Küste von Cádiz, die sich majestätisch am Horizont erstreckte.

In einer alten, verfallenen Garage erblickte Tito das Licht der Welt. Seine Mutter, eine streunende Hündin, die selbst das raue Leben auf den Straßen kannte, hatte diesen Ort mit Bedacht gewählt. Die Wände der Garage waren brüchig, und das Dach wies zahlreiche Löcher auf, durch die Regen und Wind eindringen konnten. Dennoch bot dieser Ort einen begrenzten Schutz vor den Elementen und war sicherer als die offenen Straßen. Der Boden der Garage war kalt und hart, bedeckt mit einer dünnen Schicht Staub und verstreutem Unrat. In einer abgelegenen Ecke hatte seine Mutter ein kleines Nest aus alten Lumpen und trockenem Gras gebaut, die sie von außerhalb herangeschleppt hatte. Dort, zwischen den rostigen Werkzeugen und ausgedienten Autoteilen, brachte sie ihre Welpen zur Welt. Ihre Augen strahlten trotz der harten Umstände Wärme und Entschlossenheit aus, als sie jeden ihrer Welpen sanft mit ihrer Schnauze begrüßte. Die ersten Tage und Nächte verbrachten die Welpen eng aneinander gekuschelt, gewärmt von der schützenden Anwesenheit ihrer Mutter. Obwohl die Garage alles andere als ein idealer Ort war, schuf die Hündin eine Oase der Geborgenheit für ihre Kleinen. Draußen tobte das Leben weiter, die Geräusche des Dorfes drangen gedämpft durch die Wände, doch hier drinnen war es ruhig. Es war ein provisorisches Zuhause, das trotz seiner Mängel den nötigen Schutz und die Sicherheit bot, um den Welpen einen Start ins Leben zu ermöglichen.

Als Tito heranwuchs, weckte die Welt außerhalb der Garage seine Neugier. Mit tapsigen Schritten erkundete er zunächst den begrenzten Raum der Garage und bald darauf die angrenzenden Wege aus dem Dorf hinaus in Richtung Stadt. Doch die Möglichkeiten waren begrenzt, das Futter knapp, und die Zukunft schien nicht vielversprechend. Es war diese Unzufriedenheit und sein angeborener Entdeckungsdrang, der Tito schließlich in die pulsierende Stadt Cádiz lockte. Die Aussicht auf bessere Nahrungsquellen und mehr Gelegenheiten, die Welt zu erkunden, trieb ihn voran. Mit jedem Schritt auf den staubigen Straßen, die in die Stadt führten, wuchs seine Hoffnung auf ein besseres Leben.

In Cádiz angekommen, öffnete sich für Tito eine neue Welt voller Gerüche, Geräusche und Möglichkeiten. Die Stadt am Meer war lebendig und pulsierend, gesäumt von engen Gassen, historischen Gebäuden und malerischen Plätzen. Überall strömten Menschen durch die Straßen, manche in Eile, andere gemächlich bummelnd, während die Läden und Cafés mit Leben gefüllt waren. Für Tito bedeutete dies eine Fülle neuer

Chancen, aber auch unzählige Herausforderungen. Er lernte schnell, dass das Leben auf den Straßen von Cádiz nicht weniger hart war als anderswo. Hunger nagte ständig an seinem Magen, während er durch die belebten Straßen streifte, auf der Suche nach einem Bissen Essen oder einem geschützten Platz zum Ausruhen. Die Menschen waren ein gemischter Haufen. Einige zeigten ihm Mitleid und warfen ihm ab und zu ein Stück Brot oder etwas Fleisch zu. Andere wiederum schüttelten nur den Kopf oder jagten ihn fort, wenn er zu nah kam.

Die ersten Wochen in Cádiz waren eine harte Prüfung für Tito. Als Neuankömmling in der Stadt musste er schnell lernen, sich gegenüber anderen Straßenhunden zu behaupten und gleichzeitig den zahlreichen Gefahren auszuweichen, die das städtische Leben mit sich brachte. Die engen Gassen und belebten Plätze waren ein ständiger Tanz zwischen Überlebensinstinkt und dem Wunsch nach Nahrung und Sicherheit. Oft wurde Tito von den Menschen verscheucht, die ihn als störend empfanden oder einfach nicht die Zeit oder die Güte hatten, sich um einen Straßenhund zu kümmern. Tito musste lernen, die Signale der Menschen zu lesen, um zu wissen, wann er willkommen war und wann er sich besser zurückziehen sollte, um Konfrontationen zu vermeiden. Die Straßenhunde von Cádiz waren ebenfalls eine ständige Bedrohung. Hier kämpfte er nicht nur um Nahrung, sondern auch um seinen Platz in der Hierarchie der Straßenhunde. Es gab aggressive Rudel, die territoriale Kämpfe austrugen, und Einzelgänger, die jede Gelegenheit nutzten, um einem schwächeren Hund etwas zu entreißen. Trotz all dieser Widrigkeiten zeigte Tito eine bemerkenswerte

Anpassungsfähigkeit. Er lernte, wann und wo er am besten nach Futter suchen konnte - die frühen Morgenstunden, wenn die Stadt noch schläft und die Abfalleimer voller potenzieller Leckereien sind, oder die Plätze vor den kleinen Cafés, wo manchmal etwas Essbares fallen gelassen wurde. Die Nächte waren oft eine Zeit der Unsicherheit und Gefahr. Tito fand Unterschlupf unter den Vordächern von Geschäften oder in den schmalen Gassen, wo er halbwegs auch vor Wind und Regen geschützt war. Doch selbst in diesen Momenten der Ruhe war er nie völlig sicher vor den Gefahren der Straße. So begann Tito sein Leben in Cádiz, ein ständiger Balanceakt zwischen Überlebensinstinkt und dem Bedürfnis nach Nahrung, Sicherheit und Zuneigung. Doch nicht immer meinte es das Schicksal gut mit ihm.

Eines düsteren Nachts, als die Gassen von Cádiz von einem kühlen Meereswind durchzogen wurden und die Straßenlaternen nur schwach flackerten, lauerte eine bedrohliche Horde streunender Hunde auf Tito. Die dunklen Gestalten umzingelten den einsamen Straßenhund mit gefletschten Zähnen und knurrenden Stimmen, die nichts Gutes verhießen. Tito spürte die Gefahr instinktiv und versuchte zu entkommen, doch die Hunde waren schneller und agiler. Einer nach dem anderen sprang auf ihn zu, biss zu, kratzte und stieß ihn zu Boden. Tito setzte sich zur Wehr, schnappte nach Luft und kämpfte gegen die Attacken an, doch es war aussichtslos. Sein kärgliches Futter, das er mühsam gefunden hatte, wurde ihm brutal entrissen, und er blieb zurück, von blutenden Wunden und schmerzhaften Verletzungen gezeichnet. Als die Angreifer endlich abzogen, blieb Tito reglos liegen. Sein Atem ging schwer und Schmerz durchzuckte jeden Teil seines geschundenen Körpers. Mit letzter Kraft schleppte er sich unter ein altes, verlassenes Auto, das halb von Unkraut überwuchert war. Dort fand er etwas Schutz vor den neugierigen Blicken der Passanten und den weiteren Angriffen der Straße, der Schmerz und die Angst hielten ihn wach. Stunden vergingen in quälender Langsamkeit, während Tito gegen die Dunkelheit und die Schmerzen ankämpfte. Sein Geist war verwirrt von der Erschöpfung und den Erinnerungen an vergangene Kämpfe ums Überleben. Er hoffte still in seiner Not, dass diese qualvolle Nacht nicht seine letzte sein möge, dass irgendwo da draußen jemand wäre, der sein Elend bemerken und ihm helfen könnte. In seiner verzweifelten Lage unter dem verlassenen Auto hatte Tito kaum noch Hoffnung. Doch seine stummen Gebete wurden erhört. In den frühen Morgenstunden entdeckte Sofia, eine Tierliebhaberin auf dem Weg zur Arbeit, die schwache Gestalt des Straßenhundes. Sofia war eine Frau Anfang dreissig mit dunklem Haar, das auf ihren Schultern auflag, und strahlenden Augen, die von Mitgefühl und Entschlossenheit zeugten. Sie war groß und schlank, mit einer aufrechten Haltung, die ihre Energie und Stärke unterstrich. Ihre Stimme war sanft und beruhigend, doch gleichzeitig hatte sie eine klare Entschlossenheit, wenn es darum ging, sich für diejenigen einzusetzen, die Unterstützung brauchten. Tagsüber arbeitete Sofia in einer bedeutenden sozialen Einrichtung für Kinder und Jugendliche mit Handicap. Sie war Teil eines Teams, das sich leidenschaftlich für die Förderung und Unterstützung dieser jungen Menschen einsetzte. In ihrer Arbeit zeigte Sofia eine bemerkenswerte Empathie und Geduld. Sie war bekannt dafür, sich einfühlsam auf die Bedürfnisse jedes einzelnen Kindes einzustellen und individuelle Betreuungspläne zu entwickeln, die auf ihre speziellen Herausforderungen und Stärken abgestimmt waren. Ihr Herz brach beim Anblick von Titos Zustand. Vorsichtig näherte sie sich, ihre Stimme sanft und beruhigend. "Hey, kleiner Kerl, es ist alles in Ordnung. Ich bin hier, um dir zu helfen", murmelte sie leise, um den verängstigten Hund nicht zu verschrecken. Tito hob mühsam den Kopf, die Augen voller Misstrauen, aber auch voller Hoffnung. Sofia bemerkte die blutenden Wunden und die Angst in seinen Augen. Sie wusste, dass sie ihn nicht alleine lassen konnte. Vorsichtig streckte sie ihre Hand aus und bot ihm etwas von ihrem Sandwich an, welches sie sich für den Tag auf der Arbeit zubereitet hatte. Nach anfänglichem Zögern nahm Tito das Futter vorsichtig an. Sofias Herz schlug schnell vor Mitgefühl, als sie die blutenden Wunden des Straßenhunds sah. Schnell griff sie nach ihrem Handy und rief ihre Freundin Carla an, während sie wachsam neben Tito kniete. "Carla, es ist dringend. Kannst du bitte sofort mit dem Auto vorbeikommen? Ich habe hier einen verletzten Hund, den wir schnell zur Tierklinik bringen müssen", erklärte Sofia, ihre Stimme ruhig, aber voller Dringlichkeit. Es vergingen nur wenige Minuten, doch für Sofia fühlte es sich wie eine Ewigkeit an, bis sie das quietschende Geräusch von Reifen um die Ecke der Straße hörte. Carla kam mit ihrem kleinen, blau lackierten Wagen angefahren, der sofort ins Auge fiel. Der Wagen, ein älteres Modell eines spanischen Kleinwagens, zeigte hier und da einige Kratzer und Dellen, die von seinen vielen Abenteuern auf den engen, kurvenreichen Straßen Andalusiens zeugten. Das Fahrzeug war klein und kompakt, ideal für die schmalen Gassen der Altstadt und die oft überfüllten Parkplätze. Als Carla um die Ecke bog, brachte sie den

Wagen abrupt zum Stehen. Der charakteristische Klang der quietschenden Bremsen hallte durch die Straße und zog die Aufmerksamkeit einiger Passanten auf sich. Sie sprang aus dem Wagen und eilte zu Sofia und Tito. "Oh wei", entfuhr es ihr mit schmerzverzerrter Miene, als sie ausstieg und den Zustand von Tito sah. Sie half dabei, die hintere Tür des Wagens zu öffnen, während Sofia den erschöpften Tito vorsichtig auf die Rückbank legte. Der Straßenhund zitterte vor Schmerzen und Angst, doch Sofias sanfte Berührungen und die ruhigen Stimmen der beiden Frauen beruhigten ihn allmählich. Carla startete den Wagen und sie fuhren vorsichtig zur nahegelegenen Tierklinik. Während der Fahrt hielten sie ein wachsames Auge auf Tito, um sicherzustellen, dass er stabil blieb. Sofia streichelte sanft seinen Kopf und flüsterte beruhigende Worte, während Carla sich auf den Verkehr konzentrierte.

In der Tierklinik angekommen, öffneten sich die automatischen Türen mit einem leisen Summen, als Sofia, Carla und der verletzte Tito eingelassen wurden. Sofort eilten mehrere Tierärzte und Tierarzthelfer herbei, um zu helfen. Sie waren gut koordiniert und routiniert in ihrer Arbeit. "Eine Frau rief an und sagte, sie hätte einen verletzten Hund, den sie bringen muss", hörte Sofia einen der Tierärzte sagen. "Das muss er sein", sagte ein anderer Tierarzt, als er den Zustand von Tito inspizierte. Tito wurde sofort auf eine Trage gelegt und in einen Untersuchungsraum gebracht. Dort begannen die Tierärzte, seine Verletzungen zu untersuchen - die blutigen Kratzer und Bisse von den anderen Hunden, die ihn angegriffen hatten. Sofia und Carla blieben in der Nähe, ihre Blicke besorgt auf Tito gerichtet. "Du bist jetzt sicher, sie werden sich um dich kümmern", flüsterte Sofia dem Straßenhund zu, der ängstlich und erschöpft auf der Untersuchungsliege lag. Sie streichelte vorsichtig seinen Kopf, während Carla seine Pfote sanft hielt. Die Tierärzte arbeiteten schnell und präzise. Sie reinigten die Wunden gründlich, um Infektionen zu verhindern, und gaben Tito Schmerzmittel, um seine Qualen zu lindern. "Er hat Glück gehabt, dass Sie ihn gefunden haben", bemerkte einer der Tierärzte anerkennend zu Sofia und Carla, während er den Verband um eine eine besonders tiefe Wunde wickelte. Sofia und Carla blieben die ganze Zeit bei Tito, beruhigten ihn mit sanften Worten und versicherten ihm, dass er jetzt in guten Händen war. Die Nacht verging langsam, während Tito stabilisiert wurde und seine erste Nacht in Sicherheit und Pflege verbrachte. Diese Nacht der Rettung und Fürsorge würde Tito für immer in Erinnerung bleiben. Als er morgens aufwachte, war Sofia an seiner Seite. Das war der Wendepunkt, weg von der harten Straße hin zu einem Leben voller Hoffnung und Geborgenheit.

Fest entschlossen, Tito zu helfen, nahm Sofia ihn unter ihre Obhut. Sie konnte ihn unmöglich wieder zurück auf die Straße lassen, das hätte sie nicht über ihr Herz gebracht. Sofia lebte in einer typisch spanischen Wohnung im Herzen von Cádiz. Die Wohnung befand sich in einem der alten Gebäude mit rissiger Fassade und einem kleinen Balkon, der einen malerischen Blick über die Dächer der Stadt bot. Von dort aus konnte man die bunten Marktdächer sehen, die sich unter dem klaren Himmel erstreckten, sowie die schmalen Gassen, die sich durch die historische Altstadt schlängelten. Der Balkon war mit Blumentöpfen geschmückt, in denen blühende

Geranien und duftende Jasminranken wuchsen, die den süßen Duft von Sommer in die Luft brachten. Sofia hatte einen kleinen Tisch und ein paar Stühle auf dem Balkon stehen, wo sie oft saß, um die warmen Abende zu genießen oder ihren Morgenkaffee zu trinken, während die Stadt langsam zum Leben erwachte. Die Wohnung selbst war gemütlich eingerichtet mit rustikalen Holzmöbeln und farbenfrohen, handgewebten Teppichen. An den Wänden hingen Kunstwerke lokaler Künstler und Souvenirs von Sofias Reisen durch Spanien. Ein offenes Bücherregal war gefüllt mit Büchern über Tiere, Natur und Kunst - Themen, die Sofia besonders am Herzen lagen. Trotz der Enge und der einfachen Ausstattung strahlte Sofias Wohnung eine warme und einladende Atmosphäre aus, die jeden Besucher sofort in ihren Bann zog. Hier fand Tito nach seiner Rettung endlich einen sicheren Ort zum Ausruhen.

Tito zog also bei Sofia ein und begann sofort, sich an sein neues Leben in einem richtigen Zuhause zu gewöhnen. Der Übergang von den harten Bedingungen auf der Straße zu Sofias Fürsorge und Geborgenheit war spürbar. Sofia sorgte liebevoll dafür, dass Tito immer genug zu essen hatte. Sie bereitete ihm täglich frische Mahlzeiten zu, die er mit großem Appetit verschlang, im Gegensatz zu den Mülltonnenfunden früherer Tage. Ein weiches Bett wurde eigens für Tito angeschafft, wo er sich gerne zusammenrollte und in die Wärme der Wohnung eintauchte. Die ersten Nächte waren für ihn sicherlich eine Wohltat nach den unsicheren Nächten auf den Straßen. Sofia nahm ihn oft mit auf ihre täglichen Spaziergänge durch die Stadt, wobei sie ihm die Sicherheit gab, die er als Straßenhund nie gekannt hatte. Besonders liebte Tito die Ausflüge zum Strand. Dort konnte er endlich im Sand herumtollen und den Möwen hinterher jagen. Das Rauschen der Wellen und die salzige Meeresluft waren für ihn eine neue, aber sehr willkommene Erfahrung. Sofia genoss diese Momente genauso wie Tito und sah, wie er seine Freiheit und Lebensfreude neu entdeckte. Es war eine Zeit des Kennenlernens und der Anpassung für beide, die von einer wachsenden Bindung und Zuneigung geprägt war.

Eines Tages, während einer ihrer Spaziergänge durch den Park, trafen Sofia und Tito auf eine fröhliche Gruppe von Kindern, die dort spielten. Die Kinder waren sofort von Tito begeistert. Sein freundliches Wesen und seine verspielte Art zogen sie magisch an. Ohne zu zögern begannen sie, mit ihm zu interagieren und warfen Bälle, denen Tito voller Eifer hinterher jagte. Seine Energie und seine offene Art brachten schnell Freude in die Gruppe, und bald schon umkreisten lachende Kinder ihn, während er mit ihnen herumtollte. Es dauerte nicht lange, bis Tito in der Nachbarschaft bekannt wurde. Die Kinder freuten sich jedes Mal, wenn sie ihn sahen, und die Eltern schätzten seine sanfte und geduldige Art im Umgang mit ihren Kindern. Sofia, die das Potenzial in Tito erkannte, entschied sich daraufhin, ihn als Therapiehund ausbilden zu lassen. Sie recherchierte und fand eine renommierte Hundeschule in der Nähe, die auf die Ausbildung von Therapiehunden spezialisiert war. Sie zögerte nicht lang und meldete Tito für die Ausbildung an.

Die Ausbildung von Tito zum Therapiehund begann mit einer Mischung aus professioneller Anleitung und Sofias liebevoller Fürsorge. In einer geräumigen

Trainingshalle mit speziellen Übungsbereichen begann Tito seine Reise, um die Fähigkeiten zu entwickeln, die er brauchte, um Kinder und Menschen mit besonderen Bedürfnissen zu unterstützen. Die Trainer erkannten schnell Titos außergewöhnliches Potenzial. Trotz seiner Vergangenheit auf den rauen Straßen von Cádiz zeigte er eine bemerkenswerte Bereitschaft zu lernen und eine natürliche Neigung zur Interaktion mit Menschen. Seine ruhige und liebevolle Präsenz war besonders wertvoll, wenn es darum ging, Menschen Trost und Zuversicht zu spenden. Die Ausbildung umfasste verschiedene Aspekte. Tito lernte, auf spezifische Kommandos zu reagieren und einfache Aufgaben auszuführen, die für seine zukünftige Arbeit wichtig waren, wie das ruhige Verhalten beim Besuch von Menschen in Krankenhäusern oder Pflegeeinrichtungen. Er übte das Gehen an der Seite von Rollstühlen und das Eingehen auf verschiedene Stimmungen und Bedürfnisse von Patienten. Sofia war bei jeder Trainingseinheit anwesend, um Tito zu unterstützen und zu ermutigen. Sie half ihm, sich an neue Umgebungen und Situationen zu gewöhnen, und stellte sicher, dass er sich wohl und sicher fühlte. Ihre enge Bindung und ihr Verständnis füreinander halfen sowohl ihr als auch Tito dabei, während des Trainingsprozesses zu wachsen und zu lernen. Unter der geduldigen Anleitung erfahrener Trainer absolvierte Tito schließlich die erforderlichen Prüfungen mit Bravour. Seine Fähigkeit, ruhig und einfühlsam zu interagieren, sowie seine spielerische Energie in geeigneten Momenten einzusetzen, überzeugten die Prüfer. Bald darauf wurde er offiziell als Therapiehund zertifiziert und konnte seine Dienste beginnen.

Für Sofia und Tito begann nun eine neue und bedeutungsvolle Phase ihres Lebens. Tito begleitete Sofia eines Tages zur Arbeit in die soziale Einrichtung für Kinder und Jugendliche mit Handicap. Die Kinder waren zunächst überrascht und ein wenig zurückhaltend, als sie den grossen aber sanften Straßenhund sahen, der neben Sofia her lief. Doch schnell merkten sie, wie Tito ruhig und freundlich war, wie er neugierig seine Nase in ihre Richtung streckte und mit seinen treuen Augen ihre Blicke auf sich zog. Sofia führte Tito behutsam in den großen Aufenthaltsraum, wo die Kinder ihre Zeit verbrachten. Ein kleines Mädchen mit lebhaften Augen und einem warmen Lächeln kam vorsichtig näher und streckte zögerlich die Hand aus, um Tito zu berühren. Sofort spürte sie die weiche Nase des Hundes, der ihre Handfläche sanft berührte, und ein strahlendes Lachen brach auf ihrem Gesicht aus. Tito, der selbst Leid erfahren hatte, schien ein natürliches Gespür für die Bedürfnisse der Kinder zu haben. Er bewegte sich behutsam zwischen ihnen hin und her, ließ sich geduldig streicheln und streckte seine Schnauze aus, um Trost und Zuneigung zu spenden. Ein Junge der nicht sprechen konnte war besonders von Tito fasziniert und konnte nicht genug bekommen, um mit ihm zu spielen und ihn zu streicheln. Mit der Zeit wurde Tito zu einem festen Bestandteil des Teams in der Einrichtung. Er half den Kindern, Vertrauen aufzubauen, ihre sozialen Fähigkeiten zu verbessern und Stress abzubauen. Seine bloße Anwesenheit schien eine beruhigende Wirkung zu haben und half den Kindern, eine Verbindung zu einem Lebewesen aufzubauen, das keine Worte benötigte, um ihre Gefühle zu verstehen. Für Sofia war es erfüllend zu sehen, wie Tito nicht nur ihr Leben, sondern auch das Leben der Kinder und

Jugendlichen in der Einrichtung bereicherte. Zusammen bildeten sie ein Team, das für Verständnis, Unterstützung und bedingungslose Liebe stand - eine Verbindung, die durch ihre gemeinsamen Erlebnisse auf der Straße und in der Einrichtung gestärkt wurde.

Eines Tages, während der Arbeit in der Einrichtung, begaben sich Tito und Sofia auf die Station, auf der Lucas untergebracht war. Lucas war ein Junge von etwa sieben Jahren, mit einem schmalen Gesicht und großen, lebhaften Augen, die voller Neugier und Hoffnung waren. Sein dunkles Haar war kurz geschnitten und lag leicht zerzaust auf seinem Kopf. Trotz seiner tragischen Geschichte und der halbseitigen Lähmung strahlte er eine kindliche Energie aus, die in seinen freudigen Augen und dem breiten Lächeln zu sehen war, als Tito das Zimmer betrat. Lucas' Leben hatte sich vor zwei Jahren schlagartig verändert, als ein tragischer Autounfall ihm seine Eltern nahm. Er selbst überlebte den Unfall, trug jedoch schwere Verletzungen davon, die ihn halbseitig gelähmt zurückließen. Die Einrichtung wurde nach dem langen Aufenthalt im Krankenhaus für ihn zu einem vertrauten Ort, sein Zimmer dort ein ständiger Begleiter seiner neuen Realität. Lucas Zimmer war ein kleiner, aber freundlicher Rückzugs- ort, der speziell für seine Bedürfnisse eingerichtet war. Es war in warmen, beruhigenden Farben gestaltet, um eine angenehme Atmosphäre zu schaffen und ihm ein Gefühl von Komfort und Sicherheit zu geben. Die Wände waren in einem sanften Blau gestrichen, das mit Bildern von Tieren dekoriert war, die Lucas besonders mochte. Über seinem Bett hing ein mobiles Kunstwerk aus bunten Sternen und Monden, das sich leicht im Luftzug bewegte und ihm etwas zum

Betrachten und Träumen bot. Lucas hatte sein eigenes Bett mit einer gemütlichen Bettdecke und bunten Kissen, die nicht nur dekorativ waren, sondern auch eine funktionelle Rolle bei seiner Lagerung und Unterstützung spielten. Lucas lag im Bett, umgeben von bunten Zeichnungen und Spielzeug, das ihm Freude bereiten sollte. Sein Gesicht leuchtete auf, als er den freundlichen Hund sah, und er streckte sofort seine Hand aus, um Tito zu begrüßen. Lucas war körperlich eingeschränkt aber seine Freude war kaum zu übersehen als er Tito wahrnahm. Als Tito den Raum betrat, spiegelten sich in Lucas' Augen sowohl Überraschung als auch Freude wider. Tito ging behutsam auf Lucas zu, der aufgeregt seine Hand ausstreckte, um ihn zu streicheln. Der Hund reagierte sanftmütig und legte sich neben Lucas auf das Bett, während der Junge seine weiche Schnauze berührte und seinen warmen Pelz fühlte. Die ruhige und liebevolle Art von Tito schien Lucas' Gemüt zu beruhigen und vermittelte ihm ein Gefühl von Geborgenheit. Von diesem Tag an bildeten Tito und Lucas eine unzertrennliche Verbindung. Lucas' Augen leuchteten jedes Mal auf, wenn Sofia mit Tito in die Einrichtung kam. Der Junge wartete sehnsüchtig darauf, dass Tito sein Zimmer betrat. Sobald Tito an seiner Seite war, schien Lucas' Stimmung sich zu heben. Seine Augen, die zuvor oft von Traurigkeit gezeichnet waren, strahlten vor Freude. Tito legte seinen Kopf oft sanft neben Lucas auf das Bett und ließ sich geduldig von ihm streicheln. In diesen Momenten schienen die Sorgen des kleinen Jungen für eine Weile vergessen zu sein. Sofia brachte Tito so oft wie möglich zu Lucas, da sie die positive Wirkung sah, die der Hund auf den Jungen hatte. Die Pflegekräfte und Ärzte bemerkten ebenfalls die Veränderung bei

Lucas. Sein Zustand schien sich jedes Mal, wenn Tito bei ihm war, ein wenig zu verbessern. Die einfühlsame Art des Hundes und seine bedingungslose Liebe wirkten wie Balsam auf Lucas' Seele. Tito war nicht nur ein Haustier oder ein Besucher in der Einrichtung, sondern ein echter Freund und ein Trostspender in den schweren Zeiten, die Lucas durchlebte. Seine Stimmung verbesserte sich und er schien sogar energischer zu werden. Die Zeiten, die er mit Tito verbrachte, halfen ihm, die Lähmung und den Unfall für eine Weile zu vergessen und brachten ihm Trost in schwierigen Momenten. Mit der Zeit zeigten sich auch physische Verbesserungen bei Lucas. Er konnte wieder einzelne Muskeln langsam bewegen, minimal, aber es war ein grosser Fortschritt. Es war ein bewegender Moment für ihn und die anwesenden Betreuer, der durch die Anwesenheit von Tito noch besonderer wurde. Die Freundschaft zwischen Tito und Lucas blieb stark und tief. Tito war so oft es ging an Lucas' Seite, begleitete ihn auf seinen Runden im Rollstuhl im Park und lag oft an seiner Seite, wenn er sich ausruhte. Ihre Verbundenheit war eine Quelle des Trostes und der Freude für Lucas. Tito, der einst ein einsamer Straßenhund gewesen war, hatte durch die Liebe und Fürsorge von Sofia ein neues Leben gefunden und berührte nun die Herzen unzähliger Menschen.

Sofia und Tito verbrachten viele kostbare Jahre zusammen, die durch ihre gemeinsame Arbeit als Therapiehundeteam geprägt waren. Tito, obwohl er älter wurde, behielt seine spielerische und liebevolle Natur bei. Sein Wesen strahlte Ruhe und Güte aus, was ihn zu einem unvergesslichen Begleiter für die Menschen machte, die er traf. Die Arbeit in der

Einrichtung brachte nicht nur Trost und Freude, sondern auch bedeutende Heilung für viele, die seine Gesellschaft suchten. Mit den Jahren wurde Tito zu einer Legende in den staubigen Straßen von Cádiz. Diejenigen, die ihn als verwahrlosten Straßenhund kannten, konnten kaum glauben, wie weit er es gebracht hatte. Seine Geschichte wurde oft erzählt und diente als Inspiration dafür, dass Mitgefühl und Zuneigung jede Situation verändern können. Tito symbolisierte die Kraft der Hoffnung und die Bedeutung bedingungsloser Liebe, die Grenzen überwinden kann. Für Sofia und Lucas war Tito nicht nur ein treuer Freund, sondern auch ein Gefährte, der ihre Tage erhellt und ihre Einsamkeit gelindert hatte. Sofia kümmerte sich liebevoll um ihn, auch als er älter und ruhiger wurde. Tito genoss seine Tage im warmen Licht von Sofias Zuneigung und erlebte jeden Tag voller Dankbarkeit und Freude. In den Herzen der Menschen, die Tito kannten, lebte sein Vermächtnis weiter. Seine Geschichte erinnerte daran, dass selbst ein einfacher Straßenhund das Leben vieler Menschen berühren und positiv beeinflussen konnte. Die Erinnerungen an Tito wurden zu einem kostbaren Schatz, der die Kraft der bedingungslosen Liebe und die Magie der Freundschaft feierte. So verblasste Tito nie aus den Gedanken und Herzen der Menschen, die er berührt hatte.

Nachwort

Jeder Straßenhund, ob aus den hektischen Straßen einer Metropole oder den abgelegenen Dörfern, trägt eine einzigartige Geschichte in sich. Ihre Lebenswege sind gezeichnet von Herausforderungen, von Einsamkeit und Entbehrung, aber auch von Hoffnung, Überlebenswillen und der menschlichen Güte, die ihnen mit viel Glück begegnet.

Die Erzählungen dieser Hunde sind nicht nur Geschichten über individuelle Schicksale, sondern auch ein Aufruf zur Empathie und zum Tierschutz. Sie zeigen, wie stark die Bindung zwischen Mensch und Tier sein kann und wie wichtig es ist, sich für die Rechte und das Wohlergehen der Straßenhunde einzusetzen.

Durch die Augen dieser Hunde lernen wir, wie vielfältig ihre Lebensrealitäten sind - von der Suche nach Nahrung und einem sicheren Schlafplatz bis hin zu Momenten der Freundschaft und der bedingungslosen Liebe, die sie erfahren. Ihre Geschichten erinnern uns daran, dass jeder Hund, egal wo auf der Welt, das Potenzial hat, unser Herz zu berühren und uns zu zeigen, was wahre Verbundenheit bedeutet. Der Tierschutz ist ein universelles Anliegen, das durch diese Geschichten gefördert werden soll. Jeder Beitrag zum Tierschutz, sei es durch Adoption, Spenden oder ehrenamtliches Engagement, macht einen Unterschied im Leben der Hunde. Mögen diese Geschichten nicht nur als Erinnerung an die Stärke und Anpassungsfähigkeit der Straßenhunde dienen, sondern auch als

Aufruf zum Handeln, um ihre Lebensbedingungen zu verbessern und ihnen eine Stimme zu geben. Lasst uns gemeinsam daran arbeiten, eine Welt zu schaffen, in der Straßenhunde nicht mehr ums Überleben kämpfen müssen, sondern ein Leben in Sicherheit und Würde führen können. Denn jeder Hund verdient Respekt, Fürsorge und die Chance auf ein liebevolles Zuhause. Es gibt eine Vielzahl von Wegen, wie man helfen kann, und jeder kann auf seine Weise einen wertvollen Beitrag zum Tierschutz leisten. Hier sind einige detailliertere Möglichkeiten:

1. **Spenden**: Finanzielle Unterstützung ist oft eine der dringendsten Bedürfnisse vieler Organisationen. Mit Spenden kann eine breite Palette an Aktivitäten finanziert werden, von der Erstversorgung der Straßenhunde, Deckung der Tierarztkosten, Kastrationen, Aufbau einer Auffangstation und dem Futter zur Ernährung der Hunde. Spenden können einmalig oder regelmäßig erfolgen und bieten Organisationen die Flexibilität, die Mittel dort einzusetzen, wo sie am dringendsten benötigt werden.

2. **Patenschaften**: Eine Patenschaft bedeutet, dass man regelmäßig einen bestimmten Betrag spendet, um einen oder mehrere Hunde aus dem Tierschutz zu unterstützen. Dies ermöglicht eine langfristige Planung und nachhaltige Hilfe. Paten erhalten oft Updates und Berichte über den Fortschritt ihres Schützlings, eine gute Alternative wenn man selbst keinen Hund adoptieren kann.

3. **Bereitstellung einer Pflegestelle**: Besonders im Tierschutz sind Pflegestellen unverzichtbar. Freiwillige nehmen Tiere vorübergehend bei sich auf, bis sie ein dauerhaftes Zuhause finden. Dies bietet den Tieren eine sichere und liebevolle Umgebung und entlastet überfüllte Tierheime. Pflegestellen leisten einen wichtigen Beitrag zur Sozialisierung und Rehabilitation der Tiere.

4. **Sachspenden**: Viele Organisationen sind auch auf Sachspenden angewiesen. Dies können Futterspenden, Decken und Hundebetten, medizinische Versorgung oder auch Spielzeug für die Hunde im Tierheim sein. Sachspenden helfen dabei, die unmittelbaren Bedürfnisse der Hunde zu decken und tragen dazu bei, die laufenden Kosten der Organisationen zu senken.

5. **Adoption**: Die Adoption eines Hundes ist eine tiefgreifende und dauerhafte Möglichkeit, zu helfen. Adoptierte Hunde erhalten die Chance auf ein besseres Leben in einem liebevollen und stabilen Umfeld. Die Entscheidung zur Adoption erfordert ernsthafte Überlegungen und Verpflichtungen, bietet aber auch eine sehr erfüllende und lebensverändernde Erfahrung für beide Seiten.

Jede dieser Möglichkeiten trägt auf ihre Weise dazu bei, das Leben von den Hunden zu verbessern und zeigt, dass selbst kleine Beiträge einen großen Unterschied machen können. Es ist wichtig, die für einen selbst passende Form des Engagements zu finden, um effektiv und mit Freude helfen zu können.

Zum Schluss möchte ich noch einige gute und seriöse Tierschutzvereine nennen, welche sich für die Rettung, die Versorgung und die Vermittlung von Straßenhunden einsetzen:

Glück für alle Pfoten e.V.
https://www.glueckfuerallepfoten.org

Ankerhunde e.V.
https://www.ankerhunde.de

VSAT - Verein Schweizer AuslandTierschutz
https://www.vsat.ch

Ein Herz für Streuner e.V.
https://einherzfuerstreuner.de

Tierwald e.V.
https://tierwald.eu/

Verein Stray Paws Swiss
https://straypaws-swiss.ch

Danke.